文春文庫

天下 家康伝

上

火坂雅志

文藝春秋

天下《てんが》　家康伝　上巻目次

天下《てんが》　家康伝　上

序　章

日本は山紫水明の地である。

山の翠《みどり》濃く、野に四季の花々咲き乱れ、川は清らかに流れて豊穣《ほうじょう》の海へとそそぎ込む。

その美しい風光を形作っている大もとは、

——水
にこそあるのではないだろうか。

黒潮と親潮が流れる大海のなかに屹立《きつりつ》した島嶼《とうしょ》、それが日本列島である。海を渡ってくる湿気を含んだ風は、雨を降らせ、北国では雪が山々に降り積もり、その水が田畑をうるおして人々の暮らしを長くささえてきた。

水の流れを見ると、我々はなぜか胸の底があたたまる。そこに理由《わけ》などない。岩間から滾々《こんこん》とあふれ出る清水や澄んだせせらぎを目にするとき、乾いた心に気力がよみがえり、絶望の淵からも明日に望みをかけたくなる。

ここに一人、こよなく水を愛した男がいる。

江戸幕府の開祖、徳川家康である。

家康は晩年、霊峰富士の伏流水が平野部にいたって湧き出す水清らかな地に、隠居所をもうけたいと望んだ。その場所こそ、

――柿田川《かきたがわ》湧水

にほかならない。

柿田川湧水は、現在の静岡県駿東郡清水町にある。その湧水量はわが国第一とされ、一日あたり百十三万トンもの清水がつねに湧き出している。

柿田川の水は、濃く甘い。

溢《あふ》れ出す水を柄杓《ひしやく》ですくって飲んでみると、とろりとしたこくのある滋味が舌を洗い、爽涼とした香気が鼻へ抜けてゆく。

あたりを見まわせば、そこは自然の宝庫で、胸がすすがれるような玄妙でどこまでも透明な「気」にあふれている。

流れの底には、美女が手招きするがごとくミシマバイカモがそよぎ、岸辺近くにセリやオオバタネツケバナがあおあおと群生している。豊かな自然は生命をはぐくみ、ウグイやアブラハヤ、晩秋ともなれば川を遡って鮎《あゆ》の大群が産卵のために背鰭《せびれ》をきらめかせながら押し寄せる。

その魚たちを追って、羽根の青いカワセミが水しぶきを散らしながら川面をかすめてゆくのを老いた家康は見た。

「わしは若いころから、いつかこのような地で心静かに暮らしたいと願《ねご》うてきた。これ

まで戦いに明け暮れて果たせずにいたが、そろそろ、腰を落ち着けてもよいころか」

川のほとりの石に腰をおろした家康は、霧でも吐くようにしみじみとつぶやいた。

徳川家康の側近で、金座の支配人でもあった後藤庄三郎は、その著書『駿府記』のなかで、

――泉頭《いずみかしら》、勝地たるの間、ご隠居成さるべきのむね、仰せ出さる。来春、ご隠居と云々《うんぬん》。

と、しるしている。

ここにみえる「泉頭」とは、富士の伏流水が湧き出す柿田川湧水のことである。泉が湧き出す頭の地ということで、当時は泉頭と呼ばれていた。

その泉頭の風光がたいへん気に入ったので、年明けにもこの地で隠居したいと家康が言い出したと書かれている。

この年、すなわち元和元年（一六一五）五月、家康は大坂城の豊臣家を攻め滅ぼした。宿願を果たして関東に凱旋するや、おのが武威をしめすように各地で鷹狩《たかが》りをおこなっている。鷹狩りののち、東海道を西へすすみ、居城のある駿府へもどる途中、家康は柿田川湧水に立ち寄った。

水清らかで樹木の生い茂る泉頭の地は、東海道を上り下りするさい、休息をとるのに恰好《かっこう》の場所であった。駿府と江戸を行き来するたびに、家康がここに立ち寄って喉をうるおし、

（なんと、よき場所か……）

と、心に留めていたことは想像に難くない。

人生最後の大仕事を終えた家康は、泉頭の地で静かに余生を送ることを決め、隠居所の築造を命じた。

このとき、普請《ふしん》の奉行を仰せつかったのは、徳川家臣の本多正純《まさずみ》、土井利勝《としかつ》である。

もっとも、普請といっても、さほど大袈裟《おおげさ》なものではない。

もともと柿田川の東岸には、かつて関八州の覇者であった後北条氏が築いた泉頭城なるものがあった。後北条氏滅亡後、廃城となって荒れるにまかされていたが、堀や土塁はそっくりそのまま残されていた。その泉頭城の本丸の跡地に隠居屋敷を造営し、周囲に門や塀、厩《うまや》、番士たちの長屋などをもうければ、それで十分にこと足りる。天下が泰平におさまった以上、もはや戦いのための城は必要ない時代になっていた。

「まことに、ご隠居なされるのでございますか」

側近の本多正純が、いまだ半信半疑といった表情で言った。

「大坂城が焼けて、いくさの世は終わった。同時にわしの役目も終わったということよ」

「大御所《おおごしょ》さま」

正純は何か言おうとして、その言葉を途中で飲み込んだ。泉を見つめる家康の目が、かつてなく穏やかで、生臭い政治向きの話をするのがためらわれるような静謐《せいひつ》さに満ちていたためである。

「屋敷からいつなりとも泉へ下りられるよう、石段をもうけてくれ。庭に水を引き入れて、水草が茂る池も造るように。舟着場をもうけて、舟遊びをするのも一興じゃ」

家康は、築造なった隠居所のさまが、目の前に浮かんでいるかのように言った。

「水屋の水は、むろん泉のそれを用いねばならぬ。それと、離れに簡素でもよいゆえ旨《うま》い茶が飲める茶屋をこしらえてもらおうかのう」

「ご注文が多うございますな」

本多正純が苦笑いをした。

「ようやく、何かを我慢せずともよい身となったのじゃ。これしきのわがままは許されよう」

「まこと大御所さまは、ご辛抱の多い人生を歩んでまいられましたな」

「辛抱か」

と目尻の皺《しわ》を深め、家康は常緑の樹林のかなたに遠くそびえる、白雪をいただいた富士の嶺《みね》を見上げた。

「なるほど、こたびばかりは死ぬかと覚悟を決めた瞬間《とき》が、わが人生には幾たびかある。そなたのような若い者には、わからぬことであろうが」

「若いと申しても、それがしもはや五十一でございます」

正純が言った。

「それでも、わしやそなたの父本多佐渡守《さどのかみ》（正信《まさのぶ》）に比べれば、まだまだ尻の青い若造にすぎぬ。一門一党、家そのものがこの世から消えてなくなるかどうかの、ぎりぎりの瀬戸際に追い詰められた経験はあるまい」

「は……」

「わしはいまでも昔の夢にうなされることがある」

「夢、でございますか」

「重い石を胃の腑《ふ》の底に詰め込んだような夢じゃ。思い出すと、いまでも口のなかに酸い唾が湧き、胸のあたりが苦しゅうなってくる」

家康は顔をしかめた。

「ことに苦しいのは、旗を押し立てた一揆衆がこのわしをめざして、わらわらと雲霞《うんか》のごとく押し寄せてくる夢であろうか」

「わが父佐渡守から、話を聞いたことがございます。大御所さまがもっとも辛《つら》い思いをされたのは、三河一向一揆のおりではなかろうかと」

「さよう。瞼《まぶた》を閉じると、五十年も前の、あの戦陣の喚声、血の臭い、喧騒《けんそう》がよみがえってくるわ」

そうつぶやく家康の耳には、柿田川のせせらぎの音もにわかに遠のいたかのようである――。

第一章　一揆

永禄七年（一五六四）正月、夜半――。

廊下をわたるけたたましい足音が響いた。

三河岡崎城の寝所で深い眠りについていた家康は、その物音に目を醒《さ》ました。

「殿ッ！　一大事にございます」

寝所の前で立ち止まるや、足音のぬしが割れ鐘をたたくような声で叫んだ。

「七之助《しちのすけ》か」

「はッ」

廊下を息せき切らせて走ってきたのは、近習《きんじゅう》の平岩七之助親吉《ちかよし》であった。目の細い色白の顔が強張《こわば》っているのが、ただならぬ事態を告げている。

「かような夜分、何ごとか」

家康は特長のある肉厚の重い瞼《まぶた》をひらき、青白い月明かりの落ちた障子を睨《にら》んだ。

松平家康――。

弱冠二十三歳になったばかりの、少壮気鋭の岡崎城主である。

松平氏は長らく、駿河今川氏の傘下にあった。

だが、四年前、今川義元《よしもと》が桶狭間《おけはざま》合戦で敗死したことにより、家康は本領の三河国へ帰還を果たして独立。義元から「元」の一字をもらって元康《もとやす》としていた名乗りを捨て、

――家康

を称するようになっている。

しかし、何ぶんにも、家康は若く経験が浅い。

国の東西を、駿河今川、尾張織田という強国に挟まれた三河の外交はつねに不安定で、領国経営も思うにまかせず、家臣団の人心掌握にもなかなか自信が持てずにいた。そのような状況下である。いつ、何が起きてもおかしくはない。

「それが……」

「何ごとか、と申しておるッ」

後年、温厚な人柄で知られることになる家康だが、このころはまだ十分すぎるほど熱く血が猛《たけ》っている。

「一揆方に放っていた斥候《せっこう》より、ただいま知らせが入りましてございます」

「どのような知らせだ」

家康は夜具をはねのけ、身を起こした。

「かねてより、一揆方の本證寺《ほんしょう》、勝鬘寺《しょうまん》、本宗寺《ほんしゅう》に立て籠《こも》っていた一揆勢が、北へ向かって動きだしたとのこと」

「何ッ」

「おそらく、岡崎城をめざしているものと思われます」

「一揆勢がこの岡崎へ」

武芸で鍛え上げた家康の筋肉質の体に、緊張が走った。

（来たか……）

「敵の兵数はいかほどだ」

家康は闇を睨《にら》んだ。わけもなく胴震いがする。腋《わき》の下に粘《ねば》い汗が湧いた。

家康は、平岩親吉に問うた。

「知らせによれば、八百は下らぬであろうと」

「八百……」

口のなかでつぶやきながら、家康は頭のなかですばやく計算をめぐらせた。いま、岡崎城に詰めている味方の軍勢は、わずか五百にすぎない。一揆勢を迎え撃つのに、兵不足の感は否めない。

急遽《きゅうきょ》、在郷にもどっている家臣たちを岡崎城へ召集するしか、一揆勢に対抗する手立てはなかった。

「早馬を走らせよッ。在地の者どもを岡崎へ呼びもどすのだ」

家康は下知《げち》を飛ばした。

「はッ」

と、頭を下げ、親吉が廊下を転ぶように去ると、家康は大声で小姓を呼ばわり、黒糸《くろいと》威桶側胴《おどしおけがわどう》の具足を用意させた。鎧《よろい》下着をつける間ももどかしく、小姓の介添えで佩楯《はいだて》の紐《ひも》を結び、籠手《こて》をつけて小具足姿になった。

ふと見ると、小姓が小刻みに肩を震わせている。

家康が岡崎城に入ってから側近く仕えるようになった、十四歳の於熊《おぐま》という名の小姓である。三河の地侍青山家の息子だが、目鼻立ちが涼しげで、しかも気が利くというので、家康はとくに可愛《かわい》がっていた。

「どうした、於熊。怖いか」

「大事のときに、申しわけございませぬ。南無阿弥陀仏の旗を押し立てた一向一揆の衆は、地獄の亡者よりも恐ろしいと聞いておりますゆえ」

「謝ることはない。わしとてこのとおり、恐ろしいのだ」

家康は籠手をつけた手で、於熊の手を握った。

その丸みを帯びた指先は、真冬の池に張る氷よりも冷たくなっていた。

「殿も……」

「だが、わしはこの三河の国主だ」

「はい」

「怯懦《きょうだ》にかられ、この手で一度つかんだこの故郷の土を、二度と手放すようなまねはせぬ」

「殿……」

「いくさの前に、まずは腹ごしらえじゃ。屯食《とんじき》（握り飯）を持て」

於熊が運んできた八丁味噌を塗った屯食を食うあいだに、一揆勢の動きが刻々と入ってきた。

本證寺、勝鬘寺、本宗寺から岡崎をめざして北上する一向一揆勢は、途中、松平氏譜代の大久保一党が籠る上和田砦《かみわだとりで》を囲み、激戦を展開していた。

法華《ほっけ》宗の信者である大久保一党は、当主五郎右衛門忠勝《ただかつ》を中心にして一族の結束が固い。いまの家康麾下《きか》の主力部隊といっていい。

しかし、その大久保一党でさえ、押し寄せる一揆勢の前に、ほとんど防戦一方であるという。

（上和田砦が落ちれば、この岡崎城は裸城も同然か……）

戦いの先行きを思うと、頬張っていた八丁赤味噌の屯食が、にわかに砂利を嚙《か》むように味気なくなった。

食いかけの屯食を土器《かわらけ》の上に置き、

「誰かあるッ！」

家康が縁先で人を呼ばわったとき、

「これにござりますッ」

庭の暗がりで片膝をついた者がいる。

目がぎょろりとし、鼻が潰れたように大きな異相の若者だった。顎にうっすらと鬚《ひげ》をたくわえているが、年はまだ十代である。

「平八《へいはち》か」

家康は若者を見下ろした。

「はッ」

「そのほう、実家《さと》へもどっていたのではないか」

「本多の一門とは縁を切りましてございます。それがしが生き死にを共にするのは、親兄弟ではござらぬ。わが殿、ただお一人にござるわ」

唇《つ》を吊り上げ、若者がニッと笑った。

平八——正しくは、本多平八郎忠勝《ただかつ》という。

忠勝の本多家は、三河国に多い一向宗（浄土真宗本願寺派）を、一族をあげて信仰している。昨年秋、三河に一向一揆が勃発すると、本多一門はこれに同調して家康に叛旗《はんき》をひるがえした。

しかし、家康の近習であった忠勝のみは、

「わしは来世に望みをかけるよりも、現世で殿にお仕えしたい」

と、みずから家康と同じ浄土宗に改宗し、一族と袂《たもと》を分かっていた。このたびの一向一揆衆蜂起の一報を聞くや、思いを同じくする若手の家臣たちを引き連れ、岡崎城の家康のもとへ馳《は》せ参じたのである。

「平八、地獄へ堕《お》ちても知らぬぞ」

家康はわざと突き放すように言った。

「殿と一緒ならばそれもまた楽しゅうござろう」

「こやつ……」

その熱い心意気に、家康の目に涙が滲《にじ》んだ。

「平八、おまえにこれを取らす」

家康はその場で、本多忠勝に一本の槍《やり》を与えた。

「これは……」

と、忠勝が槍の鞘《さや》をはずし、月光を受けて青く輝く槍身を凝視した。

大笹穂《おおささほ》の槍である。板目肌に杢目《もくめ》が交じり、刃文は沸出来《にえでき》で、のたれに互《ぐ》の目が入っている。裏を返せば太樋《ふとひ》のなかに、梵字《ぼんじ》、三鈷《さんこ》柄剣《づかけん》、蓮台《れんだい》の図柄が彫り刻まれていた。

一目見ただけで、世にたぐい稀《まれ》な名槍とわかる。

見つめているうちに忠勝は胴震いがし、背筋が寒くすらなってきた。

「かような見事な槍をそれがしに」

「おまえは一族を離れ、一つしかない命をわしにくれた。その代わりに、いまのわしがおまえにくれてやれるものといったら、この一振の槍くらいしかない」

忠勝は物に弱い男ではない。恩賞の多寡に釣られるような男でもない。

だが、父祖代々の信仰を捨て、一族一党すべてを敵に回してまで家康に従うと決めたのは、このあるじがふとした瞬間にみせる、不器用なまでの侠気《おとこぎ》のためであるかもしれない。

「この槍は、勢州村正の流れを汲《く》む藤原正真《まさざね》の作じゃ。号を蜻蛉切《とんぼぎり》という」

「蜻蛉切……」

「蜻蛉が槍の刃にとまったところ、真っ二つに切れてしまったことから、そのように呼ばれるようになったと聞いておる。どうだ、不足か」

家康は忠勝の目を見つめた。

「いや……」

本来は礼を述べるべきであった。だが、本多忠勝はそれを言う代わりに、むんずと槍の柄をつかみ、穂先を天高く衝《つ》き上げた。

「地獄へなりとどこへなりと、お供つかまつりましょうぞ」

「うむ」

家康は深くうなずいた。

「夜明けとともに出陣じゃ。大久保一党の上和田砦へ加勢に駆けつけるぞ」

「殿がおんみずから出馬されることはない。それがしがまいりますゆえ、殿は岡崎にお留まり下され」

「ばかめッ！」

家康は、忠勝が思わず目を剝《む》くほどの大声で叱責した。

「大将が城の奥に隠れていて何とする。みずから動かずして、人はついて来ぬものぞッ！」

暁闇《ぎょうあん》――。

家康は岡崎城の城門を開け放ち、寒風の吹きすさぶなかを出陣した。

黒鹿毛《くろかげ》の馬にうちまたがる家康のあとに従うのは、蜻蛉切の槍をたずさえた本多忠勝、幼少のころから苦楽をともにしてきた側近の酒井忠次《ただつぐ》、石川数正《かずまさ》、天野康景《やすかげ》など、わずか四百の手勢のみ。城の警固に百騎を残してきたため、八百余の一揆勢を向こうに回すには、いささか心もとない。

三河各地から駆け付けてくる在郷の地侍たちの人数を待つ手もあったが、

（上和田砦が落ちてしまってからでは遅い……）

馬上の家康の気持ちは、手綱を握る手のうちが汗ばむほど逸《はや》っていた。

冷たく冴《さ》えわたった明け方の空には、明けの明星が輝いている。

その星のもと、奥歯を食いしばりながら、

（わしは負けぬ。父のように早死にもせぬ。勝って、勝って、勝ちつづけ、誰よりも長くこの乱世を生き抜いて、いつかわが身を嘲笑《あざわら》った者どもを見返してくれよう……）

家康は馬の尻に、ぴしりと烈《はげ》しく鞭《むち》をくれた。

その胸に、去来する思いがある――。

家康は、天文《てんぶん》十一年（一五四二）、三河の大名松平宗家の広忠の嫡男として、岡崎城で生まれた。

幼名を竹千代《たけちよ》、長じてのち元信《もとのぶ》、さらに元康を名乗った。

家康誕生のころ、三河の東隣には、東海一の勢力を誇る駿河、遠江《とおとうみ》両国の守護大名、今川義元がいた。弱小国三河の領国経営に苦しむ父の広忠は、今川氏の傘下に入ることで命脈をたもっていた。

広忠は従属のあかしとして、嫡男家康を駿府の今川屋形へ差し出すことを余儀なくされた。家康、六歳のときである。

だが、供の者たちとともに駿府へ向かう途中、渥美半島の地侍戸田康光《やすみつ》に拉致され、家康の身柄は銭千貫文で尾張の織田信秀《のぶひで》（信長の父）に売り渡されるという事件が勃発する。大名の子が金銭で売買されるとは、信じ難い話だが、それも過酷な乱世の現実である。

家康はその後、二年の歳月を織田氏のお膝元である尾張那古野《なごや》城下で過ごした。

八歳になったとき、異郷にある家康をさらなる不幸が襲った。本国三河の父広忠が、岡崎城内で家臣の岩松八弥《はちや》に刺殺されたのである。この事件の混乱に乗じ、勢力拡大をもくろむ今川義元が岡崎城を接収してしまう。幼い家康の心のよりどころであった故郷の岡崎城は今川氏のものとなり、以後、代官が常駐して三河を支配するようになった。

幼少期の家康の憂鬱は、さらにつづく。

父の死による心の痛手が癒えぬまま、家康の身柄は、今度は今川軍に捕らえられた織田信秀の長男信広との人質交換によって、今川氏の本拠である駿府へ移された。織田家時代もそうであったが、駿府へ移っても肩身の狭い人質暮らしは変わることがない。話し相手といえば、三河から付いてきた酒井忠次、石川数正ら、十人ばかりの近習たちのみである。

(力がないというのは、かほどにみじめで苦しいものか……)

それが、このころの家康の、骨の髄にまで沁《し》み入るような切ない実感だった。

(力を持ちたい)

と、家康は思った。

だが、本国三河を今川家に実効支配されている人質の身分では、さしあたって何ができるわけでもない。胸の底によどんだ鉛色《なまり》の鬱屈を晴らすように、家康は心身の鍛錬に打ち込んだ。

近習たちと剣や杖術《じょうじゅつ》、棒術の稽古に励み、駿府西郊の安倍川で水練をおこなった。人質屋敷の近隣に住んでいる今川家臣から、戦場の役に立たなくなった栗毛の老馬をもらい受け、富士の峰を望みながら野を駆けた。

家康は美丈夫というわけではない。

顔は石仏のように大きく、手足が短く、妙に底光りのする金壺眼《かなつぼまなこ》だけが印象的な、どこか翳《かげ》りをおびた表情の若者である。それが、よぼよぼとした老馬にうちまたがって、駿府の城下をゆく。

当時の駿府は、京文化に強い憧れを持つ当主今川義元の影響もあって、どこか雅《みや》びた雰囲気をただよわせる都会であった。栗毛の老馬に乗った家康の姿は、駿府の人々の嘲笑を誘い、

「あれが三河の田舎侍よ」

と、指をさして陰口をたたく者もいた。

むろん、屈辱はそれだけではない。本来であれば家康よりはるかに下の身分であるはずの、今川家の軽輩者からも蔑みの目で見られ、侮蔑の言葉を浴びせられることもあった。

それでも、家康は耐えた。なぜか——。

(天は我に過酷な定めを与えた。だが、それは天の意思。この乱世を生き抜くに足る存在かどうか、我は天に試されているのだ……)

家康はどこまでも、試練を前向きにとらえた。

その内に秘めた、運命をあきらめない、

——気

こそが、この男のすべての行動の原動力であったかもしれない。

今川家で人質暮らしを送っていた若き日の家康に、人生の転機がおとずれたのは、永禄三年(一五六〇)五月のことである。

上洛《じょうらく》をめざして東海道を西上した今川義元が、尾張の新興大名織田信長の奇襲を受け、桶狭間の地で敗死。大将を失った今川軍は、総崩れとなって駿河へ退却した。

この混乱に乗じて、家康は岡崎城への復帰を果たし、今川家の支配下にあった三河一国の独立をめざした。父祖以来、経営の失敗つづきで廃業寸前だった中小企業の再興に乗り出した、意欲に燃える〝若社長〟といっていい。

しかし、松平家再建の前には多くの困難が立ちはだかっていた。

西三河にある岡崎城は取りもどしたものの、三河の東半分は依然として今川領のままだった。西三河においても、長く今川の支配下にあったため、その影響力を拭い去ることができず、地侍のあいだには、

「あのような若造に何ができるものか。結局は、今川を頼るしかあるまい」

と、冷めた空気がただよっていた。

その今川色を一掃するために家康が打った一手こそが、隣国尾張の織田信長との同盟にほかならなかった。

永禄五年（一五六二）、家康は尾張清洲《きよす》城へおもむき、信長と会見して共同戦線を張ることを約束した。

いわゆる、

――清洲同盟

である。

以後、信長が死ぬまで、この盟約は一度も破られることなく続くことになる。

外交の足場を固めた家康は、まずは西三河を完全掌握すべく、活動を開始した。だが、その行く手に大きく立ちはだかった勢力がある。

それこそが、三河一円に深く根を下ろす、一向宗の門徒たちであった——。


上和田砦をめざして家康が馬を走らせるうちに、やがてしらじらと夜が明けはじめてきた。

吐く息が白い。

「殿ッ！　能見《のうみ》松平家より、伝令がまいりましてございます」

背後から鴾毛《つきげ》斑《ぶち》の馬で追いついてきた本多忠勝が、持前《もちまえ》の大声を張り上げた。

「おお、能見の重吉《しげよし》か」

「重吉さまは手勢五十騎とともに、こちらへ加勢に向かっておられるとのこと」

「重畳《ちょうじょう》じゃッ」

家康は切るような寒風に目を細めた。

家康が上和田砦近くの浄珠院《じょうしゅ》にたどり着いたのは、それから半刻《はんとき》（約一時間）あまりのちのことであった。

浄珠院は、家康が帰依する浄土宗の寺である。

「ここを、わが本陣と定める」

家康の命で、本堂に幔幕《まんまく》が張りめぐらされた。

床几《しょうぎ》に腰を据えた家康は、ともに岡崎城から押し出してきた酒井忠次、石川数正、天野康景、鳥居元忠《もとただ》、本多忠勝らと軍議をひらいた。

軍議といっても、主従はみな若い。酒井忠次、石川数正の両家老が三十代、天野康景が二十八、鳥居元忠は二十六、本多忠勝にいたっては、家康より六歳年下の十七歳だった。

年こそ若いが、けっして経験不足というわけではない。今川義元に従属していた時代、松平勢はその先鋒《せんぽう》として合戦の場数を踏んでいる。

「まずはそれがしが手勢とともに一揆勢の包囲の輪へ斬り込み、攻め口を切りひらいてまいります」

本多忠勝が双眸《そうぼう》をぎらぎらと光らせて言った。

「それは無謀にすぎる」

異をとなえたのは、家中で、

――どちへんなし
と呼ばれている天野康景である。どちへんなしとは土地の言葉で、公平で私利私欲がない、悪く言えば融通の利かぬ頑固者という意味である。

「策もなしにいたずらに斬り込んでは、一揆勢に囲まれて犬死《いぬじに》するだけじゃ」

「されば、天野どのはどうせよと申されるのだ」

本多忠勝が天野康景を睨《にら》んだ。

「能見松平らの兵が加勢に駆けつけているという報《しら》せもある。それを待ち、軍勢を十分にととのえてから仕掛けるべきではないか」

「それでは遅いから、殿がこうして、おんみずから出張って来たのではないか。いくさは数ではない。時の勢いだ」

「両人とも、お静まりあれッ」

もとは船稼ぎ、馬借などをなりわいとしてきたワタリの商人の出である鳥居元忠が、言い争う本多忠勝と天野康景を一喝した。無口な男で愛想はないが、いざという時には誰よりも肚《はら》がすわっており、あるじ家康から信頼されている。

「殿はどのようにお考えでござる」

鳥居元忠が、さきほどから腕組みをして押し黙っている家康を見た。

「半蔵《はんぞう》を使おうと思うておる」

半眼にしていた目を大きく見開き、家康は左右の家臣をゆっくりと見渡した。

「半蔵……。伊賀者の服部半蔵にございますか」

家老の酒井忠次が言った。

鼻の下に薄い髭《ひげ》をたくわえた、端正な風貌の男である。家康の父広忠の妹を妻にしており、その血縁から松平家臣団のなかでも重きをなしている。

「さよう。伊賀の半蔵だ」

「伊賀者は肚のうちが知れませぬ。駿河の今川と通じているという噂もござる。うかつにお信じになるのはいかがかと」

忠次が慎重な意見をのべた。

「いや」

と、家康は首を横に振った。

「かの者どもは、利によって動く。金品を与えれば、必ずやそれに見合った働きをする」

「岡崎城の金蔵には、たいした蓄えがございませぬぞ」

「物惜しみをするな、忠次。いまは一揆衆によって、国が潰されるかどうかの瀬戸際だ」

家康は、酒井忠次の異論を断固たる口調で押し切った。

家臣たちが去ると、家康は本堂の中央に安置されている金銅《こんどう》の阿弥陀如来像を振り返り、

「半蔵ッ」

と声を放った。それに応じるように、阿弥陀如来の頭上に吊《つ》るされた天蓋《てんがい》のかげから、黒い塊が音もなく降ってきた。

蘇芳色《すおういろ》の忍び装束をつけた、身の丈《たけ》六尺を超える大男だった。その者が、家康の前に片膝をついた。

「お呼びにございますか」

「委細は、天井裏で聞きおよんだとおりだ。また、一働きしてもらわねばならぬ」

「一揆の頭目の首でも獲《と》ってまいりますか」

男が暗い色をした目を上げた。

男は名を、服部半蔵正成《まさなり》という。諸国の大名に雇われて諜報《ちょうほう》活動をおこなう伊賀者を束ねる、上忍《じょうにん》の家の出である。半蔵正成の父保長《やすなが》は、家康の祖父清康と父広忠、二代にわたって仕え、半蔵自身は一時、駿河の今川氏の忍び働きをつとめたのち、三河へ帰還した家康の耳目として働くようになっている。酒井忠次の言うとおり、肚の底の読めぬ男だが、いざというときにはすこぶる役に立つ。

「いや、首を獲るにはおよばぬ」

家康は表情を動かさずに言った。

「これへ」

と、半蔵をそばへ招き寄せると、家康はその耳にあることをささやいた。

ほどなく、夜が明けた。

浄珠院の大屋根の上で寝ずの見張りをしていた物見番が、梯子《はしご》をつたい、血相を変えて本堂へ飛び込んできた。

「上和田砦の三ノ曲輪《くるわ》で火の手が上がっております。どうやら、曲輪が敵勢に乗っ取られた模様ッ！」

「殿ッ」

「殿……」

じりじりしながら家康の下知を待っていた本多忠勝や鳥居元忠らが、口々に声を上げた。

「落ちつけいッ」

家康は彼らを一喝し、

「して、砦内の大久保一党は？」

物見番に上和田砦のようすを聞いた。

「三ノ曲輪の兵を二ノ曲輪にまで退かせ、徹底抗戦をつづけています。しかし、旗色は悪うございます」

「ふむ……」

家康は石を呑《の》んだような重い表情で、肉づきのいい顎を撫《な》でた。

「このまま手をこまねいていては、二ノ曲輪、さらには一ノ曲輪が落ちるのも時間の問題でございますぞ。なにとぞ、出撃のご命令をッ！」

血を吐くばかりの本多忠勝の叫びには答えず、家康は本堂の扉をひらいて外へ出た。

浄珠院から上和田砦までは、わずかに二町。

三ノ曲輪から立ちのぼる黒煙や、砦を四方から取り囲む一揆衆の旗の群れを指呼《しこ》の近さに望むことができる。

一向衆は、南無阿弥陀仏の旗を押し立て、

――死ねば極楽、死ねば極楽……。

と唱えながら戦うのをつねとしている。仏のために戦って、死んでも極楽往生できるというのだから、これほど精神的に強い集団はない。

一向一揆には、寺の僧兵のほか、領内の農民、商人、職人、さらには土地の地侍たちが加わっている。本来、家康に従わねばならぬはずの家臣のなかにも、熱心な一向宗の信者で一揆方に身を投じる者がいた。本多正信、渡辺守綱《もりつな》、酒井忠尚《ただなお》、夏目吉信《よしのぶ》ら、ざっと数え上げただけでも二百人は下らない。

また、有力な三河国衆である東条城の吉良義昭《きらよしあき》、八面《やつおもて》城の荒川義広《よしひろ》らが一揆勢に加担して、これを煽動《せんどう》。家康の縁戚にあたる松平一族のなかにも、桜井松平家次、大草松平昌久《まさひさ》など、一揆に同調する者がいた。

(父上も、厄介な重荷を残してくれたものだ……)

一揆の喚声を聞きながら、家康は親指の爪を強く噛《か》んだ。

三河国で一向宗が強勢になったのには、ひとつの理由《わけ》がある。

戦国の世に一向宗と称せられた浄土真宗本願寺派の祖は、蓮如《れんにょ》である。蓮如は、鎌倉時代に浄土真宗を興した親鸞《しんらん》の子孫にあたる。

浄土真宗では、それまで極楽往生は不可能とされていた、殺生《せっしょう》をなりわいとする漁師や猟師、いくさで人を手にかける武士まで、

「南無阿弥陀仏」

と念仏を唱えさえすれば、死後も地獄へ堕ちることなく極楽往生できると教えている。そのためには厳しい修行はいらず、

――菩提心《ぼだいしん》（信仰心）

すら必要がないと説いた。

信仰心もいらないというのは驚くべきことだが、人間の弱さ、浅ましさをありのままに認めるありかたが、衆庶《しゅうしょ》の心を強くとらえたのである。

親鸞没後、浄土真宗は高田派などいくつかの派閥に分かれた。そのなかで、親鸞の子孫が門主をつとめる本願寺は衰退の極みにあった。それを再興し、大発展させたのが蓮如であった。

蓮如は、戦国時代に自立してきた中小の自営業者、地侍、領主の過酷な年貢に苦しんでいた農民たちのなかに教えを広めていった。彼らは厳しい戦国の世を生き抜くうえで、自分たちの権益を守ってくれる組織を渇望していた。その時代の要請に寄り添い合うようにぴたりと当てはまったのが、蓮如の一向宗だった。

一向宗は新興の商人、地侍、農民たちを保護することによって急速に勢力を拡大した。弱い立場の者たちを支持基盤にするという成り立ちから、しぜん一向宗は、諸国を支配する大名層と対立していくことになる。

加賀では、守護大名の富樫《とがし》氏が一向一揆によって追い出され、大名のいない国が出現

した。

だが、三河の場合は加賀とは事情がちがう。元来、力の弱かった松平氏歴代――家康の祖父清康や父広忠は、むしろ一向宗を認め、その布教活動に協力する形で、土地の地侍たちを手なずけてきたという歴史があった。

三河一向宗の中心となったのは、野寺の本證寺、針崎の勝鬘寺、佐々木の上宮寺《じょうぐう》のいわゆる三河三ヶ寺、および蓮如の子孫が住職をつとめる一家衆《いっけしゅう》寺院として高い格式を持つ土呂《とろ》の本宗寺であった。これらの寺々の伽藍《がらん》は、土塁、水濠《みずぼり》に囲まれ、櫓《やぐら》までそなえるという城塞さながらの構えとなって、その周囲には寺内町《じないまち》が形成され、商業が栄えた。

一向宗への支援は、たしかに松平氏の三河支配に役立った。しかし、それはまた劇薬にも似ていた。

家康の父広忠は、一向宗寺院が支配する寺内町にはいっさい手出しができなくなり、税の徴収を放棄して自治権も与えるという、いわゆる、

――守護《しゅご》不入《ふにゅう》

の権利を認めざるを得なくなった。

広忠の死後、三河を実効支配した駿河の今川氏もまた、円滑な統治のために守護不入の権利を追認した。

三河独立への道を歩みはじめ、新たな領国支配を展開しようとする若き家康にとって、一向宗は最大の難物になった。まさに、父祖からの〝負の遺産〟である。

しかし、何かを変えなければ、三河は永遠に弱小国のままである。今川氏に対抗するため、軍資金を必要としていた家康は、守護不入の既得権益をあえて無視し、三河三ヶ寺のひとつ上宮寺に家臣の菅沼定顕《さだあき》を派遣して、強制的に兵糧米を徴収させた。昨年、永禄六年秋のことである。

この家康の強硬姿勢に一向宗側が猛反発して一気に燃え広がったのが、今回の大規模な一揆の発端であった。

（一向宗をいつまでも野放しにしておくわけにはいかぬ。たとえこの身は傷つき、多くの血を流しても、断固たる態度で一揆にのぞまねばならぬ……）

家康は悲壮な覚悟をかためた。

とはいえ、三河武士には一向宗を信仰する者が多い。ことに重臣の石川一族は、かつて教勢拡大のために三河へ下向した門主蓮如の護衛役をつとめ、碧海《あおみ》郡小川村に土着したという来歴を持っている。家康に忠誠を誓う近習の数正と、その叔父の家成《いえなり》が必死に一族を説得にあたったが、筋金入りの一向宗門徒の信仰は揺るぎがない。石川一族は、家康方と一揆方につく者に分かれた。

また、その他の家臣のなかにも、本多、渡辺、鳥居、加藤、中島、太田、坂部、矢田など、一族をあげて一向宗に帰依している者たちがいた。

家康の家臣は、家康派、一揆派に分裂。これに、もともと反家康の姿勢を明らかにしていた国衆《くにしゅう》や、松平一族の一部が加わり、一揆に加担して門徒を煽動したため、三河一国は大混乱に陥った。

このまま混乱がつづけば、今川氏が介入してくるのは目に見えている。一日も早く一揆を鎮圧し、家臣団をひとつにまとめ上げる――それが、家康の課題になっていた。

大久保一党が籠もる上和田砦は、相変わらず防戦一方である。

一向一揆勢の攻撃で三ノ曲輪を失い、いままた二ノ曲輪が危機に瀕《ひん》していた。

南無阿弥陀仏の旗を押し立て、

「死ねば極楽、死ねば極楽」

と唱和しながら押し寄せる一揆勢は、前の者が矢弾に斃《たお》れてもその屍《しかばね》を踏み越えて次の者が、それが斃れればさらにその次の者がと、攻撃の手を休める暇がない。

これに対し、守る大久保一党は熱烈な法華《ほっけ》宗の信者である。

「一向宗門徒づれに、この砦を明け渡すわけにはいかぬッ！」

強固な団結力を誇る一党の棟梁《とうりょう》、大久保五郎右衛門忠勝が、目を血走らせて一族一党七十余人とその配下の若党たちを叱咤《しった》した。

大久保一党はいずれも個性派ぞろいである。分家筋にあたる治右衛門忠佐《ただすけ》は美髯《びぜん》自慢で知られ、のちに長篠合戦で活躍して、織田信長から、

――長篠の髯《ひげ》
と賞されることになる。

その弟の彦左衛門忠教《ただたか》は、歯に衣着《きぬ》せぬ弁舌と、『三河物語』の作者として世に名をとどめる。さらに、彼らの甥《おい》にあたる当年十二歳の千丸は、のちに家康の近習となって忠隣《ただちか》と名乗り、徳川譜代筆頭にまでのぼり詰めるほどの逸材であった。

法華宗への信仰が、これら多士済済の大久保一党をひとつにまとめ、一向一揆の猛攻に体を張って立ち向かわせる原動力となっている。

とはいえ、城兵に死者が続出し、二ノ曲輪の指揮を執っていた一党の七郎右衛門忠世《ただよ》(千丸の父)が片目に矢を受けて重傷を負うという事態におよび、歯を食いしばって耐え抜いていた砦の守りにも綻びが見えてきた。

「殿は、殿はまだ動かれぬのかッ!」

負傷しながらも、大身《おおみ》の槍を持って櫓《やぐら》の上に仁王立ちになった大久保忠世が悲壮な叫びを上げた。

一方、浄珠院の家康である。

むろん、上和田砦が全滅の危機に瀕していることは百も承知している。だが、家康はまだ、その重い腰を上げようとしない。

「殿ッ、もはや辛抱なりませぬ。殿は大久保の者どもをお見捨てになるのかッ!」

血気盛んな本多忠勝が、いまにも家康の胸ぐらにつかみかかりそうになった。

「見捨てはせぬ」

家康は喉の奥から絞り出すように言った。

「いましばらく待つのだ」

家康の鳶色《とびいろ》がかった双眸《そうぼう》は、顔を朱に染めた本多忠勝ではなく、もっとはるか遠くの空を見ていた。

「待てと申されても……。われらは、いつまで待てばよいのです」

「わしがよいと言うまでだ」

「殿……」

忠勝が、ぐっと奥歯を嚙んだ。

家康と忠勝が押し問答していたとき、本堂の大屋根の上にいた物見の叫び声がした。

「二ノ曲輪で火の手が上がっておりますッ。二ノ曲輪にも、敵勢が侵入した模様ッ！」

それを聞いた忠勝が、

「もはや、殿の命を待っているわけにはいかぬ。わし一人でもゆく」

蜻蛉切の槍を脇にたばさんで、飛び出て行こうとした。

と、そこへ、

「一揆勢のようすがおかしゅうございます」

さきほどの物見が大屋根から下りてきて、家康に報告した。

「おかしいとは？」

「二ノ曲輪に侵入した敵が、にわかに退《ひ》いております。さきに占拠した三ノ曲輪からも、一揆勢が退去しはじめております」

「さようか」

家康に、さほど驚いたようすはない。

踵《きびす》を返してもどってきた本多忠勝のほうが、

「これはいったい、どういうことでございましょうか」

と、狐《きつね》につままれたような顔つきをした。

その理由は、ほどなく判明した。

一揆勢の本拠である本證寺、勝鬘寺、本宗寺に、何者かが火を放ち、伽藍《がらん》が燃え上がったというのである。その知らせが伝わり、一揆勢に動揺が広がったものらしい。

「殿が服部半蔵にお命じになったのは、このことでございましたか」

家老の酒井忠次が得心したように言った。

「ようやく、潮が動きはじめたな」

家康は、床几からゆっくりと腰を上げた。

「敵の足並みは乱れている。仕掛けるなら、いまをおいてほかにない」

「殿ッ」

「殿ッ……」

鳥居元忠や本多忠勝らが口々に声を上げた。

「出撃じゃッ！」

家康は命を下した。

激戦が展開される上和田砦の近くに、古びた荒神堂《こうじんどう》がある。茅葺《かやぶ》きの屋根には雑草が生え、軒は傾き、雨漏りでもしそうな建物であった。

陽さえ射さぬ北向きの荒神堂の板床に、ひとりの男があぐらをかいていた。

小具足姿の武士である。

頰が鉈《なた》で削《そ》いだように痩せこけ、戦場灼《や》けした肌が鉄色といっていいほど黒く、一重《ひとえ》瞼《まぶた》の奥の目ばかりが餓《う》えた獣のように鋭く光っている。

「軍勢が、砦から退きだしただと」

男が雉《きじ》の干し肉を嚙みながら、いましがた息を切らせて堂内に飛び込んできた埃《ほこり》まみれの雑兵を睨《にら》んだ。

「本證寺や勝鬘寺、本宗寺にまで火がかかったのです。門徒の衆は、一刻も早く火事を消し止めねばと、檀家寺のほうへ向かっておりますッ」

「愚かな」

食べかけの干し肉を投げ捨て、男が眉間に深い縦皺《たてじわ》を刻んだ。

「それこそ、敵の手じゃ。敵は門徒衆の足並みを乱し、その隙に乗じてわれらを蹴散らそうとしておるのだ」

「しかし……」

「寺の火事など、寺内町にとどまっている者どもの手で消し止めることができる。ただちに伝令を発し、みなに持ち場を離れぬよう伝えよッ」

「は……」

「いや、伝令では用が足りぬ。わしがゆくぞ！」

男が雑兵を押しのけて立ち上がった。

体つきこそ小柄で痩せているが、その総身にあふれるような闘気が満ちている。

男は、一揆勢の参謀役をつとめる本多正信であった。このとき、二十七歳。一揆勢と対峙《たいじ》する敵の大将、家康より四歳年上である。

のちに家康の懐刀として、その背後に影のごとく寄り添っていくことになるこの男の出自はよくわかっていない。

本多の姓を名乗っていても、本多忠勝のごとき主流の家ではなく、傍流のそのまた傍流、石高もせいぜい四十石にすぎない。一説に、鷹匠《たかじょう》であったとも言われるが、事実はどうなのか。

『徳川実紀』には、本多正信は、

――鷹師《たかし》会計の小吏《しょうり》
であったと書かれている。吏務にすぐれ、文筆に長じ、漢学を学んで兵法にも精通していたというから、たんなる鷹匠ではなく、鷹匠たちを管轄する役人であったというのが実像であろう。

鷹匠であるにせよ、小吏であるにせよ、本多正信が大久保一党や石川数正、酒井忠次ら、松平家譜代の家臣たちよりはるかに立場が下の、取るに足らぬ家の出であったことは間違いない。

しかし、この男、人にはない謀才がある。そして、

（この三河で、いや東海一円で、おれほど頭のよい男はいない。いつの日か、おのが名を天下に知らしめてくれよう……）

と、胸の底で烈《はげ》しい野心を燃やしていた。下克上の戦国乱世が生んだ、梟雄《きょうゆう》型の人間である。

とはいえ、〝鷹師会計の小吏〟であった正信の日常は、彼の理想とするところとは大きくかけ離れていた。やれ、鷹の餌代が高すぎるだの、鷹小屋の修繕費をもっと値切れだの、上役からつけられる文句は下らぬことばかりである。

（おれはこんなことをするために、世に生まれてきたのではない……）

と腐っていたところへ勃発したのが、今度の三河一向一揆だった。

まさしくこうした騒乱を、正信は待っていた。三河一向一揆は、天が自分に与えた僥《ぎょう》倖《こう》だと正信は思った。

上宮寺からの年貢徴収をきっかけに一向宗門徒が騒ぎ出すや、正信はただちに岡崎の北一里あまりにある上野城へ走った。上野城の城主は、酒井将《しょう》監《げん》忠尚という。

将監は家康側近の酒井忠次の叔父にあたる。だが、今川人質時代から家康に仕えてきた忠次とちがい、松平家への忠誠心などさらさらない。機会さえあれば、若い当主の家

康になり代わって、三河のぬしになりたいとさえ思っていた。

その酒井将監に、本多正信は近づいた。

「一揆で松平家の足元がぐらついているいまこそ、将監さまが国を盗《と》る千載一遇の好機でございますぞ」

将監の耳もとで正信はささやいた。

「しかし、国を盗るといっても、いかようにすればよいのか」

「策は、このわたくしがお授けいたします。将監さまは、何もお考えにならず、その策に従って行動して下さいませ」

かくして酒井将監のふところに飛び込んだ本多正信は、将監の参謀役として一向一揆を煽動し、ここまで一歩、一歩、みずからの地位を築き上げてきたのである。

一揆の行方には、小吏から飛躍しようとする正信という男の人生がかかっていた。

浄珠院を出た家康は、

——厭離穢土《おんりえど》欣求浄土《ごんぐじょうど》
の本陣旗をかかげ、上和田砦に向けて進軍した。

白絹の地に墨書した厭離穢土欣求浄土の文字は、松平氏の菩提寺である大樹寺《だいじゅ》の住職登誉《とうよ》から授かったものである。

浄土思想の基礎を築いた源信《げんしん》の『往生要集《おうじようようしゅう》』に由来する言葉で、汚れたこの世を厭《いと》い離れ、浄土を欣《ねが》い求めるという意味だ。元来、極楽往生を説いたものだが、来世に望みを託すよりも、いま厳しい現世を戦い抜かねばならない家康は、この言葉に自分なりの解釈をしていた。

一人の武将として天下に名を成そうとするなら、すべての秩序が乱れきった戦国の世を治め、万民の苦しみを救うようなまつりごとを行わねばならない。おのれの戦いは、そのための戦いであると——。

いまの自分は、国ひとつ、家臣団ひとつまとめ切れず、足元の一向一揆にさえあがき苦しんでいるが、

(必ずや、この旗に恥じぬ戦いをしてみせよう……)

家康は胸の奥深く誓っていた。

伽藍炎上の知らせに浮足立っている一揆勢に対し、家康軍先鋒の本多忠勝、二陣の鳥居元忠らがまっしぐらに突き進んだ。馬で蹴散らし、槍で突き伏せ、敵を薙《な》ぎ倒してゆく。

防戦一方だった上和田砦の大久保一党も、にわかに息を吹き返し、

「殿が加勢にまいられたぞッ!」

「こちらも、一挙に押し出せーッ!」

と二ノ曲輪の城門を開き、これまでの鬱憤をはらすように反撃に転じた。

いくさは勢いである。潮目が変われば、兵たちの動きや士気もまた変わる。三ノ曲輪

を占拠していた敵は逃げ惑い、これまでの攻勢が嘘《うそ》のように退却をはじめた。

「さすがは殿にござる。このいくさ、勝ちましたな」

家康のそばに寄り添うように馬を走らせる石川数正が、嬉々《きき》とした表情で言った。

「いや、まだわからぬ」

と、家康は手綱を握りしめた。

「敵は足並みを乱しております。もう一息、押してまいれば……」

「あれを見よ、数正」

家康は馬上で顎をしゃくった。

その視線の先で、思わぬことが起きていた。

ついいましがたまで算を乱し、退却していた一向一揆勢が、ふたたび押し返しはじめている。念仏を唱える一揆勢の熱気は、さきほどよりも増しているようである。それは、悪夢のような光景であった。

しかも一揆勢は、大久保一党の立て籠もる上和田砦ではなく、後詰《ごづ》めに押し出してきた家康軍のほうへ向かっている。

「これは……。いかなることでござりましょうか」

石川数正が家康を振り返った。

家康も手綱を引き、馬の歩みをゆるめて輪乗りをかける。

「かくも急激に、一揆勢が息を吹き返すとは……。信じられませぬ」

前線に舞い上がる砂煙、はためきながら前進する南無阿弥陀仏の旗の群れを、石川数正が茫然《ぼうぜん》と見つめた。

「信じるも信じぬも、いまわれらが目にしているのは、まぎれもなき現実《こと》だ。どうやら、風向きが変わったな」

家康は眉間に皺《しわ》を刻んだ。

先鋒の本多忠勝隊、二陣の鳥居元忠隊が、殺到する一揆勢に押し戻され、一転して苦戦に陥っていた。第三陣の天野康景らが加勢に参戦し、かろうじて戦線を維持している状態である。だが、いったん本證寺や勝鬘寺、本宗寺へ向かった者たちが前線へ引き返して来ると、家康軍は明らかに劣勢に立たされた。

「ひとまず退却して態勢を立て直しましょうぞ、殿ッ！」

石川数正が悲痛な叫びを上げた。

「ならぬ」

と、家康は首を横に振った。

「ここで大久保一党を無情に見捨て、わしが尻尾を巻いて逃げ帰れば、多くの三河衆の信を失うことになる。それだけはならぬ、断じてな」

「殿……」

「ここが、切所《せっしょ》じゃ」

と吐き捨て、下唇を嚙《か》む家康の頰を生ぐさい血臭《けっしゅう》を含んだ風がさっとなぶって過ぎた。

同じころ――。

一揆勢の渦の中心で、鬼の形相をしている男がいる。

本多正信である。

「退《ひ》いてはなるまいぞッ！　退いた者は地獄へ堕ちる。めざす相手は仏敵、松平家康ただ一人ぞッ！」

正信は片鎌十文字槍《かたかまじゆうもんじやり》を振りまわし、怒号を上げて味方を叱咤《しった》した。

集団というものは、その場の熱気に流されやすい。ことに一向宗門徒のごとき、思いをひとつにする大集団においては、熱気が人を動かし、巨大な力となる。

本多正信は一揆衆の熱気を高めるべく、声を張り上げて人々を煽動した。

「退けば地獄、退けば地獄ッ！　極楽往生を願う者は、ひるまず前へ進めーッ！」

正信は必ずしも、熱心な一向宗信者というわけではない。むしろ、念仏ひとつ唱えれば、何をせずとも後生《ごしよう》が約束されるという教義そのものには冷めている。

だが、正信のごとき低い身分の者が、世にのし上がっていくには、集団の組織力を利用するのがてっとり早い。

「退けば地獄、退けば地獄ッ！」

正信の叫びは、池に投げ込まれた石の波紋のように拡《ひろ》がり、大きなうねりとなって松平家康に押し寄せた。

そのうねりを前に、家康は一歩もあとへは引かない。

「蹴散らせ、蹴散らせーッ！　命がけで戦えば、必ず道は開けるぞッ」

敵方の本多正信と同様、家康もここで負けるわけにはいかない。

その大将の必死の思いが乗り移ったのか、いっとき押しまくられていた本多忠勝隊、鳥居元忠隊、天野康景隊が態勢を立て直し、一揆勢と渡り合った。

凄《すさ》まじい白兵戦になった。攻防は一進一退を繰り返している。

「忠次、ゆけッ」

「はッ！」

家康の命で酒井忠次の隊も前線へ飛び出して行き、戦闘はいっそう烈しさを増した。

ふと気づけば、兵たちはほとんど出払って、家康の周囲にはわずかな近習と石川数正の手勢しか残っていない。守りが極度に手薄になっていた。

「数正、そちも出撃せよ」

家康は、かたわらに控えていた石川数正に命じた。

「それはなりませぬ。本陣に敵がせまったら、何となされます」

「そのようなことを言っている場合ではない。ここで一気に勝負をつけるのだ」

「されど……」

「ゆけッ！　ゆかねば、わが手でたたき斬るぞッ」

家康は血走った目を数正に向けた。

家康の烈しい権幕《けんまく》に押され、石川数正の隊も戦場へ出撃していった。

あたりが奇妙な静寂につつまれた。

遠く潮騒《しおさい》のように敵味方の喚声が聞こえるが、家康のまわりだけが、嵐から取り残されたごとく静まり返っている。

だが、頭に血がのぼっている家康は、そのことにすら気づく心の余裕がない。

（勝たねば……）

家康は無意識に親指の爪を嚙んでいた。強く嚙み過ぎて皮が破れ、指先から血が滲《にじ》んでもなお嚙んだ。

と、そのときである。

前方から疾走してくる二頭の馬が、家康の視界に入った。戦闘で持ち主を失ったものか、どちらの馬にも騎乗している者の姿は見当たらない。

砂塵《さじん》を巻き上げ、馬たちはまっしぐらに家康のほうへ向かってくる。

「殿ッ、危のうございます。お逃げ下されませッ！」

小姓の於熊が顔色を変えた。

その於熊の言葉がみなまで終わらぬうちに、無人だったはずの二頭の馬の背に、むくりと影が起き上がった。

黒い頭巾をかぶった男たちだった。手綱も使わず、馬の胴を股で挟みながら、体の前で火縄銃を構えている。鈍く黒光りする筒先は、ほかならぬ家康に向けられていた。

逃げている暇《いとま》はなかった。

於熊が何かを叫びながら、家康に駆け寄ってきた。そのゆがんだ必死の形相が、なぜかあざやかに家康の網膜に焼きついた。

次の瞬間、
ダンッ
ダンッ
と二発の銃声が響き、具足をつけた家康の体に鉄尖棒《かなさいぼう》で殴りつけられたような衝撃が走った。

（わしは、かようなところで死なねばならぬのか……）

薄れゆく意識のなかで、若くして不慮の死を遂げた父広忠の面影が浮かんで消えた。

家康の体はゆっくりと斜めに傾き、そのまま地面にどっと倒れた。

「殿ッ」

「殿ーッ！」

小姓や近習たちが驚き騒いで取り囲む家康のすぐ横を、馬にまたがった二人の賊が風とともに駆け去っていった。

第二章　女と男

一向一揆勢と家康軍の上和田砦《かみわだとりで》をめぐる戦いは、痛み分けに終わった。

――松平家康、銃弾を受け落馬。

との情報は、敵味方に知れ渡り、一向一揆方をさらに勢いづかせた。

しかし、能見《のうみ》松平、大給《おぎゅう》松平、深溝《ふこうず》松平ら、家康を支持する松平一族が手勢をひきいて相次いで駆けつけ、形勢は逆転。岡崎城に迫るのは難しいと判断した一揆勢は、ついに退却をはじめたのである。

危機が去ったとき、家康の姿は前線にはない。近習《きんじゅう》たちの手によって岡崎城へかつぎ込まれ、傷の手当《てあて》を受けていた。

幸い、二発の銃弾は致命傷とはならなかった。

一発は黒糸威桶側胴《くろいとおどしおけがわどう》具足の左胸に命中したが、拵《こしら》えが頑丈だったために貫通せず、鉛弾が鉄板に食い込んだにとどまった。もう一発は、右肩をかすめ、具足の大袖の小札《こざね》を千切って吹き飛ばした。

肩に傷を負っただけで命に別条はなかったものの、銃弾の衝撃と打ちつづいた極度の緊張のせいか、その夜、家康は高熱を発して寝込んだ。

朦朧《もうろう》とした意識のなかで、家康は夢を見た。

それは女の夢だった。

寂しく青みがかった霧が流れるなか、家康は川のほとりに立っていた。どこの川かはわからない。あたりの景色に見覚えがあるところをみると、岡崎城下近くを流れる矢作《やはぎ》川であるかもしれない。

滔々《とうとう》と流れる川のなかで、一人の女がこちらに向かって手招きをしていた。

一糸まとわぬ裸体である。

長い黒髪が濡《ぬ》れ、水にそよぐ藻のように、豊満な女の胸にまとわりついている。

(こちらへ……)

遠く離れているはずなのに、家康を呼ぶ女の声が耳元でした。

(そなたは誰だ)

家康は女に問いかけた。

(お忘れでございますか、わたくしを……)

女が怨《えん》ずるような目をした。

言われてみると、知っているような気もするし、そうではないような気もする。胸だけでなく、女の白い体はみずみずしく脂が乗りきっていた。

その水さえ弾きそうな柔肌に、

（触れたい……）

と、家康は渇望した。

衝き上げる思いに耐え切れず、冷たい川に足を踏み入れ、女の肌に指が触れたとき、
不意に夢は醒《さ》めた。

（夢であったか……）

寝床のなかで、家康は指先に残っている女の肌の感触を生々しく思い出していた。

二十三歳になる今日まで、家康が経験した、

――おんな
はそう多くはない。

はじめて知った女人は、駿河今川家の人質時代、当主だった義元《よしもと》の命で妻に迎えた今川家臣関口親永《ちかなが》の娘、瀬名姫《せなひめ》であった。のちに築山殿《つきやまどの》と呼ばれる家康の正妻である。

今川一門の娘である瀬名姫は、家康と同年で、美人ではあるが気位の高い女だった。

夢の女とは対照的に胸がうすく、肌の手ざわりも触れる者を拒むように硬く冷たい。

婚儀を挙げた翌々年、瀬名姫とのあいだには嫡男竹千代《たけちよ》（信康）が誕生し、その翌年には長女の亀姫《かめひめ》が生まれた。

だが、性《しょう》が合わないというのだろう。顔を合わせても会話がはずまず、たがいに重なり合う部分が少ない妻に、家康は心を通わせることができずにいた。

何といっても、家康は三河から来た人質である。今川の一門である妻に、ただでさえ

遠慮があるうえに、瀬名姫の側も、

「本来ならば、わたくしはもっと良家に縁づいてもよかったはず。何ゆえ、かような三河の田舎者づれに縛られねばならぬのか」

と、夫に対する大きな不満を抱いていた。

このころの駿府は、京の戦乱を逃れた公家が多く移り住み、華やかな文化の香りがただよう都会であった。そのような都ぶりの洗練された空気のなかで育った瀬名姫の目に、三河者の家康は耐え難いほど野暮《やぼ》ったく映ったのであろう。

(女とは疲れるものだ)

それが、当時の家康のいつわらざる感情だった。

妻以外の女に目を向けようにも、人質の身では許されるはずもない。

その窮屈な状況が一変したのは、桶狭間《おけはざま》合戦で今川義元が敗死し、それを機に家康が三河へ帰還して独立を果たしたときだった。

家康は岡崎城に入り、瀬名姫と二人の子は駿府に取り残された。家族が引き裂かれた不幸な状況ではあるが、正直なところ、頭の上の重石《おもし》が取れて家康がほっとしたのも事実である。

岡崎へもどってから、家康は側に仕える幾人かの女と閨《ねや》を共にした。しかし、それはただ、若い欲情を満たすというだけで、瀬名姫のときと同様、心が満たされることはなかった。

家康は晒《さらし》を巻いた肩をさすりながら、

（おのれという男は、生まれつき、女運が悪いのかもしれぬ……）

妙な孤独感をおぼえた。

二年前の永禄五年（一五六二）、家康は今川家との人質交換によって瀬名姫と子らを岡崎へ引き取ることに成功した。

城下の、

——築山《つきやま》
と呼ばれる小高い丘陵地に屋敷をもうけ、そこに妻子を住まわせるようになったが、氷の壁が挟まったような夫婦の冷え冷えとした関係は変わることなくつづいている。

それにしても、

（あの女は……）

家康は夢で見た豊満な美女の肢体を頭に思い描いた。たしかにどこかで見た顔であるような気がする。だが、思い出せない。

吸いつくような湿り気を帯びた肌の柔らかさ、やや低い色香のある声、いま思い出しても体の芯に震えがきそうである。

（この大事のときに、わしは何を考えておるのだ）

妄念を振り払い、家康はその後の情勢を聞くために近習を呼ぼうとした。

と——。

寝所《しんじょ》の障子が音もなく開いた。

青白い月明かりに照らされて裸足《はだし》の爪先が見え、誰かが部屋に入ってくる気配がした。

「何者だ」

家康は身を起こし、誰何《すいか》の声を放った。

突然響いた声に驚いたのか、その者が立ちすくんだ。

「お目ざめでございましたか」

返ってきたのは女の声だった。

「医師の薬が効いておりましたゆえ、まだお寝《やす》みかと」

「そなたは……」

相手が女と知って、家康はやや緊張を解いた。

「いま灯《あか》りをお点《つ》けいたします」

女が部屋のすみに置かれた短檠《たんけい》に火をともした。

闇が払われ、灯りに照らされて女の顔が浮かび上がった。それを見て、家康は思わず息を呑《の》んだ。

女の白い面輪《おもわ》は、夢で見た女にそっくりだったのである。

「あの……。そのように見つめられては、恥ずかしゅうございます」

女が目を伏せた。

含羞《がんしゅう》のある、かすれを帯びた声である。

「そなたは……」

「ご家老の酒井忠次《ただつぐ》さまより、お身のまわりの世話を仰せつかっている者にございます」

「見かけぬ顔のようだが」

「つい先日、お城に上がりましてございます。奈々《なな》とお呼び下されませ」

折り目正しく三つ指をついて、女が頭を下げた。

その肩や胸、腰のあたり、むっちりとしたいい肉づきをしているのが、卯《う》の花色の小袖の上からでもはっきりとわかった。

「奈々か」

「はい」

くびれた顎を上げ、女が小さく笑った。

やはり、

(夢の女に似ておる……)

家康は、まだまどろみのなかにいるような奇妙な思いにとらわれた。

「傷はお痛みになりませぬか。侍医さまが、痛み止めの煎じ薬を置いてまいられました。お許しいただければ、わたくしが口うつしにお薬を……」

「いらぬ世話じゃ」

我にもなく、家康は慌てた。

女のぽってりとした唇と、おのが唇が重ねられるところを想像し、頭に血がのぼったのである。

見れば見るほど、奈々というその女は家康の好みにかなっていた。

年は十七、八だろう。そのふくよかな体つきと同様、頰《ほほ》が豊かで、気立てのよさを感じさせるおおらかな顔立ちをしている。それでいて、うなじや小袖からのぞく手首や足首は折れそうなほど細く、逞《たくま》しいまでに盛り上がった尻や太腿《ふともも》とあざやかな対照をなしていた。

「忠次を呼べ」

下腹にむらむらと湧き上がってきた情欲を断ち切るように、家康はわざと素っ気なく言った。

「ご家老をお呼びするのでございますか」

奈々が首をかしげた。

「一揆勢のその後の動きを聞かねばならぬ。こうしている場合ではない」

家康は夜具をはぐって立ち上がろうとした。が、わずかに足元がぐらつき、体勢を崩した。

「まだ、動かれてはなりませぬ」

女の熱い息が、家康の首筋にかかった。

翌々日、家康は負傷の痛みを微塵《みじん》もみせず、岡崎城から出陣した。

銃弾を受け、病床にあるはずの家康が、

——厭離穢土《おんりえど》欣求浄土《ごんぐじょうど》
の旗を立てて颯爽《さっそう》とあらわれたのである。一揆勢のあいだに、大きな驚きが拡《ひろ》がった。

それから連日のように、家康は軍勢をひきいて出撃し、三河三ヶ寺、および本宗寺に籠る一揆勢を攻め立てた。

「これはいったい、いかなることじゃ」

一揆勢の煽動者《せんどう》である酒井将監《しょうげん》忠尚が、参謀役の本多正信《まさのぶ》に問いただした。

「家康が強き運の持ち主だったということでございましょう」

「あのまま死んでいれば、形勢は一転していたものを……。まこと、悪運の持ち主じゃのう」

将監は顔をゆがめて悪態をついた。

「それよりも、将監さま。ひとつお伺いしてもよろしゅうございましょうか」

本多正信が、冴《さ》えた光をたたえた目を上げた。

「申してみよ」

「上和田砦攻めのおり、家康を狙撃した者どもにございます。それがしは何も聞いておりませぬが、あれは三ヶ寺の者だったのでございましょうか」

「そのことか」

酒井将監は薄い下唇を嘗《な》めた。

「あの者どもは、ご本山から差し遣わされた刺客よ」

「ご本山からの刺客……」

「そうじゃ。三河おもての情勢には、大坂の石山本願寺門主顕如《けんにょ》さまも多大な関心を寄せておられる。鉄砲を操っては右に出る者のない紀州雑賀《さいか》の選《え》りすぐりの手だれを、こちらに差し向けるとの知らせが届いておった」

「あれは雑賀衆でございましたか」

正信は得心がいったようにうなずいた。

「しかし、いささか危険ではございませぬか」

「危険とは、何がだ」

「三河国内のことは、われら三河者の手で決着をつけとうございます。ご本山に余計な口出しをされては、何かとやりにくいのではあるまいかと」

「それこそ、いらぬ心配じゃ。雑賀衆の狙撃がなくば、情勢はさらに不利になっていたであろう。それよりいまは、この劣勢をいかにして挽回するかじゃ」

「は……」

じりじりと焦る思いは、正信も酒井将監と同じであった。

度重なる家康の攻勢の前に、一揆方の勢いはしだいに衰えはじめていた。家康の読みどおり、上和田砦の攻防戦をこらえたことが、事態打開の糸口を作ったのである。

二月中旬になり、一揆勢のほうから手打ちの打診があった。

話を持ってきたのは、上和田砦を守る大久保一党の長老常源《じょうげん》である。

髪を剃《そ》り上げた入道姿の常源は、当代の大久保家当主五郎右衛門忠勝《ただかつ》の父であり、家康の祖父清康《きよやす》、父広忠《ひろただ》と、松平家二代にわたって仕えた老巧の士である。上和田砦の合戦でも、一門の精神的支柱として若い者たちを叱咤《しった》し、おおいに存在感を発揮した。

その大久保常源が、頑固な古武士らしい顎の張った顔を家康に向けた。

「和睦の話は、土呂《とろ》の本宗寺における一揆方より持ちかけられたものにございます。一揆方には、家臣でありながら殿に楯《たて》ついた者が少なからず。そうした者どもが、もし赦《ゆる》されるのであれば、ふたたび殿にお仕えしたいと申しております」

「いまさら赦しを乞うているか」

家康は眉をひそめた。

そもそも三河一国が大混乱に陥ったのは、なにゆえか。主君への忠よりも信仰を選んだ彼らのせいではないのか。

それを、一揆方の旗色が悪くなったからといって、一度は弓矢を向けた旧主に媚《こび》を売ってくるとは、

(虫が良すぎる……)

家康は不機嫌になった。

「いかがなされまする、殿」

常源が家康の目をのぞき込んだ。

「殿のお腹立ちはよくわかりまする。たやすく和睦に応じれば、これまでの艱難辛苦《かんなんしんく》は何だったのかということにもなりましょう。しかし、ここは思案のしどころでございますぞ」

「思案とは何じゃ」

「ここで一揆方の者どもを赦さず、あとあとまで禍根を残すことになれば、今後、ご領内の治安は不安定になりましょう。それこそ、隣国の今川氏に付け込まれる隙を作るようなもの」

「一揆に加担した者どもの罪を赦し、手打ちをせよと言うのか」

「厳しい処断をなされば、今度こそまことに家臣団が真っ二つに割れまするぞ。腹の虫をぐっと抑えられ、いまは妥協なさるべきかと」

「して、一揆方の具体的な講和の条件は」

家康は問うた。

土呂の本宗寺の一揆方が提示してきた講和の条件は、次のようなものであった。
一、一揆に加わった侍たちの本領を安堵すること。
一、一向宗寺院、およびその檀家の罪をいっさい問わぬこと。
一、一揆の首謀者たちを助命すること。
以上の三箇条を受け入れてくれるなら、今後、一揆衆は家康に忠節を誓い、酒井将監らが籠る上野城へ攻め寄せることを約束しようというのである。一揆方にとって、何から何まで都合のいい条件であった。

「話にもならぬ。そのようなふざけた条件が呑《の》めるか」

家康は怒気をあらわにした。

「戦いを優位にすすめているのはこちらのほうではないか。なにゆえ、一揆勢に譲歩などせねばならぬ」

「お怒り、ごもっともにございます。むろん、三箇条をそのまま受け入れるのは難しゅうございましょう。少なくとも、一揆の首謀者にはそれなりの責任を取らせねば収まりがつきますまい」

大久保常源が言った。

「さりながら、物ごとは中庸《ちゅうよう》にこそ真実がござります。よもや殿も、一揆衆を皆殺しにしようとお考えではございますまい。話し合いをつづけて譲るべきは譲らせ、落としどころを見つけて、一刻も早く三河国内の兵乱を収めるのが得策と存じます」

「落としどころか」

家康は皮肉な表情を顔に浮かべた。

「手ぬるい条件を認めては、かの者どもをつけ上がらせるだけではないか」

「殿……」

「すぐに返答はできぬ。しばし考えてからでも遅くはあるまい」

家康は常源を下がらせた。一人になったあとも、釈然としない思いが胸に残った。

このまま一揆方と手打ちをして、曖昧にことを収めれば、

（亡き父がなしてきたのと同じ過《あやま》ちを繰り返すことになる……）

と、家康は思った。

さりとて、周辺諸国に付け入る隙を与えぬよう、多少の譲歩をしても三河国内の安定をはかるべきだという常源の意見にも一理ある。

（いかなる道を選ぶべきか……）

家康が考え込んだとき、廊下にさわさわと衣ずれの音が響いた。

廊下を渡ってやって来たのは、華やかな衣装に身をつつんだ女人の一団だった。

「殿はこちらにおわすかや」

高飛車な声が聞こえた。

「部屋におわしますが、いまはどなたも通すなと仰せつかっておりまする」

「そのほう、誰に向かってものを申しておるのです」

小姓の於熊が、声のぬしと押し問答をしている気配がした。

「殿に会って話さねばならぬことがあります。そこを退《ど》くがよい」

「なりませぬ、奥方さま……」

於熊の制止を振り切り、部屋のなかに女が入ってきた。

家康の妻、瀬名姫であった。

いや、岡崎城下の築山の屋敷に住まうようになってからは、

——築山殿

と称されている。

築山殿は、何かを探るようにするどい目つきで室内を見まわしてから、

「お久しゅうございます」

言いながら、衣の裾をさばいて家康の前にすわった。

「そなたが築山の屋敷からこちらへ出向いてくるとは、珍しいことだ」

家康は目をそらすようにして言った。

この妻と向き合うと、家康はいつも身の置き場所がないような気分になる。駿府の人質時代の記憶が、築山殿と顔合わせるたびに、鮮明によみがえってくるせいだろう。築山殿のせいではないが、夫婦の関係にとっては不幸なことと言える。

「わたくしがこちらへまいっては、お困りになることがあるのでございますか」

「何を申す。竹千代や亀姫の顔も見たいと思っていたところだ。子らは息災にしておるか」

「親はなくとも子は育つと申します。父に見捨てられたような暮らしでも、竹千代は松平家の世継ぎとして、立派に成長しております」

「さようか」

築山殿の皮肉な物言いに、家康は返す言葉がない。じっさい、妻子を岡崎に引き取ってからも、一向一揆の混乱などにまぎれて、数えるほどしか築山の屋敷に足を運んでい

なかった。

「ときに、かの者はどこにおるのです」

築山殿が口もとに冷たい微笑をたたえながら言った。

「かの者とは、誰のことだ」

家康はそらとぼけた。

築山殿があらわれたときから、その目的はうすうす感づいている。

「知らぬふりをなされるのですか」

築山殿が、きつい目で家康を睨《にら》んだ。

「奈々とやら申すおなごです」

「奈々とな」

「酒井忠次より聞いております。殿は、侍女としてお側に仕えるようになったその者に手をつけ、ことのほか寵愛《ちょうあい》なされておるとか」

「何のことかわからぬな」

動揺をおもてに出さず、家康は知らぬふりをつづけた。

だが、胸のうちでは、

(忠次め、余計なことを……)

と舌打ちしている。

「人の口に戸は立てられぬと申します。ご城下では、そのおなごのこと、すでに噂になっております」

「馬鹿を申せ。よもや噂になることは……」

「やはり、まぎれもなき事実なのでございますね」

築山殿は蠟《ろう》を彫り刻んだような白い端正な顔をこわばらせた。

「その者を、ここへお呼び下さいませ」

「瀬名……」

「侍女の分際で、殿を誘惑するとは身の程知らずな。思い知らせてやらねばなりませぬ」

「何を言っているのか、わしにはわからぬ」

家康はあくまでしらをきり通すことにした。

築山殿の烈《はげ》しい気性は、ほかの誰よりもよく知っている。ひとたび激すれば、何を仕出かすかわからない火のごとき危うさを、この妻は内に秘めている。

「殿はわたくしを侮っているのでございますね」

築山殿の論理が、一気に飛躍した。

「侮ってなどおらぬ」

「いいえ。わたくしを侮り、わが実家の今川家を侮っているからこそ、つまらぬおなごを側にお近づけになるのです」

「わしは知らぬと申しておるではないか」

「いいえ、わたくしにはわかります。殿はわたくしを嫌うておられる。ほかのおなごに男子ができれば、わたくしを離縁し、竹千代もお捨てになるつもりでありましょう」

「いいかげんにせよ、瀬名」

「わたくしは……。悔しゅうございます」

築山殿は下唇を嚙み、恨みごとを言いつのった。

築山殿が城下の屋敷に引き揚げていったのは、それから半刻《はんとき》近く経《た》ってからである。

張りつめていた緊張から解き放たれた家康は、ほうっとため息をついた。

妻を嫌っているわけではない。だが、いつもながら、この両肩にのしかかるような疲労感はやりきれない。

（疲れた……）

と、そこへ、

「奥方さまがお帰りになられたようでございますね」

いままでどこに身をひそめていたのか、奈々が顔を出した。

「そなた……」

「噂どおり、美しいお方にございますね。それに、大名家の奥方さまとしての品格がおありです。わたくしなど、とてもかないそうにない」

「嫉妬しているのか」

「いいえ。わたくしは、そのような身分の者ではございませぬ」

奈々が神妙な顔つきで目を伏せた。

はじめてこの女を抱いたとき、

（ほう……）

と、家康は目のさめるような思いがしたのを覚えている。

一見したところ、奈々の物腰や言葉づかいは清雅で、初々しい恥じらいを含んでいる。だが、いったん閨《ねや》の床に入ってしまうと、その恥じらいが一気にはじけ飛び、白い柔肌の奥に秘し隠していた情熱へと変わった。その落差がかえって、家康の男心を魅《ひ》きつけてやまない。

一揆勢攻撃の出撃から帰還するたびに、家康は戦いで熱くなった血を鎮めるように奈々の体を烈《はげ》しく責めた。

奈々の側も、最初からそれが自分の宿命《さだめ》であったがごとく、ごく自然にそうした家康を受け入れた。

「そなた、生国は大和であると申していたな」

その夜の寝物語で、家康は女の長い黒髪を撫《な》でながら言った。

「はい。わが父は、南都七大寺のひとつ、東大寺に出入りする医者でございました」

「奈良の医者の娘が、なにゆえ三河へなど流れてきた」

「若気の過ちでございます」

「過ちだと……」

「父の反対する薬師《くすし》と駆け落ちをし、三河まで流れてきたところで、その男に捨てられました」

奈々の話によれば、三河池鯉鮒《ちりゅう》の宿場で行くあてもなく茫然《ぼうぜん》としていたとき、父の遠縁にあたる男が松平家重臣の酒井忠次のもとで物頭《ものがしら》として働いているのを思い出した。酒井忠次の城は岡崎北郊の井田の地にある。見知らぬ土地で足を棒にしながら、つてを頼って城をたずね、侍女の口を世話してもらったという。

女の教養、打てば響くような頭の良さ、一度惚《ほ》れたら地獄へもついて行きかねない情の濃さも、その身の上を聞けば納得がいく。女がたんなる世間知らずの小娘ではなく、若さに似合わず苦労しているところが、家康の心を柔らかくした。

苦労を知っている者には、他人の苦労がよくわかる。こうした女に、家康はいままで出会ったことがない。

その点、正妻の築山殿などは、

(人の痛みのわからぬ女だ……)

家康は、能面に似た美しい面影をふと胸によみがえらせた。

「そう申せば、殿。一揆の衆とのいくさは、いつまでつづくのでございますか」

家康の胸を、ややしめりけを帯びたしなやかな指でまさぐりながら奈々が言った。

「なぜ、そんなことを聞く」

「殿の御身が心配なのでございます。お寝《やす》みのあいだ、苦しげなうわ言を洩《も》らされておりましたゆえ」

「わしがうわ言を」

「はい」

奈々が顎を引いて小さくうなずいた。

「一揆の衆との戦いがこの三河を二つに割っていることは、他国者のわたくしでも存じております。そのことで、頭を悩ませておいでなのでしょうか」

「うむ……」

家康は天井を見つめて黙り込んだ。

たしかに、三河一向一揆のことが頭にこびりついて離れない。大久保常源が持ち込んできた一揆方の和議の条件が、喉に刺さった魚の小骨のように引っかかっていた。

（赦《ゆる》すべきか、赦さざるべきか……）

条件を呑《の》んでおのれに逆らった者たちを何ごともなかったように受け入れるのは、やはり業腹《ごうはら》であった。

「奈々」

「はい」

「そなたを捨てた男がここにあらわれ、手をついて赦しを乞うたら、そなたはその男を赦すか」

（は……）

と、奈々が不思議そうな目をした。

「そのようなこと、あるはずもございませぬ」

「もしもの話だ。そなたは、自分を裏切った相手を赦せるのか」

家康は重ねて問うた。

そのいつにない真剣なまなざしに、最初は戸惑っていた奈々も真顔になった。

「どうでございましょうか。そのときになってみなければわかりませぬ」

「一度は体と心をゆだねた男だ。その相手が、そなたを捨て去った。殺してやりたいほど憎んでいるはずだ」

「たしかに、憎うはございます」

「やはり憎いか」

考えるように言葉を慎重に選びながら、奈々が言った。

「でも、忘れました」

「忘れたとは」

「いつまでも憎しみに心を縛られていては、見えるはずのものも見えなくなるではございませぬか。どのような者にも、あやまちはあるものです。げんに、このわたくしも……」

奈々の瞳が翳《かげ》りを帯びた。

「されば、男を赦すと申すか」

「赦しはしません。されど、恨みもいたしませぬ。そのような者をうかうかと信じたのは、ほかならぬわたくしでございます」

「おなごは強いな」

家康は口もとに底錆《さ》びた笑いを浮かべた。

「わしがそなたと同じ立場だったら、とても赦せそうにはない」

「赦したうえで、やはり取るに足らぬ男だったとわかれば、こちらから袖にすることもできましょう」

「なるほど、そなたには知恵がある」

家康は、今度は声を立てて笑った。

「おかげで、心が晴れてきた」

「かような取りとめもない話で、お心が晴れましたか」

「話には、もう飽いた。奈々」

と、家康は女の下腹に手を伸ばした。

小袖を割ってそこを探ると、奈々が眉間に皺《しわ》を寄せ、唇を半開きにしてかすかなあえぎ声を洩らした。

松平家康と、三河一向一揆衆の講和が成立したのは、それから十日後、岡崎城の桜が満開になったころのことである。

講和にあたり、家康は一揆方が提示してきた条件のすべてを呑んだ。

一見、弱腰にも見える対応に、家臣の多くは反対した。

ことに若い本多忠勝などは、

「殿は裏切り者どもをお赦しになるのか。あやつらのために、どれだけ多くの血が流されたか。撫《な》で斬りにしても飽き足りませぬッ！」

と、顔を真っ赤にし、拳を震わせて怒りをあらわにした。

「殿がお赦しになっても、それがしは赦せませぬ」

「わしにはわしの考えがある」

いかなる反対を受けても、家康は方針を変えなかった。

一方、家康が条件をことごとく受け入れた以上、一揆方も約束を履行せざるを得ない。

取り決めに従い、彼らは一揆方の黒幕ともいうべき酒井将監忠尚の上野城へ攻め寄せた。

大軍に城を包囲された酒井将監は、もはや抗するすべはなしと判断。上野城を脱出し、今川氏を頼って駿河へ逃れた。

窮したのは、酒井将監の参謀役であった本多正信である。

（よもや、家康がこれほどの思い切った決断をする男であったとは……）

正信は黒みがかった唇を強く嚙《か》んだ。

じつのところ正信は、どのみち家康は一揆方と妥協できまいとたかをくっていた。

いまのところ、戦いは劣勢だが、本山の石山本願寺から後方支援を受け、東三河にいまだ隠然たる力を持つ今川氏が動けば、

（必ず、形勢は逆転する）

正信はそう信じていた。だが、期待はもののみごとに裏切られた。

（家康という男、よほどの馬鹿か。それとも、とてつもない度量の持ち主なのか……）

いずれにせよ、酒井将監が逃亡してしまったからには、正信が三河にとどまっていても意味はない。へたをすれば寝返った一揆方の者たちに捕えられ、

「酒井将監をあやつり、一揆を煽動していたのはこの男だ」

と、一揆の陰の首謀者として家康に首を差し出されかねなかった。

追及の手を逃れ、本多正信はいずこともなく行方をくらました。

その後、正信は諸国を流浪し、数年のあいだ三河の土を踏むことはなかった。

三河一向一揆の終結により、酒井将監や本多正信のほか、一揆を煽動していた者の多くが国外への退去を余儀なくされた。

三河国人の吉良《きら》義昭《よしあき》、荒川義広《よしひろ》らは上方へ逃亡。一門衆のなかで一揆方に加担した大草松平家の昌久《まさひさ》も、城を捨てて逐電している。

その一方、家康は夏目吉信《よしのぶ》、渡辺守綱《もりつな》、蜂屋《はちや》貞次《さだつぐ》、波切孫七郎、鳥居直忠ら、頭を下げて赦しを乞うてきた旧臣たちの帰参を、宗旨変えを条件に認めた。

一度はおのれに刃を向けた彼らに対して、思うところはある。

しかし、いまの三河は半年近くつづいた一向一揆によって、極度に国力が衰えていた。

（ここは、毒をも食らわねばならぬ……）

家康にとって、それは苦渋の選択でもあった。

旧臣たちは赦したものの、家康にはもうひとつ、領内の一向宗寺院をこれまでどおり認めるか否《いな》かという問題もあった。

たしかに今回の和議の条件には、三河国内の一向宗寺院の存続と守護不入の特権の容認がある。内乱をおさめるために、やむなく目をつぶったものだが、

（これでは亡き父上の在世中と、何も変わっておらぬ。おのれのめざす三河の完全独立は、まだまだ山の登り口にようやく立ったに過ぎぬではないか……）

家康の悩みは深い。

何より、自分の統率力の欠如と、人望のなさで、家臣団の分裂を招いてしまったことが、二十三歳の家康を苦しめていた。

（わしには、乱世の大名として必要なものが身に備わっておらぬのではないか）

とさえ思った。

家康が、独立した大名として戦国の世を生き抜いていくうえで、つねに強烈に意識してきた男がいる。

隣国尾張の、

――織田信長

である。

桶狭間合戦の勝利で一躍天下に名を上げた織田家の当主と家康は、以前から何かと深い縁で結ばれている。

尾張で人質になっていたころ、まだ竹千代と呼ばれていた少年時代の家康は、この八歳年上の織田家の若殿に、川狩りに連れ出され、那古野《なごや》城下の西郊を流れる庄内《しようない》川で危うく溺れかけたことがある。

川に流され、濁った水をしたたかに呑み込んで意識を失いかけた家康を、むんずと腕をつかんで救ったのは、陽灼《や》けした若々しい顎から水滴をしたたらせた信長だった。

「馬鹿めがッ！　おまえは、水練もろくにできぬのか」

信長は切れ長の目を吊《つ》り上げ、幼少の家康を一喝した。

のちに知ったことだが、信長は有能な人間、使える道具、何でもおのれの役に立つものが異常なほどに好きである。反対に、無能で役立たずと見るや、たとえ相手が年端のゆかぬ子供であっても情け容赦がなかった。

「わしが泳ぎを教えてやる」

咳《せ》き込みながら鼻と口から水を吐き出し、ようやく人心地ついた家康に、河原に仁王立ちになった信長が投げつけるように言った。

このころ、信長は十五歳。

尾張古渡《ふるわたり》城主織田信秀の嫡男として、先年、今川方の三河吉良城攻めで初陣を果たしたばかりである。

織田氏はもともと、尾張国守の家柄ではない。尾張国を治める守護は斯波《しば》氏で、織田氏はそれに仕える守護代であった。

その守護代織田氏にも、二つの流れがある。ひとつが岩倉城を本拠に、丹羽、葉栗《はくり》、中島、春日井の上四郡を支配下においた織田伊勢守家。もうひとつが、清洲城を拠点に、海東《かいとう》、海西、知多、愛知の下四郡を支配した織田大和守家である。

このうち、織田大和守家に仕える三奉行の一人だったのが、当時、勝幡《しょばた》城主だった信長の父、織田信秀であった。

守護職の家臣の、そのまた家臣という立場から、信秀はしだいに頭角をあらわし、尾張国内の他の勢力を圧倒してゆく。

それを可能にしたのは、領内の川湊、

——津島《つしま》

の経済力であった。津島は木曾川の河口に近く、伊勢湾に通じる舟運の結節点に位置している。

この津島の富を背景にした織田信秀は、やがて濃尾平野の中部に進出。那古野《なごや》、古渡と、次々城を築き、東隣の三河への侵攻をはじめていた。

乱世の梟雄《きょうゆう》として着々と地歩を固めている父に比べ、跡を継ぐべき息子の信長は、仲間と徒党を組んで遊び呆《ほう》ける、

――うつけ者
として、世に知られていた。

家康は、信長から水練を教えられた。

教えるといっても、生やさしい教え方ではない。取り巻きの無頼者のごとき若者たちに命じ、信長は家康を川のなかへ投げ込ませた。

「死ぬ気になればできぬことはあるまい」

水中でもがき苦しんでいる家康を、信長は涼しい目で眺め下ろした。

たしかに、三河国主の嫡子として生まれた自分が、このようなつまらぬことで死にたくはない。必死に手足をばたつかせ、もがきながら浮き沈みしているうちに、体のほうが自然に泳ぎを覚えていった。

そうなればなったで、信長は、

「なんじゃ、つまらぬ」

と、物足りなさを覚えたらしい。今度は、上流の深い淵まで馬に乗せて連れて行き、問答無用で崖の上から家康を飛び込ませた。こうなると、水練の伝授と言うより、たんなる虐《いじ》めにひとしい。

だが、家康は音を上げなかった。最初のうちこそ恐怖に足がすくんでいたものの、やがて身を躍らせて淵に飛び込み、抜き手を切って岸にもどってくるようになった。

「小僧、なかなか見どころがある」

周囲の木立からヒグラシの声が降りそそぐなか、素っ裸に茜色《あかねいろ》の褌《ふんどし》ひとつ締めただけの信長は、うすい唇を吊り上げてにやりと笑った。尾張時代の信長の思い出といえば、それくらいのものである。

ほどなく家康は、駿府に身柄を移されたため、信長との交流はしばらく途絶えていた。

しかし、いかなる奇縁か、信長が桶狭間で今川義元を打ち果たし、それをきっかけにして家康は待望の三河帰還、独立を成し遂げることとなった。

「わしと手を組め、小僧」

十数年ぶりに、尾張清洲城で再会を果たしたとき、信長はかつての悪童の面影をわずかに残しているものの、すでに風変わりなうつけ者の殻を脱ぎ捨て、尾張一国とその家臣団を力をもってまとめた少壮気鋭の大名へと成長していた。

清洲城で信長と会見した家康は、今川氏と完全に手を切り、織田家と同盟を結ぶことを決めた。

いわゆる、

——清洲同盟

である。

弱小国三河に生まれた家康が、今川氏を見かぎり、織田と手を組むようになったのは、けっして幼少時の感傷に引きずられたからではない。家康は当時の信長に、おのれが求める武将としてのひとつの理想の在り方を見ていた。

信長という男を見ていて、家康が、

（これだけは真似ができぬ……）

と思うことがある。

それは、

――決断力
にほかならない。信長は何ごとも即断即決、思ったことをすぐさま実行に移す。むしろん、ときには間違った判断をすることもあるが、けっしてそれを悔いたりはしない。とにかく、前へ前へと進んでいく。その、おのれにはない破壊的な突破力に、家康は憧憬に似た思いを抱いた。

それにもうひとつ、信長にはこのころからすでに、遠大すぎるほどの構想があった。

「わしは天下を取る」

清洲城で会盟《かいめい》したさい、信長はそれがごく当然のことであるかのように、さらりと言ってのけた。

信長は簡単に言うが、それは夢のような話である。

清洲同盟当時、信長は駿河の今川義元を破ったものの、国境を接する美濃斎藤氏と交戦中であり、仮に美濃攻略に成功することができたとしても、京への道ははるかに遠かった。

しかも、甲斐には武田信玄、越後に上杉輝虎《てるとら》（謙信）という、東国でも強勢をうたわれる二将が控えている。往時の勢いを失ったとはいえ駿河今川氏を継いだ氏真《うじざね》、関東の北条氏康《うじやす》、さらに西国に目を転ずれば、中国筋の毛利元就《もとなり》、越前一乗谷《いちじょうだに》の朝倉義景《よしかげ》ら、上洛《じょうらく》をうかがう有力大名が諸国には綺羅星《きらぼし》のごとくひしめいていた。

「わが名は、天下取りの名であるそうじゃ」

戸惑っている家康を前にして、信長は得意げに言葉をつづけた。

「唐《から》の国には、反切《はんせつ》なる古習がある。反切は二つの文字を用い、ひとつの文字をしめすもの。すなわち、信長の名には〝信〟の字の頭音の〝シ〟と、〝長〟の字の韻である〝オウ〟を合わせ、桑《そう》の意味が込められている。桑は日本国を意味する扶桑《ふそう》に通じる。すなわち、信長とはゆくゆく天下取りをする者の名であると、わが名づけ親の沢彦宗恩《たくげんそうおん》が抜かしおった」

沢彦宗恩なる京妙心寺出身の禅僧なら、家康も知っている。信長の学問の師で、その陰の参謀であるともいう。

「その名ゆえに、織田どのは天下が取れると……」

やや懐疑的な目をして家康は言った。

「わしもそこまで馬鹿ではないわ」

信長が、脳天に突き刺さるような甲高い声で笑った。

「高き嶺《みね》のいただきを目指さぬ者は、低き山のぬしにさえなれぬ」

信長は、家康の目をひたと見つめて言った。

「その高き嶺が、天下であると」

「そうだ」

と、信長はうなずいた。

「わしとともに、嶺のいただきを目指せ。鼻垂れ小僧のころから、おぬしは見どころのある奴だと思っていた」

どうやら信長は、深い淵に投げ込まれても音を上げなかった幼少期の家康のことを言っているらしい。ただ遊び呆けているだけと思っていたが、信長はそのじつ、鋭く人間観察をしていたものとみえる。

だが、家康は簡単にうなずくわけにはいかない。

ともに天下を目指せと言われても、

（わしはまだ、おのれの足元の三河一国ですら固めきれていないではないか……）

そのとき家康は、信長の法外な誘いに、否とも応とも返事をしなかった。

天下など、駿河と甲斐の国境にそびえる日本一の富士の嶺どころか、

（夢のまた夢に過ぎぬ）

その思いは、清洲同盟から二年の時をへて、三河一向一揆を鎮めることに成功したいまでも変わっていない。ただし、高い嶺のいただきを目指さぬ者は、低い山のぬしにさえなれぬという信長の言葉は、家康の胸の奥底に釘《くぎ》でも打ち込んだように深く突き刺さっていた。

一向一揆の鎮圧により、家康の三河支配はようやく形がととのってきた。
家康は、頓挫していた東三河への進出を再開。いまだ今川氏の影響力が強く残ってい
る東三河を掌握すべく活発に動き出した。
ちなみに、ここで言う東三河とは、現在の愛知県豊橋市、豊川市周辺のことである。
家康が居城を置く岡崎市は西三河にあり、安城市、豊田市、西尾市なども西三河の範囲
に含まれた。東海道新幹線の駅で言えば、名古屋に近い三河安城が西三河で、豊橋が東
三河ということになる。
六月、家康はみずから軍勢をひきいて東三河へ出陣し、今川氏の属城となっていた、
吉田城
田原城
を相次いで攻め落とした。
これによって今川氏の残存勢力は一掃され、家康は吉田城に酒井忠次を、田原城に本
多広孝《ひろたか》をそれぞれ入れて、東三河の支配を確立させた。
三河一国の統一を果たした家康は、あらためて軍団の編成をおこなった。
東三河の旗頭　酒井忠次
西三河の旗頭　石川家成
この東西の両旗頭の下に、新たに家臣団を配属することにした。
西三河の旗頭に、側近の石川数正ではなく、その叔父の家成を配置したのは、家康な

りの苦心の人事である。

実力、人望ともに家中で認められている酒井忠次はともかくとして、経験の浅い数正を西三河の古参の家臣たちの上に置いては、いかにも座りが悪い。幼いころから他人に気を遣《つか》わざるを得ない環境で育ってきただけに、家康は人間の心の機微に敏感すぎるところがある。

もっとも、ただ気を遣っているだけではない。両旗頭の下に、みずからの血縁である松平一門を組み入れ、彼らの発言力を弱めた。

その背景には、三河一向一揆のさいに一門の桜井松平家、大草松平家が一揆方に加担し、家康軍を苦しめたことがある。桜井松平はのちに帰順しているが、大草松平は最後まで頑強に抵抗し、国外へ逃亡している。

同じ松平の一門衆とはいえ、いや一門衆であるからこそ、

（宗家に取って代わろうという野心が芽生えるのだ……）

家康は弱冠二十三歳の自分に、家臣団のすべてを心服させるだけの力が備わっているとは思っていない。むしろ本音を言えば、頑固者揃《ぞろ》いでそれぞれ強い個性を持つ三河衆を統率していく自信がない。

今回の人事は、そのうるさ型の家臣たちの序列を明確にし、しっかりと組織化する狙いがあった。

酒井忠次麾《き》下《か》には、

〔一門衆〕桜井松平、長沢松平、深溝松平ら。

〔国衆〕牧野康成《やすなり》、奥平貞能《さだよし》、菅沼定盈《さだみつ》、戸田忠重《ただしげ》、西郷清員《きよかず》ら。

〔譜代衆〕本多広孝、本多忠次。

を配置。

石川家成の麾下には、

〔一門衆〕大給《おぎゅう》松平ら。

〔国衆〕鈴木重顕《しげあき》、奥平信光《のぶみつ》。

〔譜代衆〕酒井重忠、平岩親吉《ちかよし》、内藤家長《いえなが》ら。

が組み込まれた。

そのほか、鳥居元忠《もとただ》、柴田康忠《やすただ》、石川数正、本多忠勝《ただかつ》、榊原康政《やすまさ》、大久保忠世《ただよ》らが家康直属の旗本隊となった。

第三章 新たな戦い

——三河統一

を果たした家康は、その後しばらくのあいだ、外へは目を向けず、ひたすら内政の強化に力をそそいだ。

三河一向一揆の争乱で国内は疲弊しきっている。領内の民百姓を本来の生業に専念させ、商業の活性化をはかって経済を回復させなければならない。

三河国には、

——三河木綿《もめん》

なる特産品がある。

わが国に綿種が伝来したのは、延暦十八年（七九九）、桓武天皇の世であったと古記録はしるしている。三河国幡豆《はず》郡福地《ふくち》村に漂着した崑崙《こんろん》人が持っていた種が同地に広まり、以来、三河は木綿の産地として世に知られるようになった。

「三河には女が多い」

と言われるが、それは綿摘みの人手として近隣諸国から出稼ぎの女たちが集まってきたからにほかならない。

丈夫で肌触りのよい綿織物は、木綿商人たちによって上方に持ち込まれ、三河国に大きな富をもたらした。ちなみに、三河で一向宗寺院が強勢を誇った背景にも、この三河木綿が生み出す財力があった。

家康は、それまで一向宗寺院に握られていた三河木綿の利権をみずからの手につかみ取るべく、京とのあいだを行き来する木綿商人と結ぶことにした。

とはいえ、商人たちと一向宗寺院のあいだには、かねてから付き合いがある。商人たちは儲《もう》けの一部を一向宗寺院に上納する代わりに、一向宗が諸国に張りめぐらしている檀家の組織によって商売を保護されるという図式で、両者の相互扶助関係が成り立っていた。

だが、若手の商人のなかには、こうした旧態然とした商売のやり方に飽き足りなさを感じる者もいた。

茶屋《ちゃや》四郎《しろう》次郎《じろう》清延《きよのぶ》——。

本姓を中島という。もともとは三河小笠原家の一族につらなる武家であったが、先代明延《あきのぶ》のとき、武士をやめて商人となり、京にのぼって呉服商をはじめた。

屋号の茶屋は、呉服あきないのかたわら、将軍足利義輝《よしてる》をはじめとする武将、公卿などの貴顕を相手に、京の屋敷で茶菓を供する茶屋を経営していたことに由来している。

茶屋清延は、父の早世によって二十歳そこそこで家業を継いだ。

京で生まれ育ち、若いながらも広く世間を知っている茶屋四郎次郎清延の目に、一向宗とのなれ合いで成り立っている三河商人の現状は、ひどく息苦しいものに映った。

いや、三河だけではない。このころの流通経済は、朝廷や公家、社寺などの保護を受けた一部の座商人たちによって独占されている。

清延の父も、屋敷で茶屋をいとなんで足利将軍家や公卿に接近をはかり、多額の金品を献上することで、京での商人としての地位を築き上げてきた。

だが、三河では一向宗寺院の力が強く、新興商人である茶屋が、昨今、京で人気の木綿を買いつけるには、一向宗と結んだ木綿商人を通じて高値で仕入れなければならない。

これが、茶屋清延には不合理に思われてならなかった。

（もっと風通しのよい商売ができぬものか……）

知恵をめぐらしていたとき、一向一揆を鎮圧して三河一国を平定に導いた松平家康の存在を知った。

しかも噂では、その男、一向宗と結託した木綿商人の利権の壁に苦慮しているという。年も自分よりわずか三つ上なだけで、古びた考えに凝り固まっているとは思われない。

（会ってみても損はあるまい）

と、茶屋清延は思った。

さっそく、

（三河の田舎《いなか》大名が歓びそうな……）

香木や白絹などの献上品を見つくろい、清延は京新町通《しんまちどおり》の店をあとにした。

京から三河岡崎までは、六日の道のりである。

岡崎城下に着き、かつて父明延が武士だったころに顔見知りだった松平家の重臣石川家成《いえなり》を通して拝謁を願い出ると、

「京の茶屋とあれば、ぜひとも会いたい」

と、すぐに使いがやって来た。

岡崎城の対面所で、茶屋清延は松平家康と初めて会った。

武芸を好むと聞いていたが、体を鍛えているだけあって、背筋がピンと伸びている。顎ががっちりとし、引き結んだ唇に強い意志が感じられた。

田舎びているといえばそのとおりだが、京あたりでは見かけない、黒っぽい土の匂いのしそうな顔であった。

上段ノ間に座した家康は、若い商人にえぐるような強い視線をそそいだ。

「そなたが茶屋四郎次郎清延か」

「ははッ」

「苦しゅうない。おもてを上げよ」

「はッ」

と顔を上げた若者は、いかにも頭の回転が良さそうな輝きの強い目をしている。それでいて商人特有の計算高さや抜け目なさ、卑屈さが感じられないのは、この若者の身の

うちに武士の血が流れているせいかもしれない。

「中島家の出だそうだな」

家康は言った。

「中島といえば、三河幡豆の小笠原水軍の一族。そなたも海は好きか」

「いえ。手前は京で育ちましたゆえ、三河の海は存じませぬ」

「そうか。わしも三河を離れていた時期が長い」

「尾張、駿河でたいそうなご苦労をなさったと、先年亡くなりましたわが父明延より聞いております」

「そなたの父には世話になったことがある。駿河にいたころ、人質暮らしは何かとご不自由でござりましょうと、京から米や和漢の書籍、奈良墨などを送ってもらった」

「さようなことがござりましたか」

「知らなんだのか」

「はい」

茶屋清延が目を伏せた。

「京では呉服商をしていると聞いたが」

「呉服あきないのほか、しがない茶屋などもいたしております」

「しがないどころか、その茶屋には公方さまや五摂家《ごせっけ》の公卿もしばしば立ち寄るそうな」

「さようなことまで」

「耳に入っている」

家康はおだやかな笑いを口辺に浮かべた。

「そなたには前々から会いたいと思っていた」

「それは、なにゆえに……」

「人を遣わして京より呼び寄せようと思っていたところへ、そなたがみずから出向いてくれた。ひとつ頼みがあるのだが、引き受けてくれるか」

家康は膝をつかんで身を乗り出した。

「お頼みとは、どのような」

「三河木綿の売買を、今後、京の茶屋に一手にまかせたいと思う」

「お、お待ち下されませ」

茶屋清延が慌てた顔になった。

じつは、茶屋清延は家康に面会して、三河木綿の取引に参入させてくれるよう願い出るつもりであった。それを、相手のほうから切り出された。しかも、売買のいっさいをまかせようというのである。驚くのも無理はない。

だが、家康には家康の考えがあった。

一向宗寺院と木綿商人たちの結託を断ち切るには、思い切った手を打つ必要がある。

そこで苦心のすえに絞り出した策が、新規参入の商人に木綿売買の利権を与えることであった。

「そのようなことをなされては、三河の門徒衆の大反発はまぬがれませぬぞ」

茶屋清延が色白の顔を紅潮させ、生唾を呑み込むようにして言った。

「また一揆が起きるやもしれませぬ」

「そのとおりだ」

家康は清延の目をのぞき込んで言った。

「わしも国を二つに割るような一揆には、正直、懲《こ》り懲《ご》りしている。だが、いまのうちに一向宗の力を弱めておかねば、先々、もっと大きな争乱が起きるであろう」

「そのために、手前に」

「わしにとっては、大きな賭けだ。やるべきか、やらざるべきか迷っていた。しかし、そなたの顔を見て肚《はら》が決まった」

「手前のこの珍しくもない面《つら》をご覧になって、でございますか」

「そうだ」

と、家康はうなずいた。

「わしには相見《そうみ》の心得はない。しかし、その者が、命懸けの喧嘩ができそうな者かどうかくらいはわかる」

「命懸けの喧嘩……」

茶屋清延は、あらためて家康を見上げた。

一目見たときは、鈍重な印象の男だと思ったが、その口吻《こうふん》に新しいものに挑もうという若々しい意欲がにじみ出ている。

「わしは器用な人間ではない。目から鼻へ抜けるような利《き》け者でもなければ、家臣や領民を畏怖させるような天与の資質も持っておらぬ。ただあるのは、思いだけだ」

「その思いとは？」

「民が槍や剣ではなく、鋤鍬《すきくわ》を手に取って安んじて田畑を耕せるような国を造りたい。そのために、いまは血を流して喧嘩をする。そなたの命、わしに預けてみる気はないか」

「は……」

清延は大きく目をみはった。

茶屋四郎次郎清延という協力者を得た家康は、一向宗寺院に三河国外への退去を命じた。

三河国内では、本證寺《ほんしょう》、勝鬘寺《しょうまん》、上宮寺《じょうぐう》のいわゆる三河三ヶ寺と、一家衆《いっけしゅう》寺院の本宗《ほんしゅう》寺が、それぞれ百、二百の末寺《まつじ》を抱えて強い勢力を持ってきた。

しかし、三河一向一揆を煽動《せんどう》した首謀者たちは国外へ逃亡、一揆に加担した松平家家臣の多くも浄土宗に改宗して家康に忠誠を誓うようになっている。

長く一向一揆に苦しんでいた家康だったが、

（ようやく機が熟した……）

と見て、それまでの妥協策から一気に路線を転じた。

退去の命を受け、門徒衆は、

「和議のさいの約定に反している」

と、猛抗議した。

だが、一向宗寺院側に、もはや往時の力はない。家康はあくまで抵抗の姿勢をつらぬく三河三ヶ寺などを取り壊し、強硬派の僧侶たちを追放処分にした。

本證寺の住職空誓《くうせい》は、加茂郡の足助《あすけ》に退去。勝鬘寺の了意《りょうい》は信濃国井上へ、上宮寺の勝祐《しょうゆう》、信祐《しんゆう》父子は、尾張国苅安賀《かりやすか》へ去っている。一家衆寺院の本宗寺も、一時断絶に追い込まれた。これより二十年近く、三河国内では一向宗の信仰も布教も、すべて禁じられることになる。

「殿は、お変わりになられましたね」

一向宗寺院の退去にともなう各地の小競り合いをあらかた鎮め、ようやく一息ついた家康に、奈々《なな》が言った。

いつになく哀《かな》しそうな表情をしている。

「わしが変わったと？」

「はい」

「わしは以前と同じつもりだ。どこがどう変わったというのだ」

言いながら、女の細腰を抱こうとする家康の手のうちを、

「何もかもでございます」

奈々が拒むようにすり抜けた。

「何を言っているのかわからぬ」

家康は当惑した。

「わたくしがはじめてお会いしたころの殿は、嘘をつくようなお方ではございませんでした」

「わしがいつ嘘をついた」

「門徒衆に寺の存続と布教を認めると約束しながら、それを平然と破られたではありませぬか」

奈々の瞳に怒りがあった。

「一度した約束をたがえるような方は、信用がなりませぬ。おなごに対しても、平気な顔をして嘘をおつきになりましょう」

奈々の語気は激しい。

「どうしたのだ、奈々」

家康は、大きな目を底光りさせる女をやや持てあました。

「そなたもしや、鵜殿《うどの》の娘のことを怒っているのか」

女の感情を害するとしたら、家康の胸にひとつ思い当たるふしがあった。

このころ、家康は岡崎城に新たに側室を迎え入れていた。東三河の豪族、鵜殿氏の娘のおとくである。

鵜殿氏は、平安時代の歌人藤原実方《さねかた》の子孫が、三河国宝飯《ほい》郡西郡《にしごおり》に土着したのが始まりといわれている。本家の当主で上《かみ》ノ郷《ごう》城主の長照《ながてる》は、今川義元《よしもと》の妹が母で、今川一門に準ずる待遇を与えられて東三河で強勢を誇っていた。

桶狭間《おけはざま》合戦をきっかけに三河帰還を果たした家康は、永禄五年（一五六二）、宝飯郡に進出し、鵜殿攻めをおこなった。川と水濠《みずぼり》に囲まれた丘の上にある上ノ郷城は要害堅固で、家康は攻めあぐねたが、甲賀者を使って城内に火を放たせるなどして混乱を誘い、激戦のすえに攻め落とした。

当主の鵜殿長照は討ち死にし、息子の氏長《うじなが》、氏次《うじつぐ》、そして姪《めい》のおとくが囚われの身となった。このうち、氏長と氏次は人質交換で今川家へ引き渡され、おとくのみが家康の手元に残ることとなった。

おとくは、目は細く吊り上がっているが、色白で細おもての気品ある容貌をしている。おとくを側室に迎えたのは、政治的判断からである。名族《めいぞく》鵜殿氏の血を引くおとくを側室にすることで、家康に反抗的だった東三河の地侍たちを慰撫《いぶ》するという意味合いがあった。

だが、同じ城内にいる奈々にすれば、おとくの存在がおもしろかろうはずがない。

「おとくとそなたは別だ。わしがしんから心を許せる女は、そなただけだ」

家康は熱を込めて言った。

その場しのぎの虚言ではない。家康にとって奈々という女は、水に似ている。一向一揆の苦しい戦いと、その後の厳しい戦後処理で負った心の疵《きず》を、豊艶な体と心でおおらかに包み込んで洗い流してくれた。

家康は彼女を側室にしようとしたが、身分違いを理由にそれを断ったのは奈々のほうであった。

「わたくしが申し上げているのは、そのようなことではありませぬ」

怒りと哀しみが、灯火に照らされた奈々の半顔には複雑に入り乱れている。

「ならば、何だ」

家康は焦《じ》れた。

「胸に抱え込んでいることがあるなら、わしに申せ」

「それを殿に打ち明けることができれば、どれほどよいか」

「奈々……」

「殿にとって、まつりごととは何でございますか」

「なぜそのようなことを聞く」

「どうしても、おうかがいしておきたいのです」

ひどく真剣な奈々のまなざしが、家康を射るように見た。

「わしにとってまつりごとは生きるということだ」

「生きる……」

「わしはまつりごとによって、家臣や領民を守らねばならぬ。そのためにはいかなる戦いも辞さぬし、時として策を弄さねばならぬこともある」

「国の外へ追い出された門徒衆も、同じ三河の民でございましょう。そのお言葉、詭弁《きべん》のようにしか聞こえませぬ」

奈々が言った。

「よく聞け」

家康は居ずまいをあらためた。

「わしは何も、門徒衆を騙《だま》そうとしたわけではない。しかし、彼らをこのまま放置しておけば、国のまつりごとは乱れる。誰もわしの言うことを聞かなくなり、国力が落ちて、他国の侵略を招くようになったであろう」

「そのためなら、弱き者を切り捨ててもよいと申されるのですか」

「一向宗寺院は、弱者ではない。彼らは民を利用したにすぎぬ」

「わかりませぬ、わたくしには」

奈々がかぶりを振った。

「そなたは、まつりごとなど考えずともよい。ただこうして、わしの腕のなかにおればよいのだ」

家康はあらがう奈々の腕をつかみ、強い力で胸もとへ抱き寄せた。

「お許し下さいませ、わたくしはもう……」

「何も言うな」

家康は女を板床に押し倒し、そのおののく唇をおのが唇でふさいだ。

奈々の姿が岡崎城から消えたのは、その翌日のことであった。

家康は奈々を探したが、その行方は杳《よう》として知れなかった。

失ってみてはじめて、

（あの者はわしにとって、これほど大事な存在だったのか……）

家康はそのことに気づかされた。

正室の築山殿《つきやまどの》、側室の西郡ノ方《にしごおりかた》（おとく）は、あくまで政略によって結ばれた女たちである。好むと好まざるとにかかわらず、それぞれが実家というものを背負っており、たとえ閨《ねや》の床であっても、家康はそのことを考慮せざるを得ない。しかし、奈々には、そうした息苦しさが最初からなかった。

何を言っても重荷にはならず、すべてを包み込み、乾いた心に潤いをもたらしてくれる女——それが、奈々であった。

男にとって都合のいい存在といえば、そのとおりであるかもしれない。必要なときだけそばにいて、小うるさい要求や、ほかの女たちへの嫉妬心はいっさい見せない。

そうした女に、

（甘え過ぎていたのかもしれぬ）

家康は思った。

悶々《もんもん》としているうちにその年が暮れ、永禄八年（一五六五）の初春を迎えた。

このあいだ、家康は政治的な動きをほとんどしていない。ひたすら内政の充実に没頭し、去った女のことを忘れようとした。

が、忘れられない。

胸の奥深く封じ込めようとしても、思いはつのっていくばかりである。

「殿、鷹《たか》狩りにでもまいりませぬか」

家臣たちにも胸のうちを明かせず、鬱々としている家康に、本多忠勝《ただかつ》が言った。

「鷹狩りか」

「はい。このところ、いくさもなく、体がなまっております。久方ぶりに、野を存分に駆けまわりとうござりますな」

くわしい事情はわからぬながら、忠勝もこのところ滅入《めい》った顔をしているあるじを心配しているのであろう。

「なるほど、それは気晴らしにはよいかもしれぬ」

「されば、さっそく鷹匠《たかじょう》どもに支度させてまいりましょう」

まだ草木が芽吹く前の枯野が広がっている。鷹狩りをするには、絶好の季節であった。

家康は左腕に巻いた臙脂色《えんじいろ》の弓懸《ゆがけ》に鷹を据え、風に揺れる野を冴《さ》えた眸《ひとみ》で見つめた。

あたりの野には、鴨《かも》、雉《きじ》などの獲物を探す鳥見《とりみ》の斥候《せっこう》を二十人ばかり放ってある。獲物を発見すると、斥候は馳せ戻り、注進する手はずになっている。

「獲物はまだ見つからぬのでござろうか」

家康とともに狩場《かりば》に出た本多忠勝が、焦れたように言った。

「狩りは急《せ》くものではない、平八」

「しかし、野に出てすでに一刻《いっとき》(約二時間) でございますぞ。何やら、雲行きもあやしくなってまいりました」

忠勝が見上げる西の空には、なるほど黒雲が湧き出している。風もしだいに冷たくなってきていた。

「このぶんでは一雨、いや雪でも降りだしそうにございますな」

忠勝がつぶやいたとき、

「雉がおりましたぞーッ!」

叫びながら、鳥見の斥候が野を矢のように駆けもどってきた。

「殿ッ」

「うむ」

家康は本多忠勝ら随行の者どもを従え、鳥見の斥候の先導で現地へ急いだ。

二町ほど行くと、行く手に立ち枯れたヨシにおおわれた沼が見えてきた。

「雉はどこだ」

家康は目を凝らした。

「あれにおりまする」

鳥見の者が指さす沼のほとりに、尾の青いオス雉の姿があった。丸々と肥えた見事な雉である。

鷹狩りのなかでも雉猟は、獲物が人の気配に気づいて飛び立つ瞬間の羽合わせが難しいとされている。

家康は身を低くし、足音をしのばせて獲物が狙える距離までそろそろと歩み寄った。ヨシのあいだにいる雉のようすをうかがうと、頃合いを見はからい、

「それッ！」

低い掛け声もろとも、鷹を据えた左腕をするどく前に突き出した。

家康の腕を離れ、鷹が飛翔した。

気配に驚いた雉が飛び立つより早く、鷹は獲物に襲いかかった。

「仕留めましたぞーッ！」

野に散っていた家臣たちのあいだから、歓声が上がった。

最初のオス雉を皮切りにして、その日の鷹狩りは、さらにメス雉一羽、鴨三羽、ツグミ五羽という豊猟になった。

本来ならば、野で捕らえた獲物を火で炙《あぶ》り、みなで狩場焼きを愉《たの》しむところだが、夕暮れ近くなって冷たい雨が降りだしてきた。

「これでは狩場焼きどころではございませぬな」

しだいに本降りになってきた霙《みぞれ》まじりの雨に、本多忠勝が顔をしかめた。

「やむを得まい。城へ引き揚げるぞ」

黒々と枝をのばすエノキの木の下で雨宿りしながら、家康は言った。

「お待ち下さいませ。それがしが、雨をしのげそうな場所を探してまいります。たしかこのあたりに、近在の庄屋の屋敷があったはずでございます」

そう言うと、忠勝はあるじの返答も待たず、ほかの近習たち数人を引き連れて、白くけむる氷雨のなかへ駆けだしていった。

鷹匠や鳥見の者たちは、おのおの灌木《かんぼく》の陰などに身をひそめて、石のようにじっとしている。エノキの木の下で、家康は独り、取り残されたような気分になった。

雨に打たれたせいか、しだいに体が冷えてきた。それでなくても、鷹狩りで肌着までぐっしょりと汗をかいたばかりである。

(これはたまらぬ……)

一刻《いっこく》も早く、火で体を温めたかった。

家康がかすかに身を震わせたとき、雨のとばりの向こうからこちらへ近づいて来る者があった。本多忠勝らが戻って来たかと思ったが、そうではない。

あらわれたのは、蓑笠《みのがさ》を着けた見知らぬ顔の男だった。侍ではなく、町人のようである。

「岡崎のご城主さまでございますな」

雨にそぼ濡れた笠のふちを指で持ち上げ、その男が家康に暗い色をした目を向けた。

「いかにも、そのとおりだが」

警戒するように腰の佩刀《はいとう》に手をかけつつ、家康は言った。

「奈々どのが、あなたさまをお待ちでございます。ご案内つかまつりますゆえ、どうぞ手前に付いて来て下さいませ」

「奈々だと……」

探しもとめていた女の名を聞き、家康は思わず表情を変えた。

「そなたいま、奈々と申したな」

家康は男の肩に手をかけ、念を押した。

「さようで」

男が首をすくめるようにしてうなずいた。

「殿さまのもとにお仕えしていた、おなごでございます」

「奈々は……。いままでどこで、何をしておったのだ」

家康は性急な口調で問うた。

「それはお会いしてから、奈々どのがご自分で申し上げることでございましょう」

「そなたは何者だ」

「ただの使いにございます。供廻《ともまわ》りの方々が戻られてからでは、あれこれ詮索されるといけませぬゆえ、どうかお早く」

するどい目つきで、男があたりを見まわした。

本多忠勝らが戻って来る気配はまだない。さきほどまで側にいた小姓の於熊《おぐま》も、小用を足しに行っている。降りしきる雨にまぎれ、鷹匠や供の下人たちは、こちらのようすにまったく気づいていないようであった。

家康が姿を消せば、忠勝らは驚き騒ぐであろう。三河一国の領主の身としては、軽率な行動はつつしむべきである。

しかし、

（会いたい……）

おのれの手から失われかけた女への恋しさがつのった。ここで行かねば、もはや二度と奈々に会うことはできぬかもしれない。

そう考えると、立場の重さを慮《おもんぱか》るよりも、強い情念のほうがまさった。

「奈々はどこにいる」

「そう遠い場所ではござりませぬ。手前がご先導つかまつりまする」

「案内せいッ」

家康はエノキの木につないであった馬の手綱を解き、馬上の人となった。

頭に血がのぼり、胸が早鐘を打つように高鳴っている。もはや女のこと以外は、すべてが想念から消し飛んでいた。

使いの男は、猿《ましら》のように足が速かった。

雨のなかを走る男に従い、家康は馬をすすめた。雨の冷たささえ、いっこうに気にならなくなっている。

かれこれ十町ほど走ったであろうか。

やがて霙まじりの雨が上がり、行く手にこんもりとした竹林が見えてきた。その竹林に包まれるようにして、一軒の瀟洒《しょうしゃ》な庵《いおり》があった。

庵を囲む小柴垣《こしばがき》の前で、家康は馬を下りた。

「奈々どのは、あちらにおられます」

家康から馬の手綱を受け取った男が、水滴のしたたる笠をはずし、思わせぶりな目をして言った。

「さようか」

「それでは、手前はこれにて」

かるく一礼すると、男は立ち込めはじめた夕闇の向こうへ姿を消した。

家康は、逸《はや》る気持ちを抑えつつ枝折戸《しおりど》をあけた。

前庭に水仙が咲き匂っている。奈々の肌の香りであった。

庭を横切り、庵の戸を開けると、

「誰？」

聞き覚えのある声がした。

泥にまみれた草鞋《わらじ》を土間に脱ぎ捨てる間ももどかしく、

「わしだ」

家康は庵の板の間へ駆け上がっていた。

奥の座敷に、女はいた。薄暗がりの向こうから、息を詰めるようにして家康を見つめている。その眸《ひとみ》は、いまにも泪《なみだ》がこぼれ落ちそうに潤んでいた。

「奈々……」

聞きたいことは山ほどあった。

だが、家康は何を問い糺《ただ》すより早く、女に駆け寄り、その体を両腕で抱きすくめていた。

「冷とうございます」

あえぐように奈々が言った。雨のなか、馬を走らせてきたため、家康の着衣は濡れていた。

「お風邪を召されます。あちらに囲炉裏がござりますれば、体をぬくめてお着替えを……」

「構わぬ」

怒ったように言うと、家康は奈々のまとった紅梅色の小袖の襟元に手を伸ばした。

「それはなりませぬ」

家康の手から逃れようと、奈々がもがいた。

「なぜだ」

「あなたさまに、お話しせねばならぬことがございます」

「さようなことはあとでよい」

「いいえ、なりませぬ」

ぴしり言い放つと、奈々は家康の腕をするりと抜け、囲炉裏の火が燃えている板の間のほうへ逃れ去っていた。

「お許し下さいませ」

板敷に三つ指をつき、奈々が頭を下げた。

長い黒髪がさらさらと床にこぼれ落ちる。その姿を、家康は茫然と見つめた。

「そなた、なにゆえわしに許しを乞う」

家康は奈々に不審の目を向けた。

「わたくしが、あなたさまを欺いていたからでございます」

「欺く……。何を欺いたというのだ」

「何もかもでございます。これまでわたくしが家康さまに申し上げてきたことは、すべて偽りでございました」

奈々が首をうなだれた。

「それはどういうことだ」

「わたくしは奈良の医者の娘ではございませぬ。出入りの薬師《くすし》と駆け落ちをしたというのも嘘です。すべては家康さまに近づくため、都合よく話をこしらえて酒井忠次《ただつぐ》さまの物頭《ものがしら》に取り入ったのでございます」

「信じられぬ」

女と再会して一気に燃え上がっていた情念の炎が、背中から水でも浴びせられたように鎮まっていくのを家康は感じた。

「なぜ、さようなことをした」

「ご本山の命令だからでございます」

「本山とは、そなた……」

「石山本願寺の門主さまにお仕えする者にございます。岡崎城にもぐり込み、三河一向一揆に対する松平家側の動きを探り出すようにと命を受けておりました」

一息に打ち明けてしまって、やや気が楽になったのか、奈々が顔を上げて家康を見た。

いつにも増して美しい。

聡明《そうめい》な光りたたえた黒い眸も、ふくよかで形のよい唇も、以前と何ひとつ変わってはいない。だが、女の告白を聞いたあとでは、すべてが遠い影絵のように家康には見えた。

「そなたは一向宗の諜者《ちょうしゃ》であったのか」

家康は、かすれを帯びた声で言った。むしょうに喉が渇いている。

「そのような目でご覧にならないで下さいませ」

奈々が少し哀しそうな顔をした。

「申し上げたことはすべてが嘘でございましたが、たったひとつだけ、真実《まこと》もございました」

「それは何だ」

「あなたさまへの思いでございます」

「ばかな……」

家康は女に弄《もてあそ》ばれているような気分になった。

「諜者に真実があろうか」

「お信じになるもならぬも、あなたさまの自由です」

奈々の頰《ほほ》に一筋の涙が伝い流れた。

「これ以上、諜者をつづけることが辛く、何も告げずに三河から去るつもりでございました。されど、せめてもう一度だけ、家康さまに会ってお詫《わ》び申し上げたいと……」

涙に濡《ぬ》れた目で家康を見つめ、あえぐように奈々が言った。

「それでわしを呼び出したのか」

「はい」

家康の心は揺れた。

一向衆の手先として城にもぐり込んだ奈々を赦《ゆる》すことはできない。この場で手打ちにしても飽き足りぬ相手である。

しかし、

(ただひとつの真実か……)

その女の言葉を信じたいと思ったのは、家康の若さゆえであろうか。

「そなたを許すことはできぬ」

冷たく言い放つと、家康は奈々に背を向けた。

「そなたをうかつに近づけ、深すぎる情けをかけてしまったわし自身も許すことができぬ」

「家康さま……」

「どこへなりとも去れ。この手で斬らぬのは、そなたに対するわしの真実と思え」

背後で低い嗚咽《おえつ》が聞こえた。奈々がむせび泣いているのであろう。

なお残る女への未練を断ち切るように、家康は草鞋を履き、庵の戸を開けて外へ出た。

と、そのときである。

目の前に立ちはだかる者があった。家康を狩場《かりば》からここまで案内してきた男だった。

その後ろには、刀や柄の短い手槍を構えた七、八人ほどの男たちが群がっている。

「げに恐ろしきは、おなごにございますな」

男が唇をゆがめて笑った。

「騙《だま》されたとも知らず、うかうか女に会いに来るとは、三河国もとんだ愚かな国主を持ったもので」

「石山本願寺の手の者か」

腰の刀に手をかけながら、家康は男たちを睨《にら》んだ。

「申すまでもあるまいッ！」

男がぐわっと刀を振り下ろしてくる。

一撃を家康は横に身をひらいてかわし、刀を抜き放って中段に構えた。

「そなたらの待ち伏せは、奈々も知ってのことか」

「むろんじゃ。あれもわれらの仲間よ」

男の嘲弄するような言葉が、茨《いばら》のようにするどく家康の胸に突き刺さった。

家康は、腹の底から怒りが込み上げるのをおぼえた。信じた者に裏切られた怒りである。

（わしは甘かった……）

下唇を強く嚙《か》んだが、後悔しても取り返しがつくものではない。

白刃をかざした賊の一人が、足の指を虫のごとくにじらせ、家康にせまってくる。いきなり振り下ろされた刀を、家康は鍔元《つばもと》で受け止め、渾身《こんしん》の力で押し返した。つね日頃から、武芸の鍛錬で体を鍛えている。

家康の圧力に相手は耐え切れず、体勢を崩して尻餅をついた。

「やれッ！」

首領とおぼしき男が、仲間を顎でしゃくった。

賊が奇声を発しながら手槍を繰り出してくる。家康は手槍の穂先を身を引いてかわすや、柄を半《なか》ばからたたき斬り、返す刀で男の胴から腋《わき》の下を斬り上げた。

腋の下が柘榴《ざくろ》のように裂けた。男が体をよじらせながら後ろへ斃《たお》れる。

「なかなかやるようだのう」

一党をひきいる暗い目つきの男が、引きつるように笑った。

「死にたくないか」

「当たり前だ。わしには生きて、やらねばならぬことがある」

「それは残念至極。きさまが死ねば、この三河はふたたび一向宗繁盛の国となる」

「ほざけッ！」

家康はずいと踏み込み、男めがけて刀を袈裟《けさ》がけに斬り下ろす。

だが、瞬間、男は地をトンと蹴って宙へ跳んだ。

目標を失った家康の刀が、庭に咲く水仙の花を斬り払った。

「地獄へ堕《お》ちるがよい」

地面へ下り立った男が、家康の胸元を狙い、棒手裏剣を投げ放った。

避けている余裕はない。

（南無……）

家康が思わず横へ転がったとき、突然、腕のなかにひどく温かな塊が飛び込んできた。

「お逃げ下さい」

その声に両目を見開くと、いつあらわれたのか、おのが胸に奈々がしがみついていた。

奈々の小袖の肩に、棒手裏剣が食い込んでいる。

家康が女を抱きとめたとき、地を轟《とどろ》かして馬蹄《ばてい》の音が近づいてくるのが聞こえた。

「そなた、何を……」

「殿ッ」

「殿ーッ！」

あるじを探す本多忠勝らの叫び声がした。

刺客の群れに動揺が走った。しだいに馬が近づいてくる。

「やむを得ぬ。引き揚げじゃ」

一人が叫ぶと、刺客たちは竹林の向こうへ蜘蛛《くも》の子が散るように姿を消した。

あとには家康と奈々が取り残された。

「大事ないか」

家康は傷を負った女を気遣った。

だが、奈々は苦痛の色も見せず、家康の腕を擦り抜けた。

「心しておかれることです。その脇の甘さが、いつかあなたさまの命取りとなりましょう」

「奈々……」

「もうお会いすることはございますまい」

家康に花のような微笑を向けると、奈々は庭を走り、門前につないであった家康の愛馬の鞍《くら》へ敏捷《びんしょう》に飛び乗った。

それきり家康には目もくれず、馬の尻を素手でたたき、夜闇のなかへ溶け込むように走り去っていく。

それと入れ代わりに、馬から飛び下りた本多忠勝が家康のもとへ駆けつけてきた。

「殿ッ、ご無事でございましたか」

「うむ」

「お探しいたしましたぞ。庄屋の屋敷で、一向衆の残党がこのあたりに身をひそめていると聞き、急ぎ馳《は》せもどってまいりました」

「賊なら、すでに逃げたわ」

「されば……」

「のう、忠勝」

家康は、戦場灼《や》けした横顔にほろ苦い表情を浮かべた。

「わしは信じてはならぬ者を、信じてしまったようだ」

「誰のことでございます」

忠勝の問いに、家康は答えなかった。答える代わりに、雨上がりの空に唐辛子の花のごとく星が煌《きら》めきはじめた天を見上げた。

(わしは脇が甘いか、奈々。だが、それが命取りになるというなら、そなたもわしと同じではないか……)

冷たい霧のなかを彷徨《さまよ》うような孤独が、背中を音もなくつつんだ。

その日を境にして――。

家康はいっさいの迷いを断ち切り、新たな戦いに心を向けはじめた。

永禄九年（一五六六）十二月――。

家康の身に大きな変化がおとずれた。

京の朝廷から、

――徳川
の姓をたまわり、従五位下《じゆごいのげ》三河守《みかわのかみ》に叙任されたのである。

姓をあらためたのは、三河守護職となるためであった。松平家は武士の名門である源氏、平氏につらなる家柄ではない。

かつて家康は、朝廷に対し、三河守任官を申請したものの、

――松平家から三河守が出た前例はない。

として、すげなく断られていた。

領国支配を強化するために守護の権威を欲しても、松平姓を名乗っているかぎりは国守に任官することは不可能である。

そこで知恵を絞ったのが、京商人の茶屋四郎次郎清延であった。

「手前は公家がたに顔が利きます。ことに近衛《このえ》さまには贔屓《ひいき》にしていただいておりますゆえ、お頼み申し上げてみましょうか」

「近衛というと、五摂家《ごせつけ》筆頭の近衛前久《さきひさ》どのか」

家康は聞き返した。

「はい」

人あたりのいい笑みを色白の顔に浮かべながら、茶屋清延は深くうなずいた。

「公家には公家にしかわからぬ、しきたりというものがござります。近衛さまならば、そのあたりの抜け道もしかと心得ておられましょう」

「それは願ってもない。さっそく、しかるべく取り計らってくれ」

家康は、さほど豊かではない岡崎城の蔵から献上金をひねり出し、茶屋清延に仲介を依頼した。

京へもどった茶屋清延は、近衛前久のみならず、神祇《じんぎ》職の吉田兼右《かねみぎ》にも積極的に働きかけをおこなった。

その結果、吉田兼右が元は清和《せいわ》源氏《げんじ》の新田《にった》氏につらなり、藤原氏にも通じるという徳川家の系図を見つけ出し、その端に家康の名を書き加えることで、ついに叙任が認められたのだった。系図の偽造であるが、当時はさほどめずらしいことではない。

以後、家康は松平姓を捨て、徳川家康と名乗ることになる。

名実ともに三河の支配者となり、領内支配に自信をつけた家康は、懸案であった大仕事に手をつけはじめた。

駿河の今川攻めである。

この永禄九年当時、今川氏は弱体化の一途をたどっている。

去る永禄三年（一五六〇）の桶狭間合戦で先代義元が敗死したあと、嫡男氏真《うじざね》が家督を継いだものの、求心力の低下はまぬがれず、家臣たちの離反が相次いだ。

領地の遠江《とおとうみ》国内では、井伊谷《いいのや》の井伊直親《なおちか》、曳馬《ひくま》の飯尾連竜《つらたつ》が今川氏に叛《そむ》く動きをみせ、同国は混乱状態にある。

三河統一を達成し、領内経営も安定してきた家康は、この隣国遠江の混乱に目をつけた。

「いまは乱世だ」

酒井忠次、石川家成《いえなり》、同数正《かずまさ》、大久保忠世《ただよ》、鳥居元忠《もとただ》、榊原康政《やすまさ》、本多忠勝ら譜代の家臣を前に、岡崎城松ノ間の上段ノ間に座した家康は言った。

「力なき者は、力ある者に領地を意のままに食い散らされる。かつて、この三河がそうであったように」

「殿は力をたくわえ、国をご自身の手に取り戻されましたな」

今川領と境を接する東三河の旗頭をつとめる酒井忠次が言った。

「そうだ」

家康はうなずいた。

「世は変わった。今川氏に往時の力はなく、当主氏真は家臣たちの離反に戦戦恐恐とし、人を信じられなくなっている」

「井伊谷の井伊直親、曳馬の飯尾連竜は、謀叛《むほん》を疑った氏真の手によって謀殺されたと聞きおよんでおります」

石川家成が言った。

「上に立つ者がそのありさまでは、世も末。遠江の混乱は、これからも続きましょうな」

酒井忠次が家康を見た。

「忠次の申す通りだ。われらが外へ打って出るなら、この機をおいてほかにない」

「されば、殿」

末座にいた本多忠勝が膝頭をつかみ、弾むように身を乗り出した。

「いよいよ遠江の切り取りでございますな」

「早まるな。衰えたとはいえ、駿河、遠江二ヶ国を有する今川氏の力は侮れぬ。けっして楽な戦いではなかろう」

家康は慎重に言葉を選びながら言った。

「尾張の織田どのに助力を求められてはいかがでございます」

大久保忠世の言葉に、

「それはできぬ」

家康は首を横に振った。

家康の同盟者である尾張の織田信長は、このころ、

――美濃攻め
に忙殺されている。

家康と清洲《きよす》同盟を結んで以来、東の国境線に不安がなくなった信長は、念願の上洛《じょうらく》への道を切り開くため、その道筋に立ちはだかる北隣の美濃斎藤氏を倒すことに兵力を集中させた。

斎藤氏の当主は、信長の舅《しゅうと》だった道三《どうさん》入道から数えて三代目の竜興《たつおき》になっている。

信長は戦略の一環として、居城を尾張南部の清洲から、美濃との国境に近い小牧山《こまきやま》へ移転。当初は屈強な美濃勢に手を焼いたものの、執拗に侵攻を繰り返し、また国人衆の調略を側面からおしすすめた。

その成果がようやく近年になってあらわれ、美濃加治田の佐藤紀伊守《きいのかみ》、右近右衛門《うこんえもん》父子が内応するなど、信長は美濃東南部を支配下におさめ、同国の平定が視野に入るようになっていた。

そのような大事な時期である。

いかに義兄弟の契りを結んだ同盟者とはいえ、遠江攻めの援護をしてくれなどと、家康の側から言い出せるはずがない。

「われらはわれらの力で、戦わねばならぬ」

「しかし、殿……」

なお物言いたげな顔をする大久保忠世に、

「人をあてにはできぬ。道はそれぞれが、おのれの力で切り拓くものぞ」

家康は歯切れよく言い放った。

「それに、もうひとつ」

と、家康は家臣たちを厚い瞼《まぶた》の奥の目でするどく見渡した。

「わしと同じく、今川の領国を狙っている者がいる」

「それは誰にございますか」

本多忠勝が息を詰めるようにしてあるじを見た。

「決まっておろう、甲斐の虎よ」

「甲斐の虎……。武田信玄にござるか」

「うむ」

「信玄……」

その名を、口のなかでふたたび嚙みしめた本多忠勝の双眸が、一瞬、青みを帯びた。

酒井忠次、大久保忠世ら、ほかの重臣たちの表情もにわかに厳しく引き締まっている。

日本全国に群雄が乱立する戦国乱世において、甲斐の虎こと、

——武田信玄
の名は、それほどまでに恐れられていた。

第四章　進むべき道

戦国時代の大名は、二つに分かれる。

下克上によって実力でその地位をつかみ取った「戦国大名」と、一国の武士団を指揮する守護として代々幕府に仕えてきた「守護大名」である。

尾張守護斯波《しば》氏配下の守護代織田大和守家に仕える三奉行の家の出であった織田信長は、前者の典型である。

梟雄《きょうゆう》として名高い松永弾正久秀《だんじょうひさひで》もまた、畿内を支配する三好氏の執事から大和の大名にのし上がった成り上がり者であった。

家康の松平家も守護の家柄ではないから、分類すれば戦国大名の一人ということになる。

これに対し、守護大名の系譜に入るのが、

駿河今川氏

周防大内氏

阿波細川氏

などである。

乱世の荒波のなかで、守護大名の多くは衰退し、新興勢力に駆逐されることになるが、なかには牙を研ぎ、守護大名から戦国大名へとあざやかに変貌を遂げていく者もあった。清和源氏《せいわげんじ》の流れを汲《く》む武家の名門、甲斐国守護武田家に生まれた信玄は、その代表格といっていい。

教養人だった母大井夫人の影響で、妙心寺東海派の岐秀元伯《ぎしゆうげんぱく》に師事した信玄は、少壮にして仏書『碧巌録《へきがんろく》』を読みこなし、『孟子』や『孫子』といった、儒書、兵書を学んで育った。

ことに禅には深く傾倒し、日夜座禅を組み、難解な公案《こうあん》に向き合うなどの修行に励んだ。あまりに熱心であったため、

「このままご出家なされてしまうのではないか」

と、家臣たちが真顔で心配したほどである。

その信玄があざやかな変貌を遂げたのは、二十一歳のときであった。

父の武田信虎《のぶとら》は、合戦上手ではあったが、感情の起伏の激しい武将で、いったん感情のたがが外れると、問答無用で周囲の者を手討ちにするなど、家臣にとっては仕え難いあるじであった。

しぜん、武田家内部には不平不満が渦巻くことになり、重臣の甘利《あまり》虎泰《とらやす》、板垣信方《いたがきのぶかた》らを中心にして、

「信虎さまを放逐し、ご嫡子の晴信（信玄）さまを当主に戴《いただ》こうではないか」

という動きが起こった。

天文十年（一五四一）、信玄はクーデターを起こし、父信虎を今川領の駿河へ追い出し、武田家当主の座をつかみ取った。

武田信玄は、守護大名の家に生まれながら、おのが道をふさぐ者とあれば、血のつながった父でさえ非情に切り捨てることのできる合理主義者、まさしく乱世の申し子だったと言える。

武田家の当主となった信玄は、積極的な拡大政策を取り、隣国信濃へ進出。諏訪郡の武将諏訪頼重《よりしげ》を滅ぼし、小県《ちいさがた》郡の村上義清《よしきよ》らを敗走させるなど快進撃をつづけ、着実にその足場を固めていった。

信玄にはひとつの哲学がある。

――勝負の事、十分《じゆうぶ》を六分七分の勝ちは十分《じゆうぶん》の勝ちなり。子細は八分の勝ちはあやうし。九分十分の勝ちは、味方大負けの下地なり。

『甲陽軍鑑《こうようぐんかん》』にある信玄の言葉である。

勝負というものは、六、七割程度の勝ちで十分である。それが八割の勝利となると危険であり、九割、あるいは十割の大勝利を挙げてしまうと、味方の大敗の下地作りにしかならないという意味である。

大勝利が大敗の下地になるというのは、一見、奇妙な話のように思われる。完膚なきまでに敵を叩《たた》き潰しておくのは、けっして悪いことではあるまい。

しかし、人は勝利に溺れやすいものである。大勝して敵をさんざんに蹴散らせば、その者の心には驕《おご》りが生じる。勝利の美酒に酔い、緊張感を失って、研鑽《けんさん》を積んでより上をめざそうという意欲が削《そ》がれる。過去の成功にとらわれるあまり、刻々と移り変わる現実に対する分析がおろそかになり、思考の硬直化がはじまるのだ。信玄は、驕りが招く過信の恐ろしさを誰よりもよく知る武将であった。

やがて信玄は、北信濃の武将たちから援護をもとめられた越後の上杉謙信（当時は長尾景虎《かげとら》）とぶつかり合うことになる。

甲斐の虎こと武田信玄と越後の竜こと上杉謙信は、信州川中島で五度にわたって激突。両雄たがいにゆずらず、明確な決着こそつかなかったものの、信玄は戦後の巧みな政治力によって、最終的に信濃の領国化に成功した。

さらに、信玄は上野国《こうずけのくに》を侵し、西上野も版図に入れている。

まさに風林火山の旗のゆくところ敵なしだったが、その信玄にも果たし得ぬ野望があった。

それは、

——海
である。

この時代、最大の物資輸送手段は陸上交通によるものではない。

海や河川を使った、

――舟運《しゅううん》
であった。

積載量の大きい船は、馬や荷車の千倍もの輸送能力を有している。そのため、流通経済による領国経営の強化をはかる戦国大名たちは、こぞって舟運の掌握につとめた。

武田信玄の好敵手であった上杉謙信が、関東、北陸への度重なる大遠征を実行することができたのは、日本海側の舟運がもたらす莫大な利益のためだった。尾張の織田信長の急速な台頭の背景にも、伊勢湾舟運による経済力が存在した。

当時の水上交通の中心は、最大消費地である上方への流通が、若狭《わかさ》街道などによって直結された日本海側にあった。

若狭小浜《おばま》、越前敦賀、同三国、越後直江津《なおえつ》、出羽酒田、津軽十三湊《とさみなと》、そして蝦夷《えぞ》地の松前に至る湊々は、廻船によっておおいに富み栄えた。

信玄が上杉謙信と川中島で激闘を繰り広げたのも、じつは信濃から日本海側へ抜ける流通ルートを求めたからにほかならない。

だが、そのもくろみは、信玄と並ぶ合戦巧者の謙信によって阻まれた。

（海が欲しい……）

内陸部の甲斐に生まれた信玄にとって、それは切実な悲願であった。

海なくして、武田家の戦国大名としてのさらなる発展はない。戦国の世は、現代がグローバル化しているのと同じく、ヒト・モノ・カネが広域で動き出した時代である。信玄も、その流れに乗り遅れるわけにはいかない。

日本海へ進出することが不可能とあれば、活路は太平洋側に求めるしかない。

武田領の南には、今川の領国駿河、遠江《とおとうみ》がある。

しかし、武田家と今川家は長く同盟を結んでおり、今川氏真《うじざね》の母は信玄の姉で、信玄の嫡男義信《よしのぶ》も今川家の姫を妻に迎えているという、きわめて密接な関係にあった。

あくまで海への道をもとめる信玄は、今川家との断交を考えるようになった。その結果、これに反対した嫡男義信を廃嫡のうえ幽閉、自刃させている。

信玄が今川領の侵食に執念をにじませる一方、家康もまた、遠江への進出をみずからの飛躍の足がかりと考えていた。

翌永禄十年（一五六七）五月——。

岡崎城内で婚儀が執りおこなわれた。

花婿は城主家康の嫡男、竹千代（信康）。花嫁は、織田信長の娘五徳《ごとく》（徳姫）。どちらも、まだ九歳の子供である。

清洲同盟の翌年、家康と信長は関係をより強固なものとするために竹千代と五徳の婚約を取り決めていたが、その約束がようやく果たされることとなった。

竹千代は母の築山殿《つきやまどの》に似たのか、目もとの涼しい、少々利かん気な顔をした少年である。尾張から輿《こし》に揺られて嫁いできた五徳も、美形の多い織田家の血をうけて、鼻筋通り、唇が形よく引き締まった色白の姫だった。

二人がすわっていると、さながら一対の雛《ひな》人形がそこに並んでいるようである。

花婿の父となった家康も、さすがに感慨が深い。

（わしも、わが子が嫁取りをする歳になったか……）

この年、家康は二十六歳になったが、

（いつまでも三河一国に安住して、守りに入っているわけにはいかない。竹千代を通じて縁戚となった織田どのも、美濃平定の日が近いと聞く。わしも、そろそろやらねば……）

婚礼を寿《ことほ》ぐ高砂の謡《うたい》を聞きながら、心中深く期するところがある。

日ごろ家康とは不仲な正室の築山殿も、一人息子の祝言とあって、この日ばかりは顔を見せている。ただし、嫁の五徳が、今川義元を討った織田の娘であることが気に食わぬのか、幼い夫婦を見つめる視線はどこか冷たかった。

本来ならば、嫁取りをした竹千代は、徳川家の嫡子として岡崎城に住むべきところであるが、母の築山殿がこれに難色をしめした。

「竹千代はまだ幼少の身にございます。嫁もわが手元に置き、家風に合うよう躾《しつけ》などいたさねばなりませぬ」

築山殿はそう主張してゆずらない。

「幼いといっても、竹千代は九歳ではないか。わしがあれくらいの歳には、すでに今川家へ人質に入っていた」

「殿と竹千代はちがいまする」

「どうちがうと言うのだ」

「竹千代は人質ではありませぬ。立派な三河国主の跡取りです」

夫婦の意見は嚙《か》み合わない。結局、家康のほうが折れる形で、若夫婦は城下の築山屋敷で暮らすことになった。

織田信長が斎藤氏の居城、稲葉山城を陥れ、美濃一国の平定を果たしたのは、この年八月のことである。

稲葉山城に入った信長は、城の名を、

——岐阜城
とあらためた。

岐阜という唐様《からよう》の名は、周の文王が渭《い》水《すい》のほとりの岐山《きざん》より興《おこ》って国を広げ、その子武王の代に中国全土を平定したことにあやかってつけられたものである。知恵を授けたのは、信長の学問の師で、陰の参謀でもある禅僧の沢彦宗恩《たくげんそうおん》だった。

このとき、沢彦はもうひとつ重要なものを信長に与えている。

——天下《てんが》布武《ふぶ》
の印である。

天下布武とは、読んで字のごとく天下に武を布《し》くの意をあらわす。それはたんに、武

力によって天下を制するという意味ではない。名君として称《たた》えられた周の武王のように、

「七徳の武をそなえた者が天下を制する」

という『春秋左氏伝《しゅんじゅうさしでん》』を出典とする言葉である。ここで言う七徳とは、

「禁暴」（暴を禁じる）

「戢兵《しゅうへい》」（兵を戢《おさ》める）

「保大」（大を保つ）

「定功」（功を定める）

「安民」（民を安んじる）

「和衆」（衆を和《やわら》げる）

「豊財」（財を豊かにする）

のことで、民が安心して生業に励むことのできる泰平の国造りをめざす儒教思想を背景にしている。すなわち、武をたんなる暴力として用いるのではなく、七徳に基づいた平和国家づくりのために使うというのが、天下布武の真の意味にほかならない。信長はこの印文を気に入り、生涯にわたって用いることになる。

美濃を手に入れたことによって、信長の上洛への展望は大きくひらけた。

家康は、信長に戦勝祝いの賀使を派遣し、鷹《たか》と馬、それに三河木綿三百反を贈っている。

（織田どのは西へ向かう。わしも、こうしている場合ではない……）

家康は刺激を受けた。すでに水面下で、西遠江の地侍の調略をおこない、今川支配からの脱却をはかろうとしている者たちから好感触を得ている。

だが、本格的な遠江侵攻には、もうひとつ決め手が欲しかった。

「武田に使者を遣わそうと思う」

家康は、側近の石川数正《かずまさ》に向かって言った。

「武田でございますか」

数正が美髯《びぜん》をたくわえた顔を、わずかに傾けた。

武辺者《ぶへんしゃ》の多い徳川家臣団のなかで、石川数正は連歌や茶の湯、香道といった風雅の道に通じた教養人である。清和源氏の出であることを誇りとしており、弁舌もさわやかで、その才覚から他国との交渉役をまかせられることが多かった。

「武田家には、以前にも使者を遣わされております。しかし、先方の態度はまことにもって慇懃《いんぎん》無礼。返答も中身のないものでございました。あらためて使いを送る必要などないのではござらぬか」

持ち前の能弁で、数正が意見をのべた。

石川数正の言うとおり、家康は遠江侵攻にあたって、東国最大の実力者の一人である武田信玄に、対今川戦の連携をはかりたいという使者を差し向けている。

これに対し、信玄のほうでは、

(たかが三河一国をまとめただけの、尻の青い小わっぱではないか……)

と、家康をほとんど相手にしていない。

信玄はむしろ、美濃を手に入れ、北伊勢にも勢力を伸ばして京への道筋を着実に開きつつある織田信長と、家康の頭ごしに直接交渉をおこなっている。ついさきごろ、信長の嫡男信忠《のぶただ》に信玄の五女松姫《まつひめ》を嫁がせるという約束が交わされたばかりである。

「一度素っ気なくされたからといって、おまえは想った女をあきらめるか」

家康は言った。

「女、でございますか」

数正が妙な顔をした。

「それは、もののたとえだ。粘り強く交渉しておれば、風向きが変わることもある」

「は……」

「今川では信玄の動きを警戒して、甲斐への塩止めを命じたそうだ。それに、信玄の宿敵である越後の上杉輝虎《てるとら》（謙信）と、今川氏真《うじざね》が水面下で誼《よしみ》を通じているという噂もある」

「情勢しだいでは、信玄が殿に助力を求めることもあり得るということでございますな」

「冷静に見て、わしにはまだ力が足りぬ。今川を追い詰めるには信玄との連携がどうしても必要なのだ」

家康は、奥歯を強く嚙《か》みしめた。

家康が石川数正を甲斐へ派遣し、武田信玄との交渉を熱心につづけているころ——。

同盟者の信長は動きが早い。

まずは北近江の大名、浅井長政《ながまさ》のもとに妹お市《いち》を嫁がせ、これと同盟を結んだ。永禄十一年(一五六八)に入り、北伊勢を支配下におさめた信長は、越前一乗谷に寓居《ぐうきょ》していた第十三代将軍足利義輝《よしてる》の弟義昭《よしあき》に使者を遣わし、みずからの手元へ迎える準備をすすめた。

信長の視線の先にあるのはただひとつ、

——上洛《じょうらく》

の二文字のみである。

足利義昭を新将軍として担ぎ、一気に京へ乗り込んでゆく。戦国大名の誰もが、望んでも果たし得ずにいた壮挙である。

上洛という目標があっても、多くの武将はまず領国をかため、そこで力を養い、周辺の状況を見定めてからようやく動き出すところである。

だが、信長は、

(まず乗り込んで、あとのことはそれから考えればよい……)

余人とは異なる発想で行動した。

信長は、義昭と美濃の立政寺《りゅうしょうじ》で会見。この席で信長は、義昭を奉じ、軍勢をひきい

て上洛することを明言した。これを聞いた義昭が、

「そのほうだけがわしの頼りである」

と、大感激したことは言うまでもない。

足利義昭を得たことで、上洛の大義名分はととのった。あとは京への道すじをつけるだけである。

上洛の途次にあたる近江には、浅井長政のほかに六角承禎《ろっかくじょうてい》という有力者がいた。信長は承禎に対し、上洛のあかつきには京都所司代職をまかせるという条件を出したが、

「ねぼけたことを抜かしおる」

承禎はせせら笑い、頭からこれをはねつけた。

「ならば力で六角をねじ伏せ、近江路を突破するまでよ」

信長は、尾張、美濃、北伊勢の織田勢を糾合。盟友の家康にも援軍を要請し、あわせて四万の大軍をもよおして岐阜城を出陣した。

不破《ふわ》ノ関を越え、近江へなだれ込んだ信長は、途中、妹婿の浅井長政軍と合流し、六角承禎の籠る観音寺城を包囲した。

九月十三日、観音寺城は陥落。承禎は息子とともに伊賀へ敗走した。

その勢いのまま、同月二十六日には、信長は京入りを果たしている。織田軍が岐阜城を進発してから、わずか二十日後のことである。

——信長上洛

の報を、家康は京から馳《は》せもどってきた服部半蔵から聞いた。

信長上洛戦の援軍として、家康は家臣の鳥居元忠《もとただ》らを五百の兵とともに差し向けていたが、それとは別に服部半蔵を派遣し、上方の情報を報ずるよう命じていた。

「はや京に入られたか」

信長の電光石火の上洛に、家康も舌を巻いた。

（あの御仁《ごじん》は、考えるよりもまず行動する。それが周囲の想定をはるかに越えた突破力になっている……）

自分が同じ立場にあったとしても、信長と同じ真似はとうていできそうにない。だが、学ぶべき点はおおいにある。

「して、京のようすは」

庭に片膝をつく半蔵に、家康はたずねた。

「当初、公家や町衆は、大軍の入京におおいに恐れをなしていたようでございます」

「さもあろう」

「しかし、上洛の軍勢による乱暴狼藉《ろうぜき》はまったく起きず、市中はさしたる混乱もございませぬ。織田さまが軍規を厳しくし、民からの一銭の略奪も赦《ゆる》さず、これに背いた者の首を即座にお斬りになったためと存じます」

「さすがだな」

家康は感心した。

一見、考えなしに走っているようだが、信長の行動には緻密な計算がある。京者の世論を味方につけねば、古来、攻めるに易《やす》く守るに難《かた》しと言われる京の都を維持することはできまい。

（だが、本当に難しいのはこれからだろう……）

家康は思った。

信長の前途に待ち受けるであろう困難を、家康の不安をよそに、信長の快進撃はその後もつづいた。

信長の上洛以前、京を支配していた三好三人衆が立て籠もる山城勝竜寺城、摂津芥川城、河内高屋城などを、織田軍は次々と攻略。恐れをなした三好一党は、本貫の地の四国阿波に退去した。また、大和信貴山城の松永弾正《だんじょう》が、大名物の九十九《つくも》髪茄子《なす》茶入を献上して服従を誓うなど、畿内周辺の大名、地侍の帰順が相次いだ。

この結果、信長は上洛から十日あまりのうちに、畿内の大半を支配下におさめた。

上方における信長の一連の動きは、東国諸大名のあいだにも大きな波紋を広げた。ことに、強い衝撃を受けたのが、甲斐の武田信玄であった。

四十八歳の成熟期を迎え、甲斐、信濃の大半のほか、すでに西上野《こうずけ》を手中におさめていた武田信玄の頭に、上洛への強烈な意志が芽生えたのは、まさしくこの時期からであったかもしれない。

（天下を治めるに、もっともふさわしき男は誰か……）

信長上洛の知らせが甲斐府中にもたらされて以来、信玄は躑躅《つつじ》ヶ崎《さき》館近くの夢見《ゆめみ》山にのぼり、岩の上に座禅を組んで、そのことを自問自答しつづけていた。

いち早く上洛を成功させた信長は、信玄にとってもはや看過し難い存在になっている。かつては取るに足らぬ小さな砂粒だと思っていたものが、坂を転がるうちに、小石からやがて大岩に成長し、頭上に巨きくのしかかるまでになった。

信玄は、世におのれほどすぐれた武将はいないと思っている。川中島の激戦を闘った好敵手上杉輝虎（謙信）は、たしかにいくさ上手の天才である。だが、輝虎には天下の覇者となるべき大事な資質が欠けている。

それは、執念である。欲といってもいい。

上を望まぬ者は、天下を取ることはできない。謙信に欠けている強い上昇志向が、織田信長という男にはあるような気がした。その意味で、信玄自身と似ているかもしれない。

『信長公記《しんちょうこうき》』によれば、信玄は尾張天永《てんえい》寺の僧侶天沢《てんたく》が甲斐へ立ち寄ったさい、これを躑躅ヶ崎館に招いたという。

尾張の国情などをさりげなく聞き出したのち、

「信長とはいかなる男だ」

信玄は、天沢にたずねた。

天永寺は信長が若き日を過ごした那古野《なごや》城下にほど近い、味鋺《あじま》の地にある。当然、天沢は信長の行状をつぶさに見聞きしていた。

「毎朝、馬に乗られます。また、鉄砲、弓術、刀術の鍛錬を欠かさず、鷹狩《たかが》りにはことのほか熱心です」

「ほかにたしなむものはあるか」

「幸若舞《こうわかまい》と小唄を好まれます。それも、人間五十年下天《げてん》のうちをくらぶれば夢幻《ゆめまぼろし》の如くなり、ひとたび生をうけ滅せぬ者のあるべきかという『敦盛《あつもり》』の一番しか舞われませぬ。小唄もただひとつ、死のうは一定《いちじょう》しのび草には何をしよぞ、一定かたりおこすよの、と同じ節を繰り返し口ずさむのみ」

「異なものを好むやつだ」

信玄はあきれたと、同記にはある。

『信長公記』の逸話は、信長が上洛を果たすよりも以前のことであった。

しかし、このとき信玄は、信長の風変わりな行状にあきれながらも、

(どうやら信長というやつは、畳の上で死のうとは思っておらぬようだ……)

直感的に、信長の刃物の上をわたるような死生感に気づいていた。

——六分、七分の勝ち

をみずからの人生哲学とする信玄には、信長のような一生を夢幻ととらえる発想はない。信玄はおのれを変革し、厳しい戦国乱世をいかにしぶとく生き抜いていくか、そのことに絶えず心を砕いてきた。どのような状況においても慢心することなく、六分、七分の勝ちを重ねながら、最終的に敵を圧倒していく。それが信玄の方法論であった。

戦国群雄の戦いは、それぞれの人生哲学の戦いでもある。哲学なき者は敗れ去る。人生を一瞬の夢、そのうたかたのごとき生を苛烈に駆け抜けようという信長の哲学に、

(しょせん、うたかたはうたかたに過ぎぬ。信長は地に足がついておらぬ。まことの天下の覇者たるにふさわしき者は、このわしをおいてほかにない……)

信玄は刺激を受けながら、本格的に天下を視野に入れはじめていた。

夢見山を下りた信玄は、館に家臣の山県三郎兵衛昌景《やまがたさぶろうひょうえまさかげ》を呼んだ。

山県昌景は、信玄の側近衆のひとりで、もとは飯富《おぶ》源四郎と名乗っていた。兄の飯富虎昌《とらまさ》が、信玄の長子義信《よしのぶ》の廃嫡事件に連座して成敗されたため、いまは姓を山県とあらためている。

勇猛をもって、諸国にその名が鳴り響いており、兵たちの具足を赤一色で統一した山県の赤備えといえば、それを見ただけで敵勢が震え上がるほどである。

「お呼びでござりましょうか、お屋形さま」

山県昌景が赤銅色《しゃくどういろ》に戦場灼《や》けした精悍《せいかん》な顔で、信玄を見上げた。

「たしか、三河の小わっぱの使いが来ておったな」

「はい。石川数正なる者が、性懲りもなくまたまいっております。お屋形さまに相手にされていないのが、わからぬのでござろうか」

「その者をここへ呼べ」

「は……。しかし」

「よいから呼ぶのだ。わしがじかに会う」

重大な決断をしたときの癖で、信玄は脂の浮いた小鼻を親指の腹でこすった。

それから三日後の朝――。

甲斐へ行っていた石川数正が、

「殿、吉報にございます」

声を弾ませて岡崎城の家康のもとへ帰ってきた。

「おう、数正か」

ちょうど家康は、八丁味噌を塗った豆腐田楽《でんがく》をおかずに菜飯《なめし》を食っている最中であった。

「しばし待て。いま食べおわる」

「それどころではございませぬ」

数正が家康の前にどっかとすわった。

「ついに武田が動きまするぞ」

「何……」

家康は手にしていた箸を膳に置いた。

「されば、信玄が」

「今川攻めを決意しました。すでに、先鋒《せんぽう》を山県三郎兵衛昌景に命じ、駿河へつづく富士川ぞいの河内《かわうち》路に、兵糧、武器弾薬、馬の飼葉《かいば》を送り込んで、いくさ支度をはじめて

がございました」

「お喜びになるのは、まだ早うございますぞ。信玄入道から、殿に願ってもないご提案

興奮を隠しきれず、家康は頬《ほお》に血の色を立ちのぼらせた。

「いよいよこの時が来たか」

おります」

「願ってもない提案だと」

「はい」

石川数正が、得意顔で膝を前にすすめた。

「信玄入道は、それがしに向かってかように申されました。今川家討滅のあかつきには、武田家と徳川家で今川領を分割したい。遠江は徳川どのに進呈し、駿河は武田のものとするということで、いかがであろうかと」

「今川領の分割か」

この件に関して、いままで一切の返答を避けていた信玄が、突如、大胆に踏み込んだ提案をしてきたことに、家康はまず驚きをおぼえた。

信玄と自分の力関係を考えれば、話がうますぎるような気がしないでもない。

（いや……）

と、家康は思い直した。

ようは、信長上洛の報を聞いた信玄が、それだけ領土拡大を焦っているということで

あろう。ならば、こちらはその焦りを利用せぬ手はない。

「どのように返答いたしましょうか」

返事をうながす数正に、

「当方に異存はなしと伝えよ」

家康は咳《せ》き込むように言った。

石川数正をふたたび甲斐へ差し向けた家康は、小姓の於熊《おぐま》を呼んだ。

「ただちに、重臣どもを集めよ。今川攻めの持ち場を取り決める」

「遠江出陣でございますか」

於熊が顔に喜色を浮かべた。

「こたびは、わたくしにもお供をお命じ下さりませ」

「そなたは初陣《ういじん》がまだであったか」

「はい」

「よき機会じゃ。手柄を挙げよ」

「ははッ」

勢い込んでうなずき、於熊が廊下を翔《と》ぶように駆け去った。

ちなみに、このいくさで初陣を飾った於熊は、青山忠成《ただなり》と名をあらためる。のちに家康の息子秀忠の重臣となるが、東京の「青山」の地名は忠成がそこに屋敷を構えたことに由来している。

岡崎城内の動きがにわかに慌ただしくなった。

酒井忠次《ただつぐ》、大久保忠世《ただよ》ら重臣たちが顔をそろえると、家康は一同に、武田信玄からの今川領分割の提案を告げた。

「まさしく願ってもなき話にございますな。われらと武田勢に両面から攻められては、今川も打つ手がございますまい。もはや、遠江は手に入ったも同然にございましょう」

酒井忠次が、勝ち誇ったような顔つきで言った。

「いくさはやってみねばわからぬ。何と言っても今川は、東海で長く強勢を誇ってきた名門だ。侮ってはなるまいぞ」

家康の脳裡《のうり》には、人質時代に目の当たりにしてきた駿府の隆盛ぶりがこびりついている。発言が慎重になるのも無理はない。

「して、先鋒《せんぽう》は誰に」

大久保忠世が聞いた。

「左の先鋒は本多忠勝《ただかつ》、右の先鋒は鳥居元忠に申しつける。両人とも、覚悟はよいな」

「いまから腕が鳴りまするわ」

本多忠勝が野太く笑った。

家康は家臣たちの前に、三河、遠江の国ざかい周辺の差図《さしず》（地図）を広げさせた。

「攻め口は、引佐《いなさ》郡の井伊谷《いいのや》筋からとする。同郡の地侍、菅沼忠久《ただひさ》、近藤康用《やすもち》、鈴木重時《しげとき》には、すでに誓書を遣わして、所領の安堵を約束してある。かの者どもを道案内にし、遠江へ攻め入る」

家康が家臣たちを見渡すと、

「承知ッ」

全員が目の底をぎらぎらと光らせてうなずいた。

家康が岡崎城を出陣し、遠江へ向けて進軍をはじめたのは、永禄十一年（一五六八）も押しつまった十二月のことである。

徳川勢六千は今川方の堅い守りが予想される東海道筋ではなく、奥三河の山岳地帯にある陣座峠から遠江へ攻め込んだ。

先導役をつとめたのは、家康の調略に応じた遠江引佐郡の地侍、菅沼忠久、近藤康用、鈴木重時である。

徳川勢は、

井伊谷
刑部《おさかべ》
白須《しらす》賀《か》

の諸城を次々と陥れ、駿河灘に面した平野部の曳馬《ひくま》城（のちの浜松城）へ入城。

一方、家康と今川領分割の密約を結んだ武田信玄も、ほぼ時を同じくして甲府を出陣。一万二千の軍勢をもって駿河へ侵攻した。

この報を聞いた駿河府中の今川氏真は、重臣の庵《い》原忠胤《はらただたね》らに一万五千の軍勢をつけて、国ざかいで迎え撃つ策に出た。しかし、武田軍が目前にせまると、庵原忠胤らは恐れをなし、決戦にのぞむことなく退却をはじめた。

「今川は、戦う前からすでに内部崩壊しておるわ」

信玄は高笑いした。

武田方に寝返った駿河の今川家臣は、庵原忠胤をはじめ、葛山氏元《かつらやまうじもと》、瀬名信輝《せなのぶてる》、三浦義鏡《よしかね》など、二十余名におよんだ。彼らは前線から兵を引き、駿府西方の瀬名谷に集結して、信玄に抵抗する意思のないことをしめした。

こうした駿河本国の情勢に、遠江の今川家臣たちも、

「もはや今川家は終わりだ」

と見て、家康に服属する者が続出した。小笠《おがさ》郡高天神《たかてんじん》城の小笠原長忠《ながただ》、馬伏塚《まむしづか》城の小笠原氏興《うじおき》らが、こぞって家康への臣従を誓っている。

「裏切り者めらがッ！」

今川氏真は白粉《おしろい》を塗った顔をゆがめ、扇を床にたたきつけて悔しがった。だが、徳川、武田と二方向の敵に挟まれ、しかも家臣団の離反が相次いでいるとあっては、もはや戦う前から勝負は決している。

氏真は、駿府を脱出して遠州掛川城へ逃亡。夫人（北条氏康《うじやす》の娘）とその侍女たちは、輿《こし》の用意が間に合わず、荷車や雑兵の群れにまじって徒歩で逃れるという悲惨なありさまだった。

十二月十三日、武田信玄は戦わずして駿府入りを果たした。

「今川氏真は、掛川城に籠っております」

東遠江方面に放っていた斥候《せっこう》が、曳馬城の家康に報告した。

「信玄は、はや駿府を占拠したか」

家康にとっても、これほど早期の今川家の瓦解は驚きである。

家康が人質になっていたころの今川家は飛ぶ鳥を落とす勢いの全盛を誇っていた。当主義元は海道一の弓取りと言われ、繁栄をきわめる駿府城下には、戦乱の都から逃れてきた公卿たちが庇護《ひご》を受けて暮らし、華やかな京文化の匂いをただよわせたものである。

その駿府が、先代義元の死からわずか十年も経たぬうちに、これほど脆《もろ》くも崩れ去るとは、さすがの家康も思ってもみなかった。

（これが乱世か……）

力なきものは力あるものに駆逐される。かつての松平家が辿《たど》ったのと同じ道を、その松平家を圧迫した今川家が辿ろうとしている。

それはけっして他人事《ひとごと》ではない。少し気を緩めれば、おのれの上にも同じ運命が待っている。

（もっと知恵をするどく磨き、大きな力を身につけねば……）

家康は身のうちが震えるような思いで、そのことを肝に銘じた。

曳馬城は西遠江にある。今川氏真が立て籠もっている東遠江の掛川城までは、距離にして七里。軍勢とともに曳馬城を進発した家康は、東海道を下り、馬蹄《ばてい》の音を響かせて掛川城へせまった。

だが、掛川城を守っているのは、今川家臣のなかでも揺るぎのない忠誠心と、精強をもって知られる朝比奈《あさひな》泰朝《やすとも》である。徳川勢の包囲に対し、粘り強い抵抗をみせ、容易に屈しない。

両軍、攻防を繰り返しているうちに年があらたまり、永禄十二年（一五六九）を迎えた。

家康は陣中で年を越し、掛川城攻めの陣頭指揮をとったが、その前線へ、諸方に放っている諜者《ちょうしゃ》をたばねる服部半蔵から、背筋に冷や水を浴びせられるような知らせが届けられた。

「武田軍の将秋山信友《のぶとも》が、信濃伊那口《いなぐち》から天竜川ぞいに南下。国ざかいを越えて遠江に侵入し、東海道筋の見付《みつけ》に陣を布《し》きましてございます」

「何だとッ！」

家康は床几《しょうぎ》から立ち上がった。顔色が変わっている。

「信じられぬ」

家康は下唇を嚙んだ。

事前の取り決めで、大井川より東の駿河は武田信玄が、西の遠江は家康が領有化することになっている。武田勢が遠江へ入り込んだとすれば、それはあきらかな約定違反ではないか。

家康は見付へ斥候を送り、事実をたしかめさせた。するとやはり、武田家臣秋山信友の遠江侵攻は間違いではなかった。

即座に家康は、石川数正を駿府駐留中の武田信玄のもとへ差し向け、約定違反の一件を猛抗議させた。

ほどなく、石川数正が青い顔をして掛川城攻めの家康陣へもどってきた。

「信玄入道は何と申した」

「それが……」

数正が目を伏せて口ごもった。

「はっきり言え。よもや知らぬ存ぜぬと、しらを切ったわけではあるまいな」

「秋山信友の遠江入りは、たしかに信玄入道自身が命じられたそうにございます」

「何ッ」

「徳川どのが掛川城攻めに手こずっておられるゆえ、後詰《ごづ》めのつもりで軍勢を遣わした。ほかにさしたる意図はないと仰せになっておられました」

「さしたる意図はないだと」

家康は思わず声を荒らげた。

「秋山信友が陣を張った見付は、東海道の要衝だ。この掛川と曳馬の、ちょうどなかほどに位置している。そこに楔《くさび》を打ち込むごとく軍勢を送り込んでおいて、他意がないなどとは笑わせる」

「殿……」

「信玄入道ほどの古つわもの、口では今川領を分割すると言いながら、駿河のみならず、最初から遠江領有まで狙っていたにちがいない。あのような約束ごとを、馬鹿正直に信じたわしが愚かであった」

家康は顔を真っ赤にし、憤然と言い放った。

「数正」

「はッ」

「駿府の武田陣へ立ちもどり、信玄入道に後詰めは無用と伝えよ」

「ははッ」

「こうなったら、一日も早く掛川城を落とさねばならぬ」

悲壮な決意を秘めて、家康は星のない夜空を睨《にら》んだ。

家康からの要請を受け、武田信玄は秋山信友の軍勢を遠江から引き揚げさせた。ここはひとまず、ようすを見ようというところであろう。

だが、掛川城はなかなか陥落しない。

焦って無理攻めをすればするほど、いたずらに味方の兵が消耗してゆく。

その徳川勢のもたつきぶりを嘲笑《あざわら》うように、

「城はまだ落ちぬのか。早く今川氏真の首が見たいものだ。必要とあれば、またいつでも援軍を差し向けて進ぜよう」

信玄から、掛川城攻略を催促する書状が届いた。

こうなれば家康も意地である。

正月十七日、徳川軍は掛川城を攻撃。つづく二十日には家康が陣を布く天王山《てんのうざん》に、城方が夜襲をかけてきた。激しい攻防戦となったが、徳川軍はこれをしのいで城方を撃退し、付け城を築いて包囲を強化させた。

ちょうど同じころ、駿府に腰を据えていた武田信玄も、遠江をうかがうどころではない事態に直面していた。

相州《そうしゅう》小田原の北条氏の軍勢が、今川氏を救援すべく、国ざかいを越えて駿河へ押し出してきたのである。

東国で強勢を誇っていた駿河の今川氏、相模の北条氏、そして甲斐の武田氏は、たがいに領土の不可侵を約していた。

いわゆる、

――三国同盟
である。しかし、今川領に野望を抱く信玄が、駿河へ侵攻したことから、この同盟は空中分解した。

信玄に駿府を追われた今川氏真は、北条氏に助けをもとめた。関東に覇をとなえる北条氏としても、上野方面で信玄との利害がぶつかっており、武田家の膨張は望ましいことではない。信玄の約定違反を大義名分として、北条氏もまた、駿河への進出を狙っていた。

駿府へ攻め込んだ北条氏政《うじまさ》は、東海道を西へすすみ、駿府の東方五里にある街道の難所、薩埵《さった》峠に陣を布いた。北条軍は、山のふもとを流れる興津《おきつ》川をはさんで、武田信玄と対陣した。

北条氏政は、掛川城包囲中の家康のもとへ使者を送り、

「信玄入道は、一度交わした約束を平然と破るような卑怯《ひきよう》者だ。そのような者を信じていても、先ゆきろくなことはあるまい。われらと手を組まれたし」

と、誘いをかけてきた。

家康は複雑に絡み合った外交の渦中にいる。

(いずれの道を選択すべきか……)

北条氏政からの連携をもとめる呼びかけに、家康は迷った。

北条氏政は、自分が仲介役をつとめるゆえ、今川氏真と和睦せよと言ってきている。

「掛川城の包囲を解いたうえで、東と西から、駿府にいる武田信玄を挟撃する。さすれば、退路を断たれた信玄入道は苦境に陥るであろう」

氏政は武田軍の占領下にある駿河を今川氏真の手に戻す代わりに、遠江は無条件で家康にゆずろうと、内々に条件を提示してきた。

家康は掛川城攻めの陣中に家臣たちを集め、軍議をひらいた。

「北条の言うとおり、信玄入道は信ずべからざる人物です。殿を巧みに使って今川氏真に引導を渡させ、そこへみずからが乗り出して、遠江をかっさらう腹づもりでおるのです」

重臣の酒井忠次が言った。

「いやいや、いかに何でも、それは勘ぐり過ぎというものであろう」

武田家との直接交渉にあたった石川数正が異議をとなえた。

「たしかに信玄入道は、わが殿との約定に反して秋山信友を遠江へ送り込んだが、それはあくまで後詰めのためであったと弁明なされている。それに、われらの抗議に、いさぎよく兵を退却させたではないか」

「おぬしは、信玄入道に丸め込まれたか」

酒井忠次が、数正を睨んだ。

「何をッ！　それではまるで、このわしが武田に寝返ったように聞こえるではないか」

数正が美髯《びぜん》を震わせた。

重臣どうしの罵り合いに、険悪な空気が陣中にただよった。

「両人ともやめよ。いまは言い争いをしているときではない」

家康は酒井忠次と石川数正を叱責した。

「殿ご自身は、どのようにお考えです」

末座にいた鳥居元忠が聞いた。

家康は一瞬、考えるような目をしてから、

「わしも信玄入道は信用できぬと思う。しかし、北条の言もまた、頭から信じることはできまい。いまは誰もが、屋台骨の腐った今川の領地を狙っている」

と、無精鬚《ぶしょうひげ》の生えた顎を撫《な》でた。

この日の軍議は紛糾し、はかばかしい結論は出なかった。

（進むべき道を決めるのは、つまるところ、わし自身しかいない……）

家康は肩にのしかかる重い責任を感じた。

天王山の本陣で、家康はまんじりともせず、夜空に銀色の火の粉を撒《ま》き散らす篝火《かがりび》を見つめつづけた。

武田信玄には不信感をおぼえている。約定に反して遠江に兵を送り込んできたのは、明らかな背信行為である。おそらく、信玄は三河一国を平定したばかりの家康を最初から嘗《な》めているのであろう。今川領の分割などただの口約束で、信玄の本心は、遠江はもとより、やがては家康の本国の三河まで飲み込んで西へ勢力を伸ばしていくことにあるのではないか。

（恐ろしい男だ……）

家康は、かつて自分を支配していた今川義元にも感じたことのない、胴震いがするような根源的恐怖を、信玄という武将に抱いた。

だが、その恐怖はたんなる恐れではない。恐れながらも、家康は心のどこかで、おお

いなる力と勝利への冷徹な哲学を持つ武田信玄に、

——憧憬《しょうけい》
の念を抱かずにはいられなかった。そう、それはまさしく憧憬としか言いようがない。

家康は幼くして父を亡くした。織田、今川と、他家へ何度も人質に出され、人には言えぬ屈辱を味わった。

それは、なぜか——。

（力がなかったからだ……）

家康は思う。力なき大名は衰退し、滅ぶしかない。力のある者だけが乱世で生き残ってゆくことができる。家康にとって信玄は、その力の象徴である。だから憧れずにはいられない。どうすれば信玄のごとくなれるのかと考えている。

真っ正直な正攻法だけでは、武田家のように領土を拡大していくことはできない。信玄のやり方には反発を感じるが、そこにはいまのおのれに欠けている何かがあるのも、また事実ではないか。信玄には、苛烈な突破力を持った織田信長と同様、学ぶべきものが多くある。

しかし、ここで北条氏と手を結び、武田軍を挟撃することが正しいかというと、

（そのような真似《まね》をすれば、わしはたんに利によって、その時々の強者になびくだけの卑怯者に堕してしまうであろう……）

いまのところ、家康は自分の哲学を探しあぐねている。

翌日——。

家康は、薩埵峠の北条氏政の陣に使いを送り、次のような口上をのべさせた。

「信玄入道挟み討ちの話は、当方の軍備が間に合わぬゆえお受けできませぬ。ご寛恕《かんじょ》下さりませ。さりながら、掛川城に籠る今川氏真との和睦については、これを承諾すること、やぶさかではございませぬ。北条どのの仲立ちでことをおさめていただくのであれば、こちらとしても願ってもなきこと」

世間は人の出処《しゅっしょ》進退をよく見ている。信玄をいまここで挟撃すれば、自分には拭い去ることのできない暗い印象が刻まれるであろう。掛川城の今川氏真も、かつては家康の同盟者であり、みずから手を汚してこれを討つことは、できるかぎり避けるべきであった。

(わしは、何があっても天に恥じぬ行為をする男でありたい……)

それが、考え抜いたすえに家康が出したひとつの結論であった。

家康の申し出を受けた北条氏政は、

「家康め、信玄を恐れて弱腰になったか」

と、面長な顔をゆがめたものの、自分を仲介者に立てての掛川開城に、事態収拾の落としどころを見た。ここで家康に兵を引かせ、今川氏真を助けることができれば、北条氏は東海圏で一定の影響力を持つことができる。

北条氏政は掛川城へ使者を送り込んで今川氏真を説得し、城を包囲する徳川軍との和睦の話をすすめた。

　この事態の変化に、敏感に反応したのが武田信玄であった。

「そろそろ、引き揚げどきが来たようじゃな」

　北条氏と家康の出方をうかがって、ぎりぎりまで駿河興津の陣にとどまっていた信玄であったが、掛川城での和睦の動きに、本国甲斐への即時撤退を決意した。

　一度決めたとなれば、信玄の行動は早い。風林火山の旗をかかげる信玄は、攻めるときは火のごとく苛烈、引くときは林のごとき静けさのうちに撤退を実行する。

　四月二十四日、信玄は陣を引き払って甲斐へ退去。ただし、北条勢と対峙する前線の興津城に穴山信君《のぶきみ》、駿府近くの久能《くのう》城には板垣信安《のぶやす》を駐留させ、駿河国の確保につとめた。

　今川氏真は掛川城を開城した。

　五月十五日のことである。

　城を出た氏真は妻の実家である北条氏を頼り、出迎えの兵に守られながら、海路、沼津の大平《おおひら》城へ逃れた。

　その今川氏真が去った掛川城に、家康は重臣石川家成を城番として入れ、それまで家成がつとめていた西三河の旗頭には甥《おい》の石川数正を任じた。

　徳川の支配に抵抗する遠州の地侍はまだ多いが、家康は帰順を願い出た旧今川家臣に所領を安堵し、さらに北上して天方《あまがた》城、飯田城を攻略するなど、順調に支配を固めていった。

駿河、遠江に覇をとなえた今川氏が滅亡したいま、家康も東海に勇名をはせる一人前の大名に成長している。武田信玄、北条氏政はもとより、遠く越後の上杉輝虎（謙信）でさえ、上洛《じょうらく》した織田信長と連携する家康の存在を無視できなくなっていた。

しかし、出る杭《くい》は打たれるものである。

家康が駿河と遠江の境を分かつ大井川筋の巡視に出たさい、それを象徴する事件が起きた。

その日、家康は本多忠勝をはじめとする百五十騎ばかりの精鋭を従え、馬にうちまたがって川ぞいの道をすすんでいた。

折しも、激しい雨が降っている。大井川も増水していた。

その驟雨《しゅうう》のなか、

「殿、あれは武田の兵ではござらぬか」

少し先に馬をすすめていた本多忠勝が、肩越しに振り返った。

人をやって調べさせると、それは果たして武田家にその人ありと知られた猛将山県昌景の赤備えの軍勢であった。

「不審でござる。川向こうならいざしらず、こちら側に山県勢がおるとは……。またしても、約定をたがえるつもりでは」

「捨ておけ」

家康は、忠勝に言った。

「物見の話では、山県勢は三千は下らぬという。対するわれらは百五十にすぎぬ。騒ぎを起こせば命はない」

「しかし……」

「山県昌景とて、ここでわれらに喧嘩《けんか》を売ってくることはあるまい」

家康は武田の兵をやり過ごすことにした。

だが、山県勢はいったん通り過ぎたものの、家康の供が寡勢と知れてあなどったのであろう。突如、軍勢を取って返し、猛然と襲いかかってきた。

「生意気な三河の小わっぱがッ」

山県昌景は、北条氏と結んで武田氏に対抗する動きをみせる家康に腹を立てていた。

（われらがお屋形さまに刃向かおうなどとは、小賢《こざか》しい。おのれの立場を思い知らせてくれよう……）

昌景は不敵な笑いを精悍な頰に刻んだ。

駿馬《しゅんめ》にまたがった赤備えの騎馬隊が、降りしきる雨をつん裂き、泥をはね上げながら、川べりに立ち尽くす家康の一団に殺到した。

武田軍の強さのみなもとは騎馬軍団にある。

武田信玄は戦国最強といわれる騎馬隊を駆使して、本国甲斐から信濃、飛騨、上野、駿河の諸国へ攻め入り、圧倒的な強さで領土を切り取っていった。

そもそも甲斐国は古くから名馬の産地として知られていた。

——甲斐の黒駒

という言葉がある。読んで字のごとく甲斐で産する黒毛の馬のことで、カラスの濡《ぬ》れ羽のような光沢のある漆黒の毛並みを持ち、古来より諸国に知られていた。この地で産する駿馬は、毎年朝廷に献上される定めになっており、かの聖徳太子も甲斐の黒駒を愛して、富士山頂まで馬で飛行したという伝説がある。

武田家の祖とされる甲斐源氏は、甲斐国一帯に広がっていた牧場を経営して力をつけた。馬と武田家の深い結びつきは、すでに一族勃興の時代からはじまっていたのである。信玄の一門衆、家臣たちは、それぞれが百騎から四百騎前後の騎馬武者を擁していた。もっとも、たんに馬の数だけ多くても、戦場でうまく使いこなさなければ意味はない。

『甲陽軍鑑』のなかに、山県昌景が語った言葉がある。

「武士たる者が身につけなければならない素養は、弓、鉄砲、馬、刀である。そのうち、最初に習うべきは馬。第二に刀、第三に弓、最後に鉄砲の順だ。弓や鉄砲は人を指揮して使うことができるが、馬をあやつるのと戦場で敵と斬り結ぶのは人まかせにできないからだ」

これにあるとおり、武田の武者たちは、おのおのが高度に洗練された騎馬の技術を身につけ、一騎当千の戦闘能力を有していた。

そのあまたの敵を震え上がらせる武田の騎馬武者軍団が、馬蹄《ばてい》の音を地鳴りのごとく響かせてせまってきた。

幾多の実戦を経験している家康も、背筋を冷たい戦慄が駆け上がるのをおぼえた。

「それがしが体を張って防ぎまするッ。殿はお逃げ下されッ」

本多忠勝が悲壮な叫びを上げた。

「それはならぬ」

「殿ッ、かようなところで無駄死にしてはなりませぬぞ」

「わしは死なぬッ！」

黒い群雲のようにせまる武田の騎馬隊を睨みすえ、家康はみずからも汗ばんだ手で刀を抜いた。

騎馬隊との戦いは、馬を狙うのが常道とされる。馬に向かって矢弾を放ち、脚を槍《やり》で突けば、敵の武者はおのずと落馬するからである。しかし、ただでさえ兵が少ないうえ、巡視の途中だったために装備も万全ではない。

主君を守ろうと山県勢の前に立ちはだかった兵たちが、次々と馬に蹴散らされてゆく。

そのさまは、悪夢を見ているようである。

「おのれーッ！」

雄叫《おたけ》びを上げながら、ただ一騎、敵の馬群に突っ込んでゆく本多忠勝の背中が見えた。

(死んではならぬぞ、平八。いや、死んでなろうものか……)

死ねばすべてがおわりだ。そこでみずからが思いえがいてきた夢は断たれる。

家康は歯を食いしばった。

そのときである。

目前にせまっていた山県勢が、にわかに方向を転じ、退却をはじめた。

(何があった……)

家康にもわけがわからない。

茫然《ぼうぜん》としていると、しだいに小止《や》みになってきた雨の向こうに、武田の武者たちの甲高い笑い声が聞こえた。

おそらく山県昌景には、ここで家康の息の根を止めてしまおうという考えは最初からなかったのであろう。戦いを仕掛けるふりをして、こちらを恐れさせ、

――武田に逆らえばかくの如し。

と、恫喝《どうかつ》した。それ以外、武田軍の不可解な行動は解釈のしようがない。

それに気づいたとき、命拾いをしたという安堵感よりも、

(虚仮《こけ》にされた……)

という烈《はげ》しい怒りのほうが、腹の底からむらむらと込み上げてきた。

この日の一件は、家康に、

(甲斐の者どもは信用できぬ)

と、信玄への警戒感を深めさせ、乱世で生きていくことの厳しさを再認識させた。

この年、家康は遠江平定を着実にすすめ、年の暮れまでには、ほぼ一国を手中におさめた。

第五章　京へ

年が明け、元亀元年（一五七〇）になった。

遠江を平定した家康は、同国支配の新たな拠点として曳馬《ひくま》の地に築城をはじめた。家康の入城と同時に曳馬は浜松と改称され、竣工なった城は、

——浜松城
と呼ばれることになる。

その浜松城の工事を陣頭指揮する暇もなく、家康は織田信長の要請を受けて西上の途につくこととなった。

二年前に上洛《じょうらく》を果たした信長は、将軍位に据えた足利義昭《よしあき》のために二条御所を造営し、北畠氏を屈服させて伊勢一国を平定するなど、畿内一円の支配を着々と固めていた。

こうしたなか、信長は畿内近国二十一ヶ国の諸大名に対し、上洛して朝廷と足利将軍家に挨拶《あいさつ》することをもとめる触れ状を送りつけた。

朝廷、足利幕府への礼参といえば聞こえはいいが、事実上、

「京へ出て来て、このわしに頭を下げよ」

と、宣言したにひとしい。

むろん、同盟者である家康は、この呼びかけに従い、京へおもむくことにした。同盟者とはいっても、両者の力関係は、信長が兄、家康が弟という序列が定まっている。

出立に先立ち、家康は嫡男竹千代（信康）に会うために、岡崎城下の築山屋敷に立ち寄った。

「竹千代、息災にしていたか」

庭に咲く梅の香りがただよい流れてくる座敷で、家康は久々に息子と対面した。

竹千代は十二歳。しばらく会わなかったあいだに、家康と変わらぬほどに背丈が伸び、見違えるようにたくましくなっている。

「はい。父上さまも、遠江平定おめでとう存じまする」

「うむ」

期待以上の息子の成長ぶりに、家康は目をほそめた。

竹千代のかたわらには、嫁いでから二年のあいだにこれも匂うように美しくなった妻の徳姫《とくひめ》が控えている。ただし、竹千代の母の築山殿《つきやまどの》の姿だけは、どこにも見えなかった。

「母上はどうしたのだ」

家康は聞いた。

「それが……」

竹千代が困惑したように目を伏せた。

「今朝がたから頭痛がすると仰せになられ、床に伏せっておられます」

「さようか」

家康は庭の白梅に目をやった。

築山殿が夫と顔を合わせたがらない理由はわかっていた。

（わしが実家の今川家を滅ぼしたのを怒っているのだ……）

築山殿のことを思うと、家康は物憂い。

東海の雄と言われた今川家が衰退し、その旧領の遠江を家康が切り取ったのは、いわば乱世の必然である。父祖から受け継いだ領地を持ちこたえるだけの器量が、今川氏真にはなかった。逆に、いささかでも慢心すれば、家康の上にも同じ運命が待っている。

それゆえ、掛川開城後、北条家の支配地へ逃げ、その庇護《ひご》を受けるようになった氏真には、憐憫《れんびん》の情を感じることはない。しかし、名門今川家の血筋であることを唯一の誇りとしていた築山殿は、家康とはまったく違った感情を抱くのであろう。それはそれで、

（やむを得ぬ……）

家康は、妻とのあいだに心の通う関係を築くことを、難しいと考えはじめていた。

しかし、築山殿が生んだわが子竹千代はかわいい。世のつねの父親と同じく、その将来には大きな期待をかけていた。

「わしは浜松に城を築きはじめている」

息子を前にして、家康は言った。

「存じております。完成のあかつきには、父上はそちらにお移りになるのでございますか」

「うむ」

家康はうなずいた。

「新たな所領となった遠州の支配には、わしがかの地で目を光らせねばならぬ。隙あらば国ざかいを侵そうとうかがっている武田信玄の動きも、牽制《けんせい》せねばなるまい」

「はい」

「ついては、この岡崎が空き城となる。わしはそなたに城をまかせようと思うが、存念はどうだ」

「それがしを岡崎の城主に……」

竹千代の顔が、陽《ひ》ざしを浴びたように輝いた。

「身にあまるお言葉にございます。されど、それがしはまだ元服すらいたしておりませぬ」

「むろん、そのことも考えてある。これよりわしは織田どのの呼び出しで上方へおもむかねばならぬが、帰国したらすぐ、元服の儀を執りおこなうつもりでいる。そなたも心づもりをしておくがよい」

「承知つかまつりましてございます、父上」

竹千代が若々しい頰《ほお》を紅潮させ、意気込んだようにうなずいた。

家康が三河、遠江の軍勢三千をひきいて岡崎城を進発したのは、元亀元年（一五七〇）二月のことである。

家康は、まずは岐阜城へおもむき、そこで越年していた織田信長に挨拶をした。信長とじかに顔を合わせるのは、清洲同盟成立以来、じつに八年ぶりのことである。

その間、信長は諸将に先駆けて上洛を果たし、家康も三河、遠江二ヶ国の大名になるなど、両者の環境には大きな変化が起きている。

しかし、信長はかつての尾張のうつけ時代とまったく変わらぬ悪童のような態度で、家康を出迎えた。

「来たか」

信長の言葉はつねに短く、人に多くを考える余裕を与えない。

「まいれ」

「いずれへでございます」

「ついて来ればわかる」

到着するなり、信長が家康をつれて行ったのは岐阜城の天守であった。

岐阜城は、長良《ながら》川が裾を取り巻くように流れる金華《きんか》山のいただきに築かれている。

天守からは、夕陽を浴びた川面《かわも》が黄金の龍の背のようにきらめいて見えた。長良川の向こうに揖斐《いび》川、さらには木曾川が流れ、それらの河川が長い年月をかけて造り出した豊穣《ほうじょう》な濃尾平野が広がっている。平野のかなたには鈴鹿《すずか》山地や、白雪をいただいた伊吹《いぶき》山が聳《そび》え立ち、雄大な景観を形作っていた。

「みごとな眺めにございますな」

尾張以西に出るのはこれが初めての経験となる家康は、岐阜城天守からの豪奢《ごうしゃ》な眺望に息を呑《の》んだ。

「見よ、あの山地の向こうに近江国がある。そこから逢坂山《おうさかやま》を越えれば京の都だ」

天守に仁王立ちになった信長は、白扇の先で西の方角をしめした。

上洛以来、信長は本拠地の岐阜と京の都をしばしば往復している。京の都には、信長が奉じて将軍に仕立てた足利義昭がいるが、近ごろでは主導権をめぐって両者のあいだに意見の衝突が起き、険悪な空気が流れているとの噂が家康の耳にも届いていた。

(このたびの諸将への礼参命令は、おのれの力が足利将軍よりも上であると見せつける狙いがあるのか……)

家康は、傲岸に顎をそらせた信長の横顔を見つめた。

「わしは遠からず、天下を統一するであろう」

長良川を眺め下ろしながら、信長が言った。

「その前に立ちはだかる者は、生かしておくつもりはない。親兄弟であれ、年来の重臣であれ、たとえ相手が将軍であったとしてもだ」

肩越しに振り返った信長の冷たい視線に、家康は膝頭に震えがきた。

「将軍家の専横なる振る舞い、噂に聞いております。何でも、織田どのに無断で、朝倉義景《よしかげ》、上杉輝虎《てるとら》、武田信玄らに御内書《ごないしょ》を送り、上洛をうながしているとか」

「誰のおかげで将軍になれたと思っているッ！」

信長は怒りをあらわにした。

信長が将軍足利義昭の行動を制約する掟《おきて》書きを二条御所に送りつけたのは、この正月早々のことである。

天下統一を公言してはいるが、信長の足元は危うい。畿内をほぼ手中におさめたとはいえ、その周囲は敵ばかりと言っていい。越前の朝倉義景、将軍家への尊崇の念が人一倍篤《あつ》い越後の上杉輝虎、そして信長の上洛に刺激を受けて活動を活発化させた武田信玄がいる。

その警戒すべき大名たちに足利義昭が御内書を送ったことは、信長としても断じて看過し難い行為であった。

「この世の中で、わしが心より信じられるのは、徳川どのだけだと思っている」

信長がさきほどとは打って変わって、繊細でどこか孤独な表情を見せつつ言った。

「織田どの……」

「わしは鼻垂れ小僧《こぞう》のころよりそなたを知っている。人は信用できぬものだ。口先でうまいことを言っても、欲につられれば必ず裏切る。だが、そなたは、そうした輩とは別種の人間であるようだ」

「なぜ、そのように思われます」

家康は首をかしげた。

「わからぬわ」

と、信長が怒ったように顔をそむけた。

「ただ、心がそう告げるのだ」

「は……」

「よいか。そなただけは、わしを裏切るな。そなたの力、わが天下取りになくてはならぬ」

「身にあまるお言葉にござる」

「この日《ひ》ノ本《もと》を制したのちは、唐《から》、天竺《てんじく》までも兵をすすめる。わしについて来いッ」

その言葉が嘘《うそ》かまことか、信長は天守の朱塗りの勾欄《こうらん》で羽根を休めていた白鷹が驚いて飛び立つほどの甲高い声で笑った。

信長と合流した家康は岐阜を発ち、三月五日、京に入った。家康にとって、これが人生はじめての上洛となる。

折しも春のさかりで、洛中には桜が爛漫《らんまん》と咲きほこっていた。

「さすがは京の都にございますな。なにやら三河とは、花の風情が異なって見えまする。水の匂いまでちがうような」

供をしてきた石川数正《かずまさ》が、鴨川に花びらを散らす桜の風情に、心を奪われたように目をみはった。

「何の、京であろうが三河であろうが、桜は同じ桜だ。花にちがいはない」
本多忠勝《ただかつ》が、ぎろりと目を剝《む》いた。
家康は花の眺めには無頓着である。ただし、数正の言うとおり、鮒《ふな》や鯉《こい》、ナマズが濁った流れのなかを泳いでいる三河の矢作《やはぎ》川などと違い、京の川はあくまで清らかで、瀬音までが澄んで聞こえる。
だが、平安京創建以来、長く日本の中心でありつづけてきたこの土地に、天下の諸将を魅《ひ》きつける何ものが潜んでいるのか、まだ家康にはわからない。
入京した信長は、定宿にしている法華宗の妙覚《みょうかく》寺に腰を落ちつけた。家康自身は、かねてより昵懇《じっこん》の仲である洛中新町通の茶屋四郎次郎の屋敷を宿所とした。
その後――。
信長の触れ状に応じ、織田家の傘下にある大名たちが、それぞれの軍勢をひきいて次々と京に入ってきた。その顔ぶれは、
伊勢国坂内城主　北畠具房《ともふさ》
大和国多聞城主　松永弾正久秀《ひさひで》
摂津国池田城主　池田勝正《かつまさ》
河内国高屋城主　畠山昭高《あきたか》
同国若江城主　三好義継《よしつぐ》
飛驒国 桜 洞《さくらぼら》城主　姉小路自綱《あねがこうじよりつな》

備前国砥石山城主　宇喜多《うきた》直家《なおいえ》

ら、錚々《そうそう》たるものである。

家康をはじめとする諸大名の世話を信長から命じられたのは、京都奉行の木下藤吉郎秀吉なる男だった。

もとは尾張在の農民の小倅《こせがれ》で、尾張木曾筋で川稼ぎをする川並《かわなみ》衆の群れに身を置いていたこともあったが、信長に草履《ぞうり》取りとして仕えるうちに才覚をみとめられ、台所奉行から足軽百人頭、そして京都奉行となり、織田家重臣の末席につらなるまでになったと、家康もそのめざましい出世の噂を耳にしていた。

家康が滞在する新町通の茶屋四郎次郎邸に、木下藤吉郎秀吉がひょっこりあらわれたのは、満開の桜がそろそろ散り果てようかというころであった。

そう、ひょっこりとしか言いようがない。

顔が真っ黒に戦場灼《や》けし、笑って目尻に皺《しわ》を刻んだ表情などは猿によく似ている。小男でいっこうに風采は上がらないが、言葉つきや態度に何ともいえぬ愛嬌《あいきょう》があり、織田家の重臣がものものしくあらわれたというより、昔からの知り合いが通りすがりに立ち寄ったかのような気易《やす》い印象があった。

木下秀吉は三十四歳。二十九歳になった家康より五歳年上である。

「やあ、やあ、やあ」

家康のいる茶屋邸の離れへ入ってくるなり、秀吉が大袈裟《おおげさ》な奇声を上げた。

「さすがは京でも三本の指に入る豪商、茶屋どのの屋敷でござりますのう。釘《くぎ》隠しの螺《ら》鈿《でん》細工といい、舟底天井の拵《こしら》えといい、あれなる紫檀《したん》の床柱といい、贅《ぜい》を尽くしたまことにみごとな普請《ふしん》。いや、目の保養になりまする」

部屋を無遠慮に見まわし、秀吉が言った。

無作法といえば無作法だが、それがいささかも不愉快に感じられない。この男が持っている天性の明るさのせいかもしれない。

よほどの普請好きなのか、秀吉はまだ嘗《な》めるように室内を見ている。さすがに、家康の脇に控えていた酒井忠次《ただつぐ》が、

「木下どのとやら、無礼であろう。そのほうは、わが殿に挨拶にまいったのではないか」

表情を険しくして秀吉をたしなめた。

「これは失礼を致しました」

秀吉は悪戯《いたずら》を見つかった童のように肩をすくめ、床に這いつくばって深々と頭を下げた。

「申し遅れました。織田家家臣、木下藤吉郎秀吉にござります」

家康が主君信長の同盟者であるからには、秀吉の立場はそれよりも下ということになる。酒井忠次が相手の非礼を咎《とが》めたのも無理はない。だが、ふたたび顔を上げた秀吉に悪びれたふうはない。

「こたびの入京では、世話になっている。あらためて礼を言いたい」

家康は鷹揚《おうよう》に言葉を返した。

ずっと後になって知ったことだが、まずは相手に自分の隙を見せて油断させ、するりと懐に入り込むのがこの男の人付き合いの常套《じょうとう》手段であるらしい。

「おかげさまにて、朝廷への参内《さんだい》や幕府への礼参もとどこおりなく終わり、上様《うえさま》もことのほかお喜びでございます」

目尻の皺を深くして木下藤吉郎秀吉が言った。

上洛以来、信長は家臣たちにおのれを上様と呼ばせるようになっている。信長のことを口にするとき、この陽気な猿顔の男の顔にかすかな緊張が走るのを、家康は見逃さなかった。それだけ信長が、織田家内で恐れ敬われているということであろう。

「木下どのも、まことに大儀であった。わが家臣ともども細やかな気遣いをいただき、心より感謝している」

「いやいや、何の」

秀吉が照れたように細い首筋をたたいた。

「何と申しましても、徳川三河守さまは上様の信頼第一の御仁《ごじん》。粗相はせぬかと、それぱかり気にかかっておりましたわ」

「さようか」

相手の調子のよさにつり込まれぬよう、家康は言葉少なくうなずいた。

「ときに京見物はなされましたか。洛中の花のさかりは過ぎましたが、これから御室《おむろ》の桜が見ごろでございます。それとも花より、都のあでやかなおなごのほうに興味がおありですかな」

「……」

どうやら秀吉は、家康の心のありどころを探っているらしい。物に弱いか、女に弱いか、それとも金に弱いのか、それをつかんでおくことが、この男の処世術につながっているようである。

むっつりと黙り込んでしまった家康を見て、

と、見たか、

（この手は通用せぬ……）

「これは、つまらぬ無駄話をいたしましたな」

秀吉がにわかに表情をあらためた。

「じつは本日、三河守さまをおたずねしたのは、大事の話あってのことでござる」

「大事の話とな」

家康は眉を上げた。

「三河守さまは、このたびの上様の諸将への上洛要請、いかなる狙いあってのこととお考えか」

「狙いとは」

「ここだけの話、上様のご本心は越前一乗谷の朝倉義景を討伐することにござる。朝倉が上様の呼び出しに応じぬのは、もとよりわかっていたこと。すなわち……」

「上洛拒否を口実に、朝倉攻めの兵を催される気か」

木下藤吉郎秀吉の話を聞き、家康はようやく信長の真の目的がわかった。

朝廷、将軍への礼参を名目にし、信長は諸国から集まった軍勢を使って、越前一乗谷の朝倉義景討伐をもくろんでいたのである。

（巧妙なやり方だ……）

家康は思った。朝倉義景が呼び出しに応じなかったことで、北陸遠征の大義はととのったことになる。

「して、出陣はいつごろになるのだ」

家康は、木下秀吉に問うた。

「早ければ十日がうちにも、陣触れが発せられましょう」

「さようか。しかし、貴殿はなにゆえ、そのことをわしに」

「徳川さまは、上様のもっとも大事な同盟者。諸将のなかに、万が一、遠征に不満を持つ者があったとしても、徳川さまが真っ先にご賛同なされば、誰も異はとなえられますまい」

秀吉が、その愛嬌《あいきよう》のある目で家康をのぞき込んだ。

「貴殿がここへ来たのは、織田どのの命か」

「いえ、あくまでそれがしの一存にて。たとえご命令がなくとも、万事すらすらとことが運ぶよう地ならしをしておくのが、われら家臣の役目にござる。それに、ほかの何はおいても、徳川さまにだけは先に話を通しておくのが筋と思いましたゆえ」

「なるほどな」

信長が気に入り、京都奉行にまで抜擢《ばってき》しただけあって、秀吉はなかなかの才覚者である。織田軍がここまで急速に成長してきた背景には、こうした人材登用の妙があるのかもしれない。

「わかった。こちらもその心づもりで準備をしておく」

「されば、それがしはこれにて」

「ご苦労」

秀吉が帰ったあと、家康は重臣の酒井忠次を呼んだ。

信長の朝倉攻めの意図を明かすと、

「殿は織田さまの家来ではございませぬぞ。遠路はるばる、越前一乗谷まで同行いたさねばならぬとは……」

忠次は嫌な顔をした。

「不満を申してはならぬ。織田どのあっての、わが徳川家だ。義兄弟の契《ちぎ》りを結んだときから、わしは織田どのと生死を共にすると決めている」

家康はきっぱりと言いきった。

木下藤吉郎秀吉の言っていたとおり、信長はほどなく、越前朝倉攻めの陣触れを発した。

「わが意に従わぬ朝倉義景を討つッ!」

総勢三万余の大軍をひきい、信長は越前一乗谷をめざして京を進発した。四月二十日のことである。

遠征軍には、

柴田勝家《かついえ》
丹羽長秀《ながひで》
木下秀吉

ら、織田軍のおもだった武将がことごとく従った。また、触れ状によって上洛していた松永久秀、池田勝正をはじめとする畿内の諸将、同盟者の徳川家康、公家の飛鳥井《あすかい》雅敦《まさあつ》、日野輝資《てるすけ》もこれに加わっている。公家衆が軍勢に従ったのは、信長のもとめに応じたもので、朝倉義景を討伐するのは朝廷の意であることを世にしめすためである。

この軍勢のなかには、新たに信長の麾下《きか》に加わった明智光秀《みつひで》の姿もあった。光秀は将軍足利義昭と信長を結びつけた仲介者であったが、信長と義昭の関係が冷え込むにおよび、このまま義昭に付いていても将来はないと判断。みずからの道を切り拓《ひら》くべく織田軍に身を投じたのである。

それぞれに思いを秘めた武将たちは、葦《あし》の生い茂る琵琶湖西岸を進軍。若狭を通過して越前の敦賀へ攻め入った。

まず標的となったのは、手筒山《てづつやま》城である。織田軍は労せずして同城を陥れ、敵の首級千三百余りを奪った。つづいて、金ヶ崎、疋田《ひきた》の両城を奪取。

勢いに乗る織田軍は、先鋒《せんぼう》が木ノ芽峠を越え、敵将朝倉義景が待ち受ける一乗谷へせまろうとしていた。

異変が起きたのは、このときである。

金ヶ崎城に陣していた信長のもとに、

「浅井長政《ながまさ》どの、謀反《むほん》ッ」

の一報がもたらされた。

「信じられぬ」

信長は拳を握りしめ、うめき声を洩《も》らした。

無理はない。近江小谷《おだに》城の城主浅井長政は、信長の妹で国色無双といわれたお市ノ方を妻にしている。信長は義弟の長政を信用し、よもや叛《そむ》くことはあるまいとたかをくくっていた。

もっとも懸念がなかったわけではない。

浅井氏は越前朝倉氏と以前から交誼《こうぎ》を篤《あつ》くし、同盟関係を結んでいた。そのため、信長は今回の朝倉攻めを長政にはいっさい相談せず、事後承諾の形で後詰《ごづめ》を命じていた。

(長政は妹のお市に惚《ほ》れ込んでいる。じっさいに越前へ攻め込んでしまえば、多少の不満はあっても、結局は中立の立場をつらぬくであろう……）

信長は、浅井長政の行動をそう読んでいた。

しかし、この読みは甘かった。周到なようでいて、信長という男にはこうした脇の甘さ、自己中心的な強い思い込みがある。

浅井長政は信長がおのれに断りもなしに越前へ攻め入ったことに怒りをおぼえ、悩みに悩んだすえに、妻の兄である信長に押し切られるよりも、朝倉氏への義を取った。

「おのれ、長政めがッ！」

信長は額に青筋を立て、義弟長政への憎しみをみなぎらせた。

岬の上に築かれた金ヶ崎城からは、茜《あかね》色の夕映《ゆうば》えに染まる日本海が見えた。潮の匂いを含んだ風が、強く吹きつけている。

北近江を支配する浅井長政が離反したということは、越前まで深く攻め込んでいる織田軍は、ほぼ退路を断たれたにひとしい。しかも、近江は一向衆徒の地侍が多い土地柄であり、長政が彼らをけしかければ、各地で蜂起する一揆に囲まれることも予想された。

一刻の猶予もなかった。愚図《ぐず》ぐずしていれば織田軍は全滅するであろう。

信長は金ヶ崎城本丸に、織田家のおもだった家臣のみを呼び集めた。

「撤退する」

端正な横顔に残照を浴びながら、信長は宣言した。

「かような場所で死ぬわけにはいかぬ。駆けて駆けて、京へ駆けもどり、ふたたび兵をおこして、朝倉義景、浅井長政の首を獲《と》ってくれるわ」

「されば、徳川三河守さまはじめ、従軍の諸将にも、すぐに撤退を知らせねばなりませぬな」

織田家重臣の柴田勝家《かついえ》が言った。

「まだ知らせるな」

「しかし……」

「撤退を知らせれば動揺が走る。全軍が混乱に陥るであろう。徳川三河守らに告げるのは、わしが安全な場所まで落ち延びてからでよい」

海を見つめる信長の表情は、微動だにしない。

信長にはめざすものがある。それは、天下である。天下をつかみ取るためには、まずおのれが生きなければならない。

忠実な同盟者であろうが、累代の家臣であろうが、自分が生き残るためなら平然と踏み台にする冷徹な哲学を、この男は持っていた。

信長は、敵に撤退をさとられぬよう、篝火《かがりび》を焚《た》いたままにし、幟《のぼり》もそのまま陣に残しておくように命じた。

織田家の幟は、黄色の地に永楽銭を三つ描いたものである。尾張津島《つしま》の経済力を背景に勢力をのばした、先代信秀以来の貨幣経済重視の思想がそこにあらわれている。

その大事な軍旗を敵に奪われる屈辱を押してなお、信長はみずからが生きのびる道を選んだ。

陣を引き払うにあたり、織田家諸将の撤退の順番が取り決められた。第一番に、大将の信長自身が陣を去ることは言うまでもない。

問題となるのは、全軍の最後尾をゆく、

――殿軍《しんがり》
を誰がつとめるかであった。

撤退戦の場合、敵の追撃をもろに受けるのが殿軍である。その一隊は主君を無事に安全な場所まで落ちのびさせるための捨石《すていし》、むろん死を覚悟しなければならない。

「誰ぞ、わがために命を投げ出す者やあるッ！」

信長が家臣たちを見渡した。

陣中は、水を打ったように静まり返っている。

みな命は惜しい。死者になってしまったら、ほんのいっとき、形ばかりの称賛と同情を与えられるだけである。

「わが軍に、勇のある者はなきか」

苛立《いらだ》ったように、信長がふたたび声を発したときだった。

「それがしにお申しつけ下さりませッ！」

割れ鐘のような大声で叫んだ男がいる。

「おう、猿。そなたか」

「ははッ」

信長のみならず、その場にいたすべての武将たちのまなざしが、その男——木下藤吉郎秀吉にそそがれた。

「殿軍のお役目、不肖《ふしょう》、この木下秀吉がつとめさせていただきまする。上様も皆々さまも、どうか心おきのう京へおもどり下されませ」

「よくぞ申した」

信長は末座にいた秀吉のもとへ、つかつかと歩み寄った。

「この恩、末代まで忘れぬぞ」

「もったいなきお言葉」

「死ぬなよ、猿」

信長は、皺《しわ》だらけの顔に悲壮な決意をみなぎらせた秀吉の肩をたたき、その目を見て深くうなずくと、それきり二度と振り返らず、馬上の人となった。

信長の草履取りから未曾有《みぞう》の出世をして重臣に列するようになった秀吉は、織田家中でどこか軽く見られている。信長自身は家臣の出自などには無頓着だが、同僚の柴田勝家、丹羽長秀、林秀貞《ひでさだ》、佐久間信盛《のぶもり》らは、

（口先だけで要領よく上様に取り入った成り上がり者が……）

と、秀吉を蔑みの目で見ていた。

織田家は信長を頂点とする能力主義の集団であるから、彼らと多少折り合いが悪くて

も、秀吉にさしたる不都合はない。しかし、より上をめざすのであれば、周囲のこうした秀吉観を一掃し、

——あの男は、やる。

と、認識をあらためさせる必要があった。

「人生は博打《ばくち》だ」

と、秀吉は考えている。生きるか死ぬかの博打を打てぬ者は、大きな成功を手にすることはできない。ここで殿軍を引き受け、全軍を救えば、諸将の自分を見る目が一変するのみならず、主君信長の揺るぎない信頼を勝ち取ることもできる。

(死ぬのではないか……)

という恐怖は、このときの秀吉には微塵《みじん》もなかった。

すでに信長の姿は陣中にはない。日が暮れ落ちた金ヶ崎城から、夜道をまっしぐらに京めざして馬を走らせているであろう。

柴田勝家、林秀貞ら、平素、不仲にしていた重臣たちが、秀吉のそばへ次々と寄ってきた。

「おぬしを見損なっていたぞ。命を大切にせよ」

秀吉嫌いでとおっていた柴田勝家も、その目に涙をにじませ、わざわざ秀吉の手を握ってねぎらいの言葉をかけた。

諸将は手勢のうちから、弓隊、鉄砲隊の精鋭を三十人、五十人とそれぞれ割《さ》いて秀吉

のもとへ残し、信長のあとを追うように退却していった。

木下秀吉は、諸将から与えられた兵とみずからの兵をあわせ、千六百人の軍勢で殿軍をつとめることとなった。

翌日未明——。

家康はまだ、金ヶ崎城から一里離れた自陣にとどまっている。

「殿、ようすがおかしゅうございますぞ」

伊賀者の服部半蔵が織田陣の異変を知らせてきたのは、その日の夜も更けようとするころだった。

「どうやら織田さまは、金ヶ崎をお立ち退きになったようにございます」

「何ッ！」

家康は目を剝《む》いた。

「何かの間違いではないか。織田どのがわしに無断で陣を引き払うはずがない」

家康は怒気をはらんだ目で、忍び装束に身をつつんだ服部半蔵を見た。

「いえ。まごうかたなき事実でございます。どうやら北近江の浅井長政どのが朝倉と結び、叛旗《はんき》をひるがえした模様。織田さまは退路を断たれることを恐れたのでございましょう」

「わが殿は織田さまの同盟者ではないか。われらに一言も告げることなく、勝手に陣を去るとは言語道断なり。織田さまはわれらに死ねと申すのかッ」

かたわらで話を聞いていた酒井忠次が、声を荒らげた。

「言い過ぎであるぞ、忠次」

家康は顔をしかめた。

「しかし、殿。われらは敵中に取り残されたのでございますぞ。ほどなく敵が追撃してまいりましょう」

「わかっている」

「このままでは、全滅の運命が待っておりまする」

酒井忠次が青ざめた顔で言った。

——全滅
の二文字が、家康の胸に重くのしかかってきた。

そのとき、家康の脳裡《のうり》に鮮烈によみがえってきた情景がある。尾張の織田家で人質暮らしを送っていた幼少時代、家康は泳ぎを教えてやるという名目で、信長に川へ投げ込まれたことがある。家康は、泥水のなかでもがき苦しみ、すんでのところで死にかけた。そのさまを岸辺から笑って眺め下ろしていた信長の悪童づらが、何の脈絡もなく思い出されたのである。

幼い家康の目に、信長は鬼に見えた。しかし、もがきながら家康がみずから泳ぎを会得すると、信長は家康をみとめ、以後、子供ながらも一人前の男として扱うようになった。

信長が敵中におのれを置き去りにしたと聞いた瞬間、

(あのときと同じか……)

家康は、おのれがためされているような気がした。ただし、今度は信長にではない。

(天が、わしをためしている)

腹の底から、むくむくと闘志が湧き上がってきた。

「われらも撤退するぞ、忠次。兵たちに命を下すのだ」

あわただしく撤退準備がはじまった。その陣中へ、信長家臣の木下秀吉があらわれた。

「申しわけござらぬ」

木下秀吉は小柄な体を折り曲げ、深く頭を下げた。

「なにぶん火急のことゆえ、ご報告が遅くなり申した」

「そういうことではなかろうッ！」

酒井忠次が秀吉を睨《にら》みつけた。

「織田さまはわれらを何と心得ておられる。おのれが生きのびるためには、盟友のわが殿を捨石にするか」

「やめよ、忠次」

家康は激高する酒井忠次を制した。忠次のみならず、陣中の家臣たちはみな殺気立っている。家康が押さえなければ、この場で秀吉の胸ぐらにつかみかかっていた者がいたかもしれない。

「織田どのは、すでに京をめざして道を引き返しておられるそうだな」

家康はつとめておだやかな口調で言った。

「さようにございます」

秀吉がうなずいた。

「しかし、北近江の浅井が叛いたからには、上様の道中もけっして安全とは申せませぬ。生きるか死ぬかは、天のみぞ知る。ご運がよければ、落ちのびられましょう」

秀吉も、

――天
という言葉を使った。いつも剽《ひょう》げているような猿顔が凄絶なまでに青みを帯びている。この男なりに何かを思い詰めていることが見て取れた。

「して、木下どのはなにゆえここに」

「それがし、全軍の殿軍をみずからかって出ました」

「お手前が殿軍を……」

「はい。わが手勢が楯《たて》となり、死力を振り絞って敵を防ぎますゆえ、徳川三河守さまはすみやかに退却なされたし」

秀吉の声がかすかに震えていた。殿軍を引き受けたものの、さすがにみずからを待ち受ける過酷な戦いに武者震いを禁じ得ないのであろう。

「木下どの」

家康は、秀吉の手を握りしめた。

初対面のさいは妙に調子のよい腹の底が見えぬ男だと思ったが、この危険な退却戦の殿軍を請け負うとは、ただの軽薄才子にできることではない。

「貴殿に天運があらんことを祈っている」

「徳川さまも何とぞご無事で……」

「たがいに必ず生き残ろうぞ」

家康はつかんだ手に力を込めながらそう言った。

徳川勢が撤退をはじめたのは、それから間もなくのことである。

金ヶ崎付近の陣を出たときはまだ暁闇《ぎょうあん》であったが、一里もすすまぬうちに東の空がほのぼのと明けそめてきた。

「木下秀吉の軍勢千六百は、いまだ金ヶ崎城に踏みとどまっております」

鳥居元忠が家康のそばに馬を寄せてきた。

実家がワタリの商人である元忠は、独自の情報網を握っている。のちに家康は元忠を評して、

――ゆからぬ者

すなわち油断ならない者と言っているが、家康でさえ驚くほど、ワタリの目と耳は各所にひそんでいる。

「木下どのは、ぎりぎりまで粘るつもりのようだな」

「はい。よほどの胆力の持ち主でなければできぬわざにございます」

「木下どのの心意気に応えるためにも、われらは何としても敵中を突破せねばならぬ」

家康は汗ばんだ手で、馬の手綱を握りしめた。

徳川勢の前には、松永弾正、池田勝正らの軍勢が、息をひそめるようにして道を急いでいる。家康らの背後で朝倉勢の追撃の楯《たて》となってくれるのは、わずかに木下勢のみである。

同じころ、先に金ヶ崎を発った信長は、近習たちとともに近江の朽木谷《くつきだに》あたりへさしかかろうとしていた。往路は琵琶湖西岸の西近江路を進軍した信長であったが、退却にあたっては近江一向一揆の蜂起が予想されるため、山中の朽木谷を通る、

——朽木越え
の道を選んでいた。

朝日が天に高々と昇るころ、他隊の退却をすべて見届けた木下秀吉も金ヶ崎城を脱し、退却を開始した。

このころすでに、越前一乗谷の朝倉義景は同盟者の浅井長政が信長に叛旗をひるがえしたとの情報を得ていた。

——信長撤退す。

の報を知るや、義景は、

「浅井勢とわれらのあいだで、織田勢は袋のねずみじゃ。敵を一兵残らず殲滅《せんめつ》する。め

ざすは信長の首ぞッ！」

と、まなじりを吊《つ》り上げて全軍に出陣命令を下した。

朝倉勢五千の苛烈な追撃戦がはじまった。その矢おもてに立ったのは、織田勢の殿軍をまかされた木下秀吉の軍勢である。

はるか後方で、地を轟《とどろ》かす銃撃の音、喚声が聞こえた。

「どうやら、朝倉の追撃隊が繰り出して来たようだな」

家康は天を睨んだ。

退却戦は難しい。追撃してくる軍勢は、勢いに乗り、嵩《かさ》にかかって攻めかかってくる。それをしのぎながら、退路を切り拓くのは生やさしいことではない。

殿軍の木下勢が全滅すれば、家康の徳川勢は敵の猛攻の前に丸裸でさらされることになる。のみならず、行く手には一向一揆勢をはじめとする土地の地侍たちの蜂起が待ち受けていた。

「急げッ！」

馬の尻に鞭《むち》をくれ、家康は道をひた走った。

途中、藪《やぶ》のなかから躍り出てきた野伏《のぶし》の一隊が、家康の前に立ちはだかった。革の衣を身につけ、ぎらついた獣のような目をした男たちは、刀や竹槍を手にしている。

「ここは、それがしがッ！」

先頭をゆく本多忠勝が、野伏の群れに蜻蛉《とんぼ》切《ぎり》の槍を振りまわしながら飛び込んでいった。

まさしく、血路を切り開くとはこのことである。

蜻蛉切の槍がひるがえるたびに、地に野伏の屍《しかばね》が積み重なった。そこにできた一筋の道を、家康ら徳川勢は駆けに駆ける。

金ヶ崎から、越前と若狭の国ざかいの関峠までは一里半。

平素ならば何でもない距離だが、いまはその道程が無限とも思われるほど遠く感じられる。峠道は急で、坂をのぼる兵たちの激しい息づかいが馬上の家康にも胸苦しいまでに伝わってきた。

峠を上り切ったところで、兵たちを少し休ませたかったが、いまは一刻《いっこく》の猶予も許されるときではない。

(このまま一気に峠を駆け下るか……)

家康が、竹筒に入れた水で喉をうるおしたときだった。

道のわきの赤松の林のなかから、具足を身につけた一団が襲いかかってきた。さきほどの野伏の群れとは違う。

——南無阿弥陀仏《なむあみだぶつ》の旗をかかげているところを見ると、一向一揆の者たちであろう。峠は、たちまち争乱の坩堝《るつぼ》と化した。

家康は覚悟を定め、腰の刀に手をかけた。

その瞬間、時ならぬ銃声が空を切り裂いてとどろいた。

「浅井勢かッ！」

家康は血走った目で、銃声のしたほうを振り返った。

一揆勢と小谷城から押し出してきた浅井長政の軍勢に囲まれたとなれば、万事休すであった。もはや逃れるすべはない。

「いや、朝倉の軍勢ではないようにございます」

家康のそばに馬を寄せてきた本多忠勝が叫んだ。

「ならば、いまの銃撃は何者のしわざか」

「殿ッ！」

叫ぶや、忠勝が一揆勢の弓から放たれた矢を蜻蛉切の穂先で払った。

「おのれッ」

家康を狙った一揆勢の者たちめがけ、槍を構えて突っ込んで行こうとした本多忠勝のすぐ横で、ふたたび銃声が鳴り響いた。

（忠勝……）

一瞬、目をつぶった家康は、銃弾に斃《たお》れる本多忠勝の姿を脳裡に思い描いた。

だが、信じられぬことが起きた。

斃れたのは本多忠勝ではない。目の前で気勢を上げていた一揆勢が、朽木が倒れるようにばたばたと地に伏していったのである。

（何があった……）

キンと鼻をつく煙硝《えんしょう》の臭いに、家康は顔をしかめた。

その家康の馬前へ、

「申し上げますッ！」

大久保忠世の使番《つかいばん》が、転ぶように駆け込んできた。

「いかがした」

家康は泥で汚れた使番の顔を睨みすえた。

「ただいま、三河一向一揆のおりに国外へ追放となった本多正信《まさのぶ》どのが、殿へ帰参を願い出たいと参っておりますッ」

「されば、いましがたの銃声は……」

「本多どのが鉄砲隊をひきい、殿のご加勢に駆けつけたのでございます」

「正信が……」

家康の胸に複雑な思いが入り乱れた。

――本多正信
といえば、松平家の家臣でありながら、三河一向一揆の参謀役をつとめ、家康の敵にまわった男であった。一向衆に攻め立てられたときの苦しさは、いまも記憶に鮮明に刻まれている。

（なにゆえ、いまさらあの男が……）

多くを考えている暇はない。いまは何より、この死地を脱することが先決であった。

世に言う、

――金ヶ崎の退《の》き口

の撤退戦は、熾烈《しれつ》をきわめた。

織田勢の殿軍をつとめる木下秀吉は、軍師の竹中半兵衛の献策により、敵に応戦しては退却、退却してはまた応戦。いわゆる懸り退きの戦法を取り、兵の多くを失いながらも、かろうじて全滅をまぬがれ、若狭国加屋場の地までたどり着くことに成功した。このときの木下勢は、

――馬は斃れ、槍の穂先は砕け、太刀はささらと相成るなり。

という悲惨なありさまだったと『武功夜話』は書きとめている。

さらに加屋場の地で、追いすがってきた朝倉勢、一向一揆勢に取り囲まれた木下勢であったが、ここで待っていた家康の鉄砲隊の加勢を受け、ようやく危地を脱した。

徳川勢と木下勢は、入り乱れるように朽木谷を走り、命からがら京の都へたどり着いた。

「無事のご帰還、何よりと存じまする」

宿所にしている新町通の茶屋邸にもどると、あるじの四郎次郎が血と埃にまみれた家康の顔をおがむようにして言った。

「あちらに湯屋の支度ができておりまする。まずは汗をお流し下されませ」

いつもながら、よく気のつく男である。

だが、家康には湯を浴びるよりも気になることがある。

「織田どのは、京におもどりになられたか」

「はい。昨夜のうちにご帰京と聞き及んでおります。何でも都へ入られたとき、織田さまに従う供廻《ともまわ》りの者はわずか十人ばかりになっていたとか」

「何にせよ、ご無事でよかった」

家康はひとまず胸を撫《な》で下ろした。

「しかし、このままではすみませぬな」

茶屋四郎次郎がきな臭い顔をした。

「と申すと……」

「織田さまは、頭から信じ切っていた浅井長政さまに裏切られたのでございます。早くも近江浅井攻めの噂が京の巷《ちまた》に流れております」

声をひそめるようにして茶屋が言った。

浅井攻めの噂は、ほどなく現実のものとなった。

「長政め、断じて赦《ゆる》さぬッ！」

義弟の離叛《りはん》を烈火のごとく怒った信長は、浅井、朝倉討伐の命を諸将に下した。

浅井、朝倉攻めへの参加は、徳川勢も例外ではない。

戦いに備えるため、家康はいったん京から本国の三河へ引き揚げることにした。出立の準備を慌ただしくすすめている家康のもとへ、

「殿、よろしゅうございますか」

大久保一党の古参の将である大久保忠世がやって来た。

「いかがした」

「先日、帰参を願い出てきた本多正信のことにございます」

「そのことか」

家康は眉間にかすかな皺《しわ》を刻んだ。

金ヶ崎の撤退戦のおり、本多正信は鉄砲隊二十人をひきいて戦場にあらわれ、一向一揆勢に囲まれた家康の危機をすくった。

正信は三河一向一揆の参謀役として家康に楯突き、追放処分を受けていた男である。それが、かつての仲間であった一向一揆勢に銃口を向け、帰参を願い出てきた。

（どういうつもりなのか……）

京への帰還後の忙しさもあり、家康は本多正信に目通りを許していなかった。三河一向一揆で煮え湯を飲まされた苦い経験が、いまだ胸に引っかかっていたせいである。

そのあたりの家康の心の機微を察したのか、

「あれからもう、六年も経《た》っておりまする。そろそろお赦しになってやってもよろしいのではございませぬか」

大久保忠世がとりなすように言った。

大久保忠世は本多正信が鷹師会計の小吏であったころの上司筋にあたり、以前から正信の才覚をみとめていた。正信が国外追放に処されたのちも、三河に残された妻子を陰ながら援助し、暮らしが成り立つように取りはからっていた。帰参願いの件で、本多正信が忠世を頼ってきたのはそのせいであろう。

「やつはこれまで、どこでどうしていたのだ」

家康は聞いた。

「いっときは一向宗のさかんな加賀、越前へ逃れていたそうにございますが、その後、大和の松永弾正久秀どのに仕えるようになったと聞いております」

大久保忠世の話によれば、正信は松永弾正に従って今回の北陸遠征に参加したものの、後方で退却戦に苦しんでいる旧主家康の危機を聞き、矢も楯もたまらず配下の鉄砲隊を引き連れて道を引き返してきたのだという。

「当人も、過去の非を深く悔いております。無断で戦列を離れた以上、もはや本多正信は松永どののもとにはもどれますまい。行くすえ、必ず殿のお役に立つ男なれば、なにとぞご温情を」

大久保忠世が熱心に説いた。

「かの者は、一向宗を棄《す》てたのか」

家康はなおも懐疑的である。

「そのようには聞いておりませぬ。しかし、こたびの戦いで一向一揆の者どもに銃を向け、殿をお救いしたのが、かの者の何よりの忠心のあかしであろうかと」

「ふむ……」

家康は顎を撫でた。

同日、家康は茶屋四郎次郎邸をあとにし、本国三河へ向けて出立した。

鴨川にかかる三条大橋を渡り、粟田口《あわたぐち》から日ノ岡にさしかかったとき、家康は地蔵堂の前にひれ伏している一人の男の姿に気づいた。

本多正信であった。

三河一向一揆のころより、ずいぶんと痩せている。削げた頰や骨ばった肩の線が、浪々のあいだの辛苦を感じさせた。察するに、大和の松永弾正のもとでの暮らしも、この男にとってはあまり居心地のよいものではなかったのであろう。

（声をかけるべきか……）

一瞬、家康は迷った。

哀憐《あいれん》の思いはおぼえたが、自分に刃向かった者をそうたやすく信じることはできない。

目をそむけ、地蔵堂の前を馬で通り過ぎようとしたとき、

「お待ち下され」

平伏していた本多正信が意を決したように顔を上げた。

「殿さまに、申し上げたき儀がござります。お聞き下さらねば、この場で腹を搔っ切っ

て相果てる覚悟」

「腹を切るだと……」

家康は馬を止めた。

「さよう」

正信は、刃物のごとき目で家康を見上げた。

「かつて、それがしは大きなあやまちを犯しました。命を賭けてお仕えすべきお方の器量を見あやまり、不遜にも牙を剝き申した」

「……」

「それがしが三河を離れていた六年のあいだ、殿は見違えるばかりにご成長なされた。

いや、もともと身のうちに秘めていた天分の才が、花開いたと申し上げるべきか」

膝をついたまま、本多正信は言葉をつづけた。

「今日をかぎり、それがしは一向宗の信仰を棄てまする」

決意を秘めた目で家康を見つめ、本多正信が言った。

「その言葉にいつわりはないか」

家康は馬上から正信を凝視した。

「神仏に誓って……。いや、本日ただいまより、それがしの神仏は徳川三河守家康さま、
ただお一人にござる」

「……」

兵法者が真剣をもって向き合うような、息詰まる沈黙が二人の男のあいだに流れた。それは家康にも、本多正信にも、永遠のごとく長い時間に感じられた。

本多正信は、三河一向一揆で家康をおおいに苦しめたほどの切れ者である。頭がよく、策略にも長《た》けている。

しかし、故郷の三河を逐《お》われ、諸国をさすらってさまざまな人を見るうちに、正信なりに悟るところがあった。

（かつては頼りないあるじと嘗《な》めてかかっていたが、このお方は年を追うごとに、みずから殻を破って大きくなりつつある。このような仕え甲斐のある主君を助けることこそ、男子の本懐にほかなるまい……）

正信は語らずして、心の内で家康に訴えた。おのれの思いが受け入れられぬときは、即座に腹を切る覚悟をしている。

やがて――。

家康はゆっくりと口をひらいた。

「わかった。わが軍勢に従ってまいるがよい」

「されば……」

「金ヶ崎退却戦での功に免じ、帰参を許す」

「有難き幸せッ」

正信が深々と平伏した。

「これより先、この正信は命尽きるその日まで、全身全霊をもって、殿にお仕え申し上げる所存にござりますッ！」

正信の痩せた肩が瘧《おこり》のように震えていた。

その横を、家康は何ごともなかったかのように馬をすすめた。

このときの言葉どおり、本多正信は元和二年（一六一六）に七十九歳で没するまで、家康のそばに影のごとく従い仕えることになる。家康は政務に通じた正信の手腕を篤《あつ》く信頼し、家臣団のなかでも唯一、本音を打ち明けられる相手として、

――水魚《すいぎょ》の交わり

をつづけていくことになるのである。

第六章　戦いの日々

五月十八日――。

家康は本拠の三河岡崎城へ帰城した。

しかし、休息を取る間もなく、五千の軍勢をもよおし、ふたたび西上の途についた。めざすは浅井長政《ながまさ》が領する北近江である。

信長は家康より一足早く北近江へ侵攻し、竜ヶ鼻の地に本陣をしいた。

竜ヶ鼻は横山山地が竜の背のように長く伸びた、その北端に位置する丘陵地である。浅井長政の居城、小谷《おだに》城からは南へ二里近く離れている。

六月二十四日、徳川勢は竜ヶ鼻近くの勝山《かつやま》に着陣するや、家康はその足で信長のもとへ出向いた。

「来たか」

黒革威《くろかわおどし》の具足の上に、南蛮渡来のビロードの黒いマントを羽織った信長が、織田木瓜《もっこう》の陣幕をめくって入ってきた家康にするどい目を向けた。

床几《しょうぎ》に腰を据えた信長の左右には、柴田勝家《かついえ》、佐久間信盛《のぶもり》、丹羽長秀《ながひで》、明智光秀《みつひで》、木下秀吉ら、織田家の重臣たちが緊張した顔つきで居並んでいる。

「これは、徳川さま」

先日の金ヶ崎の退き口《の》での加勢の礼のつもりか、木下秀吉が家康に目礼をした。

だが、信長自身は、金ヶ崎の退き口の件についてはいっさい触れない。敵中に家康を残して去ってしまったことに、詫《わ》びの一言もあってしかるべきだが、そうした世のつねの論理はこの男には通用しない。長い付き合いで、家康もそのあたりは分別している。

「浅井方の動きはいかがでございます」

家康は、木下秀吉が気をきかせて用意した床几に腰を下ろしながら信長に聞いた。

「越前一乗谷の朝倉義景《よしかげ》の重臣、朝倉景健《かげたけ》ひきいる援軍が、すぐそこまで迫っておるようじゃ。長政は居城の小谷城から討って出て、朝倉勢と合流する腹づもりであろう」

「して、敵の兵数は？」

「浅井、朝倉、両軍あわせて二万一千といったところか。対するわれらは、そなたがひきいてきた五千の兵を加えて、総勢二万八千。数のうえではまさっているが、敵方には地の利がある。あなどってはなるまい」

いっときは義弟長政の裏切りに逆上した信長であったが、すでにおのれを取りもどし、研ぎすまされた刃物のように冷静になっている。

「されば、両軍が正面からぶつかり合う野戦《やせん》になりまするな」

家康は言った。

織田、徳川連合軍と、浅井、朝倉連合軍が姉川をはさんで対峙したのは、二十八日早朝のことである。

姉川は、伊吹山麓から南西へ流れ、琵琶湖にそそぎ込んでいる。川幅は広く、一町近くあったが、水嵩《みずかさ》は深いところでも大人のヘソのあたりまでしかない。

信長は軍勢を二手に分けた。

左翼は、勝山に陣取る徳川家康を先鋒《せんぽう》とする軍勢。第一隊の酒井忠次《ただつぐ》以下、第二隊小笠原長忠《ながただ》、第三隊石川数正《かずまさ》、そして家康の本体という編成になっている。これに、佐久間信盛、丹羽長秀、木下秀吉、稲葉一鉄《いってつ》らの手勢が加わった。この二万近い軍勢が、朝倉勢一万五千の正面に布陣する。

右翼は、坂井政尚《まさひさ》、池田恒興《つねおき》のほか、竜ヶ鼻に本陣を布く信長自身が馬廻衆《うままわりしゅう》ら八千余をひきいて浅井勢六千にあたる。

まず動いたのは、浅井、朝倉連合軍のほうであった。朝倉の先鋒部隊が喚声を上げ、槍ぶすまを作って姉川の浅瀬を徒《かち》で渡り、どっと押し出してきた。

「ものども、命懸けで迎え討《う》てッ！　ここが三河武士の土性骨《どしょうぼね》の見せどころぞッ！」

家康は大音声《だいおんじょう》を発し、味方の兵たちを叱咤《しった》した。

水しぶきを上げながら川岸へたどり着こうとした朝倉勢先鋒を、酒井忠次ひきいる徳川勢鉄砲隊の銃撃が襲った。立ち込める硝煙《しょうえん》の臭いのなか、朝倉の兵たちが折り重なるように倒れた。

だが、敵は怯《ひる》むことなく、味方の屍《しかばね》を踏み越え、乗り越えて次々と川を渡ってくる。果敢な朝倉勢の猛攻の前に、先鋒の徳川軍はしだいに押され気味になっていく。

そのさまを、金溜塗頭形兜《きんためぬりずなりかぶと》の目庇《まびさし》の下から凝視していた家康は、

「忠成《ただなり》はおるかッ」

と、本陣に控えていた近習《きんじゅう》の青山忠成を呼んだ。

「榊原康政《やすまさ》のもとへ使番《つかいばん》を送れ」

「何と伝えるのでございます」

「このままでは埒《らち》が明かぬ。康政に、敵の側面を衝《つ》かせるのだ」

「はッ」

青山忠成がきびきびとうなずいた。

使番が榊原康政のもとへ発せられた。家康の命を受けた康政は、ただちに行動を開始。手勢をひきいて朝倉勢の側面へまわり込み、鋭利な錐《きり》のごとく烈《はげ》しく突っ込んだ。

この攻撃で、さしも凄《すさ》まじかった朝倉勢の出足もようやく鈍りだした。さらに織田勢の稲葉一鉄の遊撃隊が加勢に駆けつけるにおよび、戦いの風向きは徳川方有利に変わった。

一方、織田信長の本隊も、当初は浅井勢の奮闘に苦戦をしいられた。

十三段にかまえた陣の十一段までが突き崩され、信長自身が命の危険を感じるほどの窮地に立たされた。

しかし、氏家直元《なおもと》らの別働隊が浅井勢を右手から襲い、朝倉勢を押し返した稲葉一鉄勢が左手からなだれ込むと、形勢は逆転し、浅井、朝倉勢は浮足立ち、全軍総崩れとなって敗走をはじめた。

世にいう、

——姉川の戦い

は、織田、徳川連合軍の大勝利におわった。『信長公記《しんちょうこうき》』は、浅井、朝倉軍の死者千百余にのぼったとしるしている。

戦い敗れた朝倉景健は、越前一乗谷へ撤退。浅井長政は、居城の小谷城へ逃げ込んだ。だが、信長はそれ以上の深追いは不必要と判断。小谷城から二里あまり離れた横山城に、城番として木下秀吉を置くと、みずからは軍勢をひきいて京へのぼり、将軍足利義《よし》昭《あき》に戦勝報告をしたのち、岐阜城へ帰還している。

激闘をおえた家康は本拠の三河岡崎城へ引き揚げた。

「勝ちいくさ、おめでとう存じまする」

留守居役をつとめていた平岩親吉《ちかよし》が、家康を出迎えた。

「留守中、変事はなかったか」

「はい。築山《つきやま》の奥方さまが、胸が痛むと申されて寝込まれたほかは、これといって変わったことはございませぬ」

「医者には診せたのか」

別居しているとはいっても、そこは十年以上連れ添った夫婦である。家康は、築山殿の身を案じた。

「侍医の診立てでは、癪《しゃく》の病であろうとのことでございます。施療をつづけておりますゆえ、大事はございますまい」

「竹千代はどうしておる」

小姓の介添えで戦塵《せんじん》にまみれた鎧《よろい》下着を着替えながら、家康は平岩親吉に聞いた。

「たいそう悔しがっておいでです」

「悔しがっているとは……」

「こたびのいくさ、竹千代さまも殿に従ってご出陣されたかったのでありましょう。元服さえしておればと、お付きの者どもに当たり散らしておられました」

「竹千代をこれへ呼べ」

家康は命じた。

岡崎城下の築山屋敷から、竹千代が城へ出向いてきた。家康の言いつけにより、妻の徳姫も伴っている。

夫婦は型どおり、家康に戦勝祝いの言葉をのべた。

「親吉より聞いた。竹千代、いかに留守居が不服とはいえ、下の者どもに当たり散らすことは感心できない。そのようなことでは、そなたのもとに人が付いて来ぬようになる」

「父上……」

竹千代が若々しい青い眉に皺《しわ》を寄せた。

「それがしは子供ではござらぬ。次のいくさには必ずお連れ下さると約束して下さりませ」

母の築山殿から受け継いだ血筋ゆえか、竹千代は短気で人一倍気が強い。何ごとにも負けず嫌いで、学問でも、弓術、馬術、刀術、相撲などの武芸でも、ほかの者たちに後れを取ったことがないと傅役《もりやく》の平岩親吉から聞いている。

武将の子としては、

(すえ頼もしいやつ……)

家康は口には出さぬながら、わが子の成長に目を細めた。

「今日呼んだのは、ほかでもない。かねてより話していたとおり、わしはこの岡崎城をそなたにゆずる。三河岡崎は、父祖以来のわが一族の根拠地。徳姫どのと手をたずさえ、しっかり城を守ってもらいたい」

「ははッ」

竹千代が愁眉《しゅうび》をひらき、家康の前に頭を下げた。

「父上のお心も知らず、さきほどはつまらぬことを口走って申しわけござりませぬ。ご期待に添えるよう、心して城主の任をつとめさせていただきます。お徳、そなたも

「……」

竹千代が妻の徳姫を見た。

「およばずながら、わたくしも竹千代さまの妻として精一杯つとめまする」

三つ指をつき、徳姫も色白の顔を引き締めて頭を下げた。

「ついては、そなたは元服し、信康《のぶやす》と名をあらためるように」

家康は言った。

「信の字は徳姫の父御、織田どのより頂戴したもの。康の字は、この父の名をとったものだ。どうだ、不足か」

「不足のあろうはずがございませぬ。父上と舅《しゅうと》どのの名を合わせ、必ずや海道一、いや天下一の弓取りになってみせましょう」

竹千代が膝頭をつかみ、意気込んで言った。

元服を果たした家康の嫡男竹千代は、

――信康

と名乗りをあらため、岡崎城に入った。若い信康の周囲には、傅役の平岩親吉、後見人で西三河の旗頭である石川数正《かずまさ》、本多作左衛門《さくざえもん》、高力清長《こうりききよなが》、天野康景《やすかげ》の岡崎三奉行が付けられた。信康の生母築山殿も、息子夫婦とともに岡崎城内へ居を移している。

一方、岡崎城を信康にゆずり渡した家康は、側室西郡《にしごおり》ノ局《つぼね》をともない、築城なったばかりの遠州浜松城へ入った。

浜松城は、三方ヶ原台地が平野部に突き出した、その南端の丘陵地に築かれた城である。曳馬《ひくま》と呼ばれた時代の浜松には、砦《とりで》ほどの小城があったが、家康が遠州経略の拠点とするためには、いかにも物足りなかった。

そこで家康は、曳馬城西南の丘陵地に新たな城地をさだめ、この年はじめから九ヶ月をかけて、浜松城を築き上げたのである。

門まわりなどの要所要所を石垣でかため、三重の櫓《やぐら》をそなえた要害が、遠州の青く澄みわたった秋空のもとに姿をあらわした。

江戸時代の話になるが、浜松城には徳川親藩、譜代の大名が入り、寺社奉行から大坂城代、さらには老中にまで出世する例が多かった。それだけこの城が、東海圏に睨《にら》みをきかせる要衝として重要視されていたということであろう。

家康をはじめ、松平乗寿《のりなが》、松平信祝《のぶとき》、井上正経《まさつね》、水野忠邦《ただくに》、井上正直《まさなお》など、歴代の城主が栄達する縁起の良さから、浜松城は、

――出世城
と呼ばれることになる。

城の三重櫓からは、白い波頭の立つ遠州灘がよく見えた。海岸線には、長大な砂浜がつづいている。波おだやかな三河湾とはまたおもむきの違う、胸のすくような壮大な景色であった。

しかし——。

櫓に立った家康の想念は、すでに別のところへ飛んでいる。

（この遠州の地を奪い取り、さらに街道を西へ攻め上がらんと欲している男がいる……）

その男とは、ほかでもない。

家康と旧今川領を分割した武田信玄、その人である。

本拠を岡崎から浜松に移転したのは、ひとつは新領の遠州支配を円滑にするためであったが、もうひとつの大きな理由は、遠州侵略の動きをみせる武田信玄にそなえるためであった。

家康と今川領分割の約束を取りかわした武田信玄は、駿河一円の支配をめざした。

しかし、それまで今川家と同盟関係にあった小田原北条氏がこれに猛反発して駿河へ侵攻したため、信玄の計画はいったん頓挫したかに思われた。

だが、信玄はしぶとい。

二万一千の軍勢をもよおし、碓氷《うすい》峠を越えて関東平野へ出ると、北条氏の本拠地である相州小田原城を襲ったのである。

眼前に相模湾、背後に箱根の連山をひかえる小田原の地は、北条氏代々の城下であると同時に、唐船《からふね》が出入りする商都としても栄え、関東の政治経済の中心地として殷賑《いんしん》をきわめていた。

その繁栄ぶりを、『小田原記』は、

――津々浦々の町人、職人、西国、北国よりむらがり来《きた》る。昔の鎌倉もいかで是程《これほど》あらんやと覚ゆるばかりに見えにけり。

と、しるしている。

最盛期の小田原の人口は十万人。これは、海外貿易で栄える泉州堺の八万人をしのぎ、日本の首都たる京の都のそれに匹敵する。

武田軍は、小田原城を取り囲んだものの、城と城下町は、まわりを空堀《からぼり》と土塁でそっくり囲う、

――惣構《そうがま》え
によって守られている。武田軍は弓矢、鉄砲で惣構えの突破をこころみるも、ついに鉄壁の守りを崩すことができず、付近の農家に火を放っただけで、小田原攻略を断念している。

ただし、武田、北条両雄の戦いは、これで終わったわけではない。

小田原から撤退する信玄の軍勢を、北条方は相模愛甲郡、津久井郡さかいの、

――三増《みませ》峠
で待ち伏せていた。

これを知った信玄は、主力軍を峠をめざしてすすめる一方、山県昌景《まさかげ》らの別働隊に、北条勢を側面から奇襲させた。この戦いで北条勢を撃破した信玄は、甲斐へ帰還し、隙

を狙ってふたたび駿河へとなだれ込んだ。

信玄が江尻城や清水湊を修築するなどして、駿河支配を固めたのが、昨年暮れからこの元亀元年（一五七〇）のはじめにかけてのことである。

家康が、同盟者の織田信長とともに越前、近江で戦っているあいだ、駿河を領国化した信玄は国ざかいを接する遠江への圧迫を強めており、そのことが家康にかつてないほどの大きな危機感を抱かせていた。

（怖い男だ）

家康は武田信玄を恐れていた。

その感情は、ひとことでは言いあらわし難い。家康にとって信玄とは、頭の上におおいかぶさった巨大な黒雲、あるいは遥かに遠く仰ぎ見るしかない富士の嶺《みね》のような存在といったら近いかもしれない。

家康は信玄を心の底から恐れつつも、また同時に、

（自分もいつかはあの男のごとく、強くしたたかになりたい……）

と、ほとんど信仰に似たような思いすら抱いている。

だが、いまはその恐怖と憧憬の対象と、正面きって戦わねばならなかった。それは、逃れることのできない宿命である。

（信玄を打ち破らねば、自分に生きる道はない……）

家康は身のうちが震えるような悲壮な決意を固めた。

信玄との対決を覚悟した家康が最初におこなったのは、信玄の宿敵、越後の上杉輝虎《てるとら》（謙信）と手を結ぶことであった。

家康は、上杉輝虎の本拠越後春日山城へ、同盟をもとめる使者を送った。

このころ、小田原北条氏も、輝虎に対して対信玄包囲網の呼びかけをおこない、

――越相同盟
を成立させている。その包囲網の一画に、東海筋で力をつけてきた家康が加わることは、上杉輝虎にとっても望むところであった。

「ともに、信玄の邪《よこしま》な野心を打ち砕こうではないか」

輝虎は家康の申し出に応じた。

この上杉との同盟により、家康は武田信玄と断交し、戦国最強をうたわれる武田軍を敵にまわすこととなった。

この動きに、むろん信玄も黙ってはいない。

「三河の小わっぱめが、小賢《こざか》しい知恵を使いおって。目にもの見せてくれよう」

信玄は、家康とその同盟者である織田信長に、外交をもって対抗した。

すなわち、織田、徳川と敵対する越前の朝倉義景《よしかげ》、近江の浅井長政《ながまさ》、そして一向宗の総本山である大坂の石山本願寺、比叡山延暦寺ら寺社勢力と手を組み、東と西から家康、信長を圧迫する策に打って出たのである。

諸大名の思惑がからみ合い、世は風雲急を告げている。

翌元亀二年（一五七一）になって、武田信玄がついに本格的な行動を開始した。
大井川を押し渡り、遠江へ二万五千の大軍を侵攻させた信玄は、海岸近くの、
小山《こやま》
相良《さがら》
に砦を築き、東海道を抑えにかかった。

「いよいよ、来たか」

浜松城で一報を聞いた家康は、総身が粟立《あわだ》つのを感じた。

もはや、信玄を恐れている場合ではない。持てる知恵と気力のかぎりを振り絞り、何としても武田勢の出足を食い止めて遠江を死守しなければならない。

浜松城内において、対武田戦の軍議がひらかれた。酒井忠次《ただつぐ》、石川家成《いえなり》、大久保忠世《ただよ》、本多忠勝《ただかつ》、鳥居元忠《もとただ》らの徳川譜代の家臣にまじって、さきに帰参がかなったばかりの本多正信《まさのぶ》も末座に列している。

「信玄が最大の標的にするのは、高天神《たかてんじん》城でございましょうな」

一同の前に拡げられた絵図を扇の先でしめし、酒井忠次が言った。

誰しも異論のないところである。

東海筋では、

——高天神城を制する者、遠州を制す。

と言われている。

遠江国小笠《おがさ》郡の中央に位置する標高百三十二メートルの鶴翁《かくおう》山に築かれたこの城は、周囲を急峻《きゅうしゅん》な斜面と絶壁に囲まれており、まさしく天然の要害といっていい。

また、北に東海道、南に遠州灘を扼《やく》する要衝に位置しており、かつて東海の雄であった今川氏は、駿河から遠江へ進出するさい、まず高天神城を乗っ取り、そこを根拠地として遠州攻略を成功させている。ここに、信玄が狙いを定めるのも無理はない。

城主をつとめる小笠原氏助《うじすけ》は、代々の今川家臣であったが、家康の遠州入りにさいして帰順。徳川家臣となり、二千の軍勢とともに高天神城を守っていた。

「高天神城を奪われれば、遠州の地侍どもに動揺が起きましょう。戦わずして武田方になびく者も出てまいると思われます。何としても、高天神城を敵の手に渡してはなりませぬ。お味方の勢を城内へ入れ、守りをかためて武田の来襲にそなえるのが常道かと存じます」

酒井忠次が言った。

理にかなった酒井忠次の発言であった。

軍議の席につらなった武将たちは、みなもっともなりとうなずいたが、ただ一人だけ、皮肉な表情をみせる者があった。

「さて、武田信玄とは、さように単純な物差しで測ることのできる男でござろうかな」

首をひねったのは、末座にいた本多正信であった。

「このわしの考えが、浅いと申すか。無礼であろう」

酒井忠次が目を吊り上げた。

本多正信は長い浪々の暮らしから、ようやく徳川家へもどったばかりの男である。それが家康の筆頭家老たる自分に批判がましい口をきくとは、

(片腹痛い……)

酒井忠次が憮然《ぶぜん》とした顔つきになった。

「考えが浅いなどとは、申しておりませぬ。ただ、信玄ほどの策謀家。誰もが思いつくような月並みな手は、用いてこぬであろうと言うたまで」

本多正信は抜け抜けと言い放った。

「そなたは……。一度は殿に弓引いた身が、おのれの分際を心得ぬか」

「これは異なことを。それがしは、すでに殿よりお赦《ゆる》しを得ておりまする」

「減らず口をききおってッ!」

酒井忠次と本多正信は睨み合った。

その緊迫した両者のあいだに割って入ったのは、それまで押し黙っていた家康であった。

「争いはやめよ。これしきのことで声を荒らげるとは、つね日ごろ冷静沈着な忠次らしくもないことだ」

「さりながら、殿……」

「わしは、正信の申すことに一理あると思う」

おのれの考えをたしかめるように肉づきのいい顎を撫《な》でつつ、家康は言った。

「たしかに信玄入道は単純な男ではない。必ずや、何らかの策を弄してくるはずだ。だが、その策がいかなるものであるか、いまのわしには見当がつかぬ」

「いささかお考えすぎでございましょう、殿」

とりなし顔をする石川家成の言葉に、

「いや」

家康は首を横に振った。

「当面、高天神城へ援兵を差し向けるのは見合わせることとする。われらが動くのは、信玄入道の手のうちを見定めてからでも遅くはなかろう」

百戦錬磨の老獪《ろうかい》な敵に対して、家康は神経質になっている。

元亀二年（一五七一）春になり、武田軍の高天神城への攻撃がはじまった。

城を囲む武田勢は、二万五千。

防戦する城内の兵は、攻城方の十分の一にも満たない二千にすぎない。しかし、高天神城は名にし負う要害である。城将の小笠原氏助は、出丸のひとつを陥《お》とされながらも、必死の防戦で武田軍の猛攻をしのいだ。

「後詰めの兵を遣わされたしッ！」

家康のもとへは、高天神城から血を吐くような援軍要請が届いた。

攻撃初日はどうにか防ぎ切ったものの、長期戦ともなれば、兵力差は如実にあらわれてくる。高天神城が信玄の手に落ちるのは、時間の問題であった。

(やはり、援軍を差し向けるべきか……)

家康は悩んだ。

ここで高天神城を失うのは、大きな痛手である。しかし、信玄は剽悍《ひょうかん》をうたわれる武田騎馬軍団を擁している。たとえ援軍を送ったとしても、野戦でこれを撃退できるかどうか自信がない。勝つにせよ負けるにせよ、大きな損害が出ることは間違いがない。

それでも、

(損得をかえりみず小笠原勢を救うのが、信義というものか)

家康の心は揺れた。

だが、翌日になって、高天神城をめぐる情勢は思いもよらぬ展開をみせた。武田軍はわずか一日にして城の包囲を解き、そのまま天竜川ぞいに北上しはじめたのである。

「たった一日で撤退するとは、どういうことだッ!」

家康は、服部半蔵ひきいる伊賀者を放ち、武田方の動きを探らせた。

ほどなく、

「信玄入道は犬居《いぬい》城をへて、信濃へ引き揚げましてございます」

と、服部半蔵から知らせがもたらされた。

理由のわからない敵の行動ほど、不安をかきたてるものはない。家康も、信玄の意表をつく撤退に、疑心暗鬼に陥った。

「北関東あたりで、不測の事態が出来《しゅったい》したのでござろう。信玄入道は、周囲の北条、上杉を敵に回しておりまする。何があったかは存ぜぬが、これで遠江への進出もしばらく遠のくのではござらぬか」

酒井忠次が楽観的な観測を口にした。

ほかの家臣たちも、おおむね武田軍の撤退に胸を撫《な》で下ろしているようだった。だが、家康はなお、信玄への警戒心を解くことができない。

（信玄の目は、いま西へと向いている。あの男が、そうやすやすと、京へとつづく東海筋への野心を捨て去るはずがない……）

家康は思った。

そして、徳川家臣団のなかに、たった一人だけ、家康と同じ考えを持つ者がいた。本多正信である。

「殿に折り入ってお話がございます。少し、よろしゅうございましょうか」

細い目の奥の輝きの強い瞳で、正信が家康を見た。

酒井忠次ら古参の重臣は、

（こやつ、何を……）

と、あからさまに嫌な顔をしたが、正信は意に介するふうもない。

「よかろう」

家康は重臣たちを下がらせ、本多正信と二人きりになった。

小姓に香煎《こうせん》をとかした湯を運ばせると、正信と差し向かいで喫した。

「信玄入道の行動には、必ず裏がございます。かの者の動きから目を離すべきではござらぬ」

大ぶりの山茶碗《やまぢゃわん》を膝元へ置くと、本多正信が性急な口調で言った。

「そなた、信玄入道の真意はいずれにあると思う」

「これは罠にございますな」

あたりをはばかるようにして本多正信が言った。

「罠か」

家康は香ばしい匂いのする湯をゆっくりと口に含んだ。

「さよう」

正信がうなずいた。

「信玄入道はわれらを油断させるため、わざと高天神城の包囲を解き、信濃へ去ったものと思われます。しかし、信玄入道が駿河から遠江へ入るさいの喉首にあたる高天神城をあきらめるはずがございませぬ。遠からず、何らかの手を打ってまいりましょう」

「そなたは不思議な男だな」

家康は、やや眉をひそめるようにして本多正信を見た。

「わしも同じことを考えていた。そなたはわしの心の影、もう一人の自分を見ているかのようだ」

「もったいなきお言葉にござる」

「いずれにせよ、武田とのまことの戦いはこれからよ」

武田信玄が仕掛けた罠——という本多正信の指摘は、まさしく正しいものであった。

いったんは信州高遠《たかとお》城に兵を引き揚げた信玄であったが、それは徳川領への侵攻を断念したということではなかった。

四月に入るや、信玄は信濃の飯田城代秋山信友《のぶとも》に、

「伊那《いな》谷を南下し、遠江を侵《おか》せ」

と、命を下した。

諜者《ちょうしゃ》の一報によってこの動きを察知した家康は、北遠江の防備を固めた。

しかし、遠江へ入った秋山信友勢は、一転して三河へ侵入し、鈴木重直《しげなお》が守る伊那街道ぞいの足助《あすけ》城を攻略した。山岳地帯の奥三河には、地侍の奥平氏、長篠菅沼氏、田峰《だみね》菅沼氏のいわゆる山家《やまが》三方衆がいたが、足助城が陥落するにおよび、彼らも相次いで徳川方から武田方へ寝返った。

遠江のみならず、本貫の地の三河本国がおびやかされつつある。これは家康にとって、背筋がうすら寒くなるような事態であった。一度は武田軍が去ったと思って気をゆるめていただけに、徳川家臣団も烈《はげ》しく動揺した。

それを嘲笑《あざわら》うかのように、武田信玄は本隊をひきいて三河国を南下。東三河の野田城

を攻め落とした。

信玄はなおも、攻撃の手をゆるめない。野田城攻略の余勢を駆り、さらに南進して、

――吉田城

へとせまった。

吉田城は東海道筋の要衝である。東三河の旗頭で、家康の筆頭家老をつとめる酒井忠次が城をまかされている。だが、城主忠次をはじめとする東三河勢の多くは、遠州防衛のために駆り出されて不在であり、守りが極度に手薄になっていた。

(信玄の真の狙いは、これであったか……)

家康は拳を握り締めた。

東三河に侵入するということは、遠州浜松城の家康と、西三河の岡崎城にいる嫡子信康を分断することになる。徳川領にクサビを打ち込んで真っ二つに裂く、信玄の大胆にして奸智《かんち》にたけた策であった。

むろん、家康もこの事態を、指をくわえて見ているわけにはいかない。急遽《きゅうきょ》、酒井忠次を吉田城へ帰還させ、みずからも信玄を牽制《けんせい》するべく浜松城を出陣した。

(いつまでも信玄の好き放題にはさせぬ……)

馬の尻に鞭《むち》をくれる家康の腕に、おのずと力が入っている。

一足先に本拠へもどった酒井忠次につづき、家康も吉田城へ入った。

吉田城は現在の愛知県豊橋市、豊川と朝倉川が落ち合う合流点に築かれている。本丸

の北側は切り立った断崖で守られており、それ以外の東西南を二ノ丸の曲輪《くるわ》で囲んで、さらにその外を三ノ曲輪が取り巻くという、きわめて堅牢《けんろう》な構造になっていた。

「わが城は空堀深く、土塁も高々と築かれております。いかなる大軍といえど、これを陥れることは不可能でございます」

城主の酒井忠次が、言葉に自信をにじませた。

「しかし、相手はあの信玄でございますぞ。油断はなりますまい」

家康について吉田城入りした本多正信が、紗《しゃ》がかかったような皮肉な目つきで忠次を見た。

「おのれは……。このわしを愚弄するか」

「いやいや、それがしはありのままの事実を申したまで。何ごとも、最悪の事態を頭の隅に入れておくべきでござろう」

昨今、酒井忠次と本多正信はことあるごとに対立している。諸国を流浪して広く世間を見てきた正信からすれば、三河の名門の出であることを鼻にかけ、何ごとにも慎重であり過ぎる酒井忠次のような男は、

（刻々と変化していく時局に、臨機応変に対応していくことはできまい……）

と、歯痒《はがゆ》いような気持がある。

さすがに面と向かって当人に言うことはないが、家康も正信の考えそうなことは察しがついている。家康自身、酒井忠次よりも正信に考えは近いが、

（いまは内部分裂しているときではない）

幼少のころから苦労してきた家康は、どちらかの肩を持って家中に争いの火種を残すことの愚を知っている。

「いずれの申すことにも理はある。それよりもわれらは、吉田城防衛に心血をそそがねばならぬ」

家康は言った。

武田軍の吉田城攻撃がはじまった。家康は総力をあげて防戦につとめ、容易に敵勢を近づけない。

長期の籠城戦になるかと思われたそのとき、突如、信玄が攻撃の矛先を変えた。

吉田城から東へ半里（約二キロ）離れたところに、

——二連木《にれんぎ》城

なる支城がある。吉田城の防衛上の拠点で、城内には酒井忠次麾下《きか》の戸田康長《やすなが》の手勢五百が入っていた。

信玄は、吉田城への攻撃を休止し、この二連木城に襲いかかった。

「殿ッ、二連木城より後詰《ごづめ》をもとめる急使がまいっております」

酒井忠次が悲鳴に近い声を上げた。

武田信玄は、真っ向から攻めかかって吉田城を陥落させるのは困難と見て、まずは支城の二連木城を叩き潰し、吉田城を追いつめる戦略に出たらしい。

城主の戸田康長は、十歳の少年である。

本来ならば一城のあるじがつとまる年齢ではないが、四年前、康長の父である先代忠《ただ》重《しげ》が世を去ったとき、

「幼き子を城主にすえれば、渥美半島に古くから隠然たる勢力を持つ戸田氏を、完全に味方につけることができよう」

として、家康自身がわずか六歳だった康長の家督相続をみとめた経緯がある。家康はみずからの異父妹松姫を康長に嫁がせ、一族同然の扱いで遇して、二連木城をまかせてきた。

その、言ってみれば家康のもっとも衝《つ》かれたくない弱点である二連木城に、信玄は攻撃の矛先を向けてきた。

（嫌らしいことをする……）

と、家康は思わざるを得ない。

「いかがすればよろしいのでございましょうか。後詰を送らねば、二連木城はものの三日と持ちますまい」

戸田康長の後ろ楯でもある酒井忠次も、焦りの色は隠しきれない。

「そなたは、この吉田城を死守することだけ考えておればよい」

小姓に運ばせた染付茶碗の水を、家康は一息に飲み干した。

「しかし、二連木城は……」

「後詰には、わしが行く。城内の将兵を救わねばならぬ」

家康は決然と立ち上がった。

その家康に、

「危険でございます」

本多正信が反対した。

「このさい、二連木城はお見捨てになるべきでありましょう。一時の感情に流され、大局を見失ってはなりませぬ」

「わしが感情に流されていると申すか」

頭脳怜悧《れいり》な正信に信を置いている家康だが、この一言には思わずカッとなった。

「武士《もののふ》は、信義をつらぬいてこその武士よ。二連木城の将兵を見殺しにすれば、人はわしに付いて来ぬ」

みずからの意思で幼い戸田康長を二連木城の城主にすえただけに、家康には城を守らねばならないという強い思いがある。

しかし、本多正信も引かない。

「信義よりも、まずはご自身が生き残ることではござらぬか。ここで殿が城を出れば、信玄入道の思うつぼでございますぞ。策にかかってもよろしいのでございますか」

家康と違い、本多正信には背負っているものがない。それゆえに、物ごとの本質がよく見える。

一方、家康にもつらぬかねばならない信念がある。

「信義なくば、今日のわしはない」

「さりながら、殿……」

「もうよいッ！」

家康は、本多正信に背を向けた。

なるほど家康と正信は、その考え方においてよく似ている。だが、ただ一点だけ大きな違いがあった。それは、武士としての根本的な価値観の相違である。

家康は、利と義、どちらを選ぶかといえば、命を捨てても義のほうを取る血の熱さを持っている。

だが、本多正信はそうではない。

（信玄入道は、二連木の将兵どもの命を餌に、殿の血気を刺激し、城から釣り出そうとしているのだ……）

正信には、信玄の思惑が透けて見えた。この男の思考はどこまでも冷めている。

同日、深更《しんこう》――。

家康は本多正信の制止を振り切り、二連木城を囲む武田勢に夜襲をかけるために、兵五千をひきいて吉田城の搦手門《からめて》から打って出た。

二連木城は、朝倉川をのぞむ河岸段丘の上に築かれている。

二連木という珍しい名は、城地に楡《にれ》の巨木が茂っていることに由来している。楡の木は一本だけではなく、半里ほど東へ離れた小丘の上にも、やや小ぶりのものが亭々と枝をのばしている。

その二連木城東方の楡の小丘に、武田信玄は本陣を置いていた。

おりから新月の晩で、星明かりがあるほかは、あたりは濡れるような闇につつまれていた。夜襲をかけるには絶好の条件である。

(信玄に一泡吹かせるなら、いまをおいてほかにない……)

家康は手勢とともに、息を殺すようにして篝火《かがりび》の焚《た》かれた武田の本陣へ近づいた。

「目指すは信玄入道の首ぞッ!」

家康の下知《げち》とともに、徳川軍は武田本陣へ攻めかかった。

時は深更——。

剽悍《ひょうかん》な武田勢といえど、寝込みを襲われれば陣中が混乱に陥るのは必至である。だが、武田の兵たちは眠っていなかった。

喚声を発して丘を駆け上がった徳川軍の先鋒《せんぽう》めがけ、暗闇の向こうから次々と矢が放たれた。一番駆けを狙って走っていた兵たちが、折り重なるように倒れていく。

(こちらの動きを察知されていたか……)

家康は顔をこわばらせた。

二連木城救援を焦った家康が夜襲をかけてくることは、最初から信玄の計算のうちに入っており、斥候《せっこう》を多数放っていたのであろう。

——わしとそなたでは、踏んでいる戦いの場数が違うわ。

鳴り響く斬撃の響きのかなたから、信玄の高笑いが聞こえるような気がした。

しかし、ここまで来てあとへ引くことはできない。

「信玄を捜せ、信玄をッ！」

家康は目を血走らせて叫んだ。

意地でも信玄を捜し出し、大将首を獲《と》るしか戦いに勝つ手立てはない。

暗闇のなかでの白兵戦がつづいた。敵将信玄の所在がつかめぬまま、いたずらに時だけが過ぎてゆく。

徳川勢五千に対し、武田勢は二万。時間の経過とともに、しだいに数でまさる武田勢が徳川勢を圧倒しはじめた。

やがて、配下の伊賀者とともに信玄の行方を追いもとめていた服部半蔵が、一陣の黒い風のごとく家康のもとへ駆けもどってきた。

「信玄入道はすでに護衛の兵どもに守られて、後方へ退きましてございます」

「くそッ！」

家康は下唇を噛んだ。

信玄の首を獲れぬとわかった以上、戦場にとどまっている意味はなかった。

「退却じゃーッ！」

撤退の合図である退き鉦《のがね》が打ち鳴らされた。

徳川勢は武田軍の追撃を受け、何の成果も上げられぬまま、死傷者のみを出して退却した。戸田康長も城を捨て、家康のいる吉田城へ落ち延びている。

かくして、ぬしの去った二連木城は、武田軍の占拠するところとなった。

だが、武田軍が二連木城に長くとどまることはなかった。

占拠からわずか五日、信玄は本国の甲斐へ引き揚げた。まさに、疾《はや》きこと風の如しである。

武田軍は去ったが、家康に安堵感はない。

今回の信玄の侵攻により、家康の領している三河、遠江二ヶ国のうち、東遠江は武田領の色に塗り替えられ、三河北部のいわゆる奥三河も武田氏の版図《はんと》に入った。

このころ、同盟者の織田信長は、浅井、朝倉両氏、三好三人衆、およびそれと手を組む比叡山、石山本願寺門主の顕如《けんにょ》に煽動《せんどう》された一向宗門徒の蜂起に包囲され、対応に苦慮している。

信長包囲網の背後には、将軍足利義昭《よしあき》から上洛《じょうらく》要請を受けている武田信玄の影も見え隠れしており、ひたひたと徳川領を侵す信玄の動きは、畿内の情勢とけっして無縁ではなかった。

ふたたび信玄が来襲すれば、家康の遠州浜松城、嫡子信康のいる三河の岡崎城も安泰ではいられない。

早急に、策を講じねばならなかった。

「敵に奪われた城を、ひとつひとつ奪い返していくしかあるまい」

浜松城へもどった家康は、浜納豆を嚙みながら憮然とした表情でつぶやいた。

浜納豆は大豆を麴菌《こうじきん》で発酵させたもので、糸引き納豆と違い、乾燥しているために手でつまんで食べることができる。浜松近くの大福寺の名物だが、家康はその香り高い味わいを好んだ。栄養価が高く、長期の保存に耐えて、携行もしやすいというので、近ごろは兵たちの兵糧にも用いている。

「半蔵」

と、家康は夏椿《つばき》の花が咲く夜の庭に向かって、服部半蔵の名を呼んだ。

それに応じるように、白い花の向こうで影が揺れた。近ごろ、信玄配下の甲斐の素《す》ッ破《ぱ》（忍びの者）が浜松城下に出没しているという噂があるため、伊賀者の服部半蔵は昼夜を分かたず家康の身辺に目を光らせている。

「配下の伊賀者どもを、野田城、足助城に放て。武田方の備えの隙を報告せよ」

家康は言った。

だが、返答はない。夏椿の向こうで、人影がこちらを凝視し、沈黙している。

（半蔵ではない……）

家康は反射的に、床の間にあった刀に手を伸ばしていた。

「何奴《なにやつ》だッ！」

闇のわだかまる庭に向かって、家康は声を放った。

夏椿の向こうの人影は動かない。

「そこに身をひそめているのはわかっている。武田の手の者か」

「……………」

「名乗らねば斬るぞ」

家康は刀の柄に手をかけた。

刀術には自信がある。くせ者の一人や二人、向こうにまわしてもやすやすと殺《や》られる気はない。

「忠成ッ、忠成はおらぬかッ」

家康が近習の青山忠成の名を呼ばわったとき、

「どうか、お静かに」

低く艶のある女の声がした。

「お静まり下さいませ、家康さま。わたくしをお忘れでございますか」

「その声は……」

一瞬、家康はわが耳を疑った。

なまなましい記憶が、不意によみがえってきた。眉間に皺《しわ》を寄せた女の切なげなあえぎ、指先からこぼれ落ちた黒髪の濡れるような感触が、つい昨日のことのように脳裡《のうり》を駆けめぐった。

「奈々か」

家康は花の咲く闇を見つめた。わけもなく動悸《どうき》が激しくなっている。

「はい」

返事とともに、蛍《ほたる》の模様を散らした紫苑《しおん》色の小袖を着た女が歩み出てきた。

家康と女の目が合った。

一向衆の諜者《ちょうしゃ》であることが知れ、家康の前から去った奈々であった。思えば奈々と別れてから、家康の女と呼べる存在は、浜松城と岡崎城に離れて暮らしている正妻築山殿《つきやまどの》は別にして、二女督姫《とくひめ》を生んだ側室の西郡《にしごおり》ノ局《つぼね》しかいない。

打ちつづく合戦で女どころではなかったせいもあるが、心のどこかで奈々への未練を断ち切れずにいた自分を家康は感じていた。それほど、この女の存在は、家康に政略を抜き去った純粋な恋の喜びと、大きな痛みを残していた。

「殿、お呼びでございますか」

廊下をわたる足音とともに、近習の青山忠成の声がした。

家康は、大きなまなこで奈々を見つめたまま、

「いや、よい。もう用はすんだ。しばらく部屋に人を近づけるな」

忠成に命じた。

短檠《たんけい》の火が灯された居室で、家康と奈々は向かい合った。

「お久しぶりにございます」

奈々がつつましげに頭を下げた。

あれから五年以上経っているが、女の美しさは変わっていない。いやむしろ、歳月が女の美貌に陰翳《いんえい》をあたえ、より濃密な色香が増したというべきか。

一人の男として聞きたいことは、溢《あふ》れるほどあった。だが、緊迫する諸国の情勢といまのおのれの立場が、家康を警戒させた。

「よくぞ城の奥まで入り込めたものだな。服部半蔵の目を、どうやってくらました」

「あなたさまにお会いしたい一心で、命がけでまいりましたと申すに、最初におかけ下さる言葉がそれでございますか。淋しゅうございますこと」

奈々が瞳をかすかに翳《かげ》らせて微笑した。

「そのような絵空ごとが、よくぞ申せたものだ。そなたは……」

「一向衆の諜者。むろんいまも、ご門主の顕如さまにお仕えしております」

「さようか」

家康はやや鼻白んだ。いつもながら、とらえどころのない女である。

「お城の煙硝蔵《えんしょうぐら》のそばで、わたくしの仲間がぼや騒ぎを起こし、警護の者どもの目をそちらへ引きつけました。お命が惜しければ、いま少しご用心なさったほうがよろしゅうございましょう」

「余計な世話だ」

「そのように怒って顔をそむけるところ、以前と変わっておられませぬな」

白い手の甲を口元に当て、声を上げて奈々が笑った。

女にからかわれているような気がして、家康は不機嫌になった。

「わしが人を呼べば、そなたの命はないのだぞ。よくぞ、そのように笑っていられるものだ」

「命など、惜しくはございませぬもの。あなたさまのもとを去ったときから、わたくしは蟬の抜けがらのようなもの。この身には、魂があるようでないのです」

奈々が哀しげに家康を見た。

だが、その訴えるような眼差《まなざ》しで心が揺れるほど、家康も尻の青い若造ではない。

「たわごとはよい。それより、そなたがここへ来たまことの目的は何だ」

「ご門主さまの密使としてまいりました」

にわかに、奈々が毅然とした口調で言った。

「石山本願寺門主、顕如の密使だと?」

家康の顔に緊張が走った。

「さようです」

こともなげに、奈々がうなずいた。

「石山本願寺は、わが同盟者織田どのの敵だ。すなわち、このわしの敵でもある。その本願寺がなにゆえわしに……」

「単刀直入に申し上げましょう。あなたさまに、信長と手を切っていただきたいのです」

「ばかな」

「これは、あなたさまのためでもあるのです」

奈々が真剣な顔つきで言った。

「織田信長がいま、畿内でどれほど追い詰められているか、それを知らぬ家康さまではございますまい」

「……」

たしかに、信長に対する包囲網は強力であった。

越前の朝倉義景、近江の浅井長政、阿波の三好三人衆に加え、畿内一円に隠然たる力を有する宗教勢力の比叡山延暦寺、石山本願寺が反信長で結束している。その上、甲斐の武田信玄までがこれに加わったとなれば、信長の苦境は推して知るべしである。

しかも、その包囲網の結成を呼びかけたのが、京の二条御所にいる将軍足利義昭との風聞がある。義昭は信長に担がれて上洛したものの、自分を飾り物として利用するだけの信長に我慢がならず、将軍の権威を駆使して、打倒信長の気運を煽《あお》り立てていた。

客観的に見て、この包囲網を打破するのは、ほとんど絶望的と言っていい。

「いまのところ、必死に耐えしのいでいますが、甲斐の武田信玄が西上すれば、信長などひとたまりもありませぬ。むろん、あなたさまも」

家康のそばに顔を近づけるようにして、奈々がささやいた。

「あなたさまは三河一向一揆と戦った。言ってみれば本願寺の敵です。さりながら、信長と手を切り、逆に刃を向けてこれを殲滅《せんめつ》するならば、これまでのいきさつはすべて水に流そうと、ご門主さまは仰せになっておられます」

「わしに織田どのを裏切れと言うのか」

家康は女を睨《にら》んだ。

「三河と遠江のご領地、手放したくはございませんでしょう。お命が惜しければ、信長ごときにつまらぬ義理立てはなさらぬことです」

奈々が言った。

家康は黙り込んだ。

最初に、夏椿の陰から歩み出てきた女を見たときに感じた酔いに似た思いは、いまはすっかり醒《さ》めはてている。

かつては若さのかぎりをぶつけて愛した女と、こうした話をしなければならないことが、無性に淋しく哀しかった。

「そなたの言いたいことはそれだけか」

太い息をひとつ吐いてから、家康は言った。

「そなたはわしが、おのれの命惜しさのために人を裏切るような男だと思うか」

「そうしたお方でないと知っているからこそ、わたくしは……」

「ならば、聞かずとも返答はわかっていよう」

「家康さま」

奈々がすがるように家康の膝の上に手を置いた。

「わたくしは、あなたさまをお救いしたいのです。この思いだけは、天に誓ってまことです。信じて下さいませ」

「言うな。聞きたくない」

「いいえ、嫌でも聞いていただきます」

奈々の熱い息づかいが、家康の頰にかかった。

「先ごろも、二連木のいくさで、武田信玄に赤子の手をひねるがごとく無様《ぶざま》にやられたと聞いております。信玄が本気になれば、あなたさまなどひとたまりもない」

「いくさはやってみねばわからぬ」

家康は意地になった。信玄との力の差は身に沁《し》みてわかっているが、それをいまさら女の口から言われたくはない。それに、たとえ戦いに敗れたとしても、家康にはゆずれぬものがあった。

「わしには命より大事なものがある」

家康は、女のうるんだ瞳を見つめた。

「それは、何でございます」

「信義だ」

「信義……」

「それを失ったら、わしは武士として、いや人として生きている意味がない。このような苦しきときだからこそ、おのれの背骨をつらぬく一本の筋を最後まで通さねばならぬのだ」

「わかりませぬ」

奈々が黒髪を乱してかぶりを振った。

「わからずともよい。この思いは、漢《おとこ》にしかわからぬ」

「それでも、わたくしは……」

「去《い》ね」

家康は女から目をそむけた。遠くで竹林がさわさわと風に揺れる音がした。

第七章　三方ヶ原

元亀二年（一五七一）九月――。

織田信長はみずからを取り巻く包囲網を突き崩すべく、行動を開始した。むろん、一度に四方八方の敵を相手にすることはできない。

そこで信長がとった方法が、

――各個撃破
であった。

まず信長が狙いを定めたのは、比叡山延暦寺である。

延暦寺は、平安時代のはじめに伝教大師最澄が京の鬼門《きもん》（北東）に開創して以来、不滅の法燈《ほうとう》を守りつづけてきた鎮護国家の根本道場であった。琵琶湖を見下ろす比叡の峰に、三塔十六谷、三千にもおよぶ堂社が甍《いらか》をつらねる一大霊場であり、諸国から集まった俊秀が学問をまなぶ、仏教の最高学府でもあった。親鸞、日蓮、道元、栄西、一遍など、それぞれ一派をなした者たちも、若き日に比叡山で修行し、その才能を開花させている。

　だが、時代の流れとともに、延暦寺もしだいに俗に堕していく。僧侶たちは山上での厳しい生活を嫌い、ふもとの坂本に里坊《さとぼう》をかまえて奢侈《しゃし》な暮らしを送るようになっていた。

　信長は、延暦寺の僧侶たちのことを、

「薙刀《なぎなた》を抱えた金貸しにすぎぬ」

　と、言ってはばからない。

　比叡山延暦寺には古くから、

　――山法師《やまほうし》

　すなわち僧兵がおり、強大な軍事力を有していた。比叡山の守護神、日吉山王権現《ひえさんのうごんげん》の神威を背景にした山法師の横暴ぶりには、歴代の為政者たちも手を焼き、院政期に権力をほこった白河院でさえ、みずからの意のままにならぬものとして、

「賀茂川の水」

「双六《すごろく》の賽《さい》」

「山法師」

　の三つをあげている。

　また、比叡山の僧侶たちは祠堂銭《しどうせん》（寺に寄進された金）を使って金貸し業をいとなみ、財力をたくわえるようになっていた。

　寺から借りる金の利子は、土倉《どそう》と呼ばれる民間金融業者よりもはるかに低利である。

ために、諸大名のなかにも延暦寺から金を借りて軍資金をまかなう者が少なくなかった。ことに、浅井氏、朝倉氏は、延暦寺から多大な融資を受けている。

信長が比叡山延暦寺に最初の狙いを定めたのは、浅井、朝倉方の、

——メーンバンク潰し

という意味合いもあった。

信長が配下の諸将に比叡山焼き討ちの軍令を発したのは、九月十二日のことである。

織田軍は三万の軍勢をもって坂本の町を包囲。総門を打ち破り、草摺《くさずり》の音を響かせて町に乱入すると、里坊に次々と火をつけてまわった。

僧侶たちは着のみ着のまま、比叡山の山上をめざして逃げ出したが、織田軍の兵は問答無用で彼らを捕らえ、裸に剝《む》いて撫《な》で斬りにした。里坊に囲われていた女、稚児でさえ情け容赦はない。

坂本を焼き払い、山上へ攻めのぼった織田軍は、根本中堂をはじめとする堂社にも火をかけ、三塔十六谷三千坊といわれる霊場を壊滅せしめた。

比叡山側の死者、三千人。平安の世以来、朝廷でさえ手を出すことのできなかった一大宗教権威、比叡山延暦寺は一夜にして灰燼《かいじん》に帰した。

『信長公記』は、信長が、

——年来の御胸朦《ごきょうもう》を散ぜられおわんぬ。

と、しるしている。長年、胸にわだかまっていた鬱憤を晴らして、せいせいしたとい

う意味であろう。

比叡山焼き討ちは、世の人々を震撼《しんかん》させた。

「信長は人ではない。あれは天魔の所業じゃ」

「恐ろしや、恐ろしや。あの者には、いずれ仏罰が下ろうぞ」

京の者たちは、声をひそめて口々に噂しあった。

むろん、仏罰も、世間の悪評も意に介する信長ではない。

「これでひとつ、目ざわりが消えたわ」

包囲網の一角を力で突き崩した信長は、明智光秀を坂本城主に任じて南近江の支配をまかせた。

だが、信長のこの行為は、西上をもくろむ甲斐の武田信玄に恰好《かっこう》の大義名分を与える結果となった。

織田軍の虐殺をまぬがれ、かろうじて生き残った正覚院僧正豪盛《しょうかくいんそうじょうごうせい》ら比叡山の僧侶たちが、信玄のもとへ逃げ込んで信長の非道を訴えた。

「信長は憎むべき仏敵にございます。何とぞ、信玄さまのお力で、天魔外道《げどう》の信長めを討ち果たして下さいませ」

信玄はもともと、仏教への信仰心が篤《あつ》い男である。正覚院僧正豪盛らを手厚く保護し、

「訴えの向き、相わかった。甲斐国内に、延暦寺に代わる堂宇《どうう》を建ててつかわそう」

と約束した。

ともあれ、比叡山復興という大義名分が、武田信玄の野心に火をつけ、さらなる行動へと駆り立てた。

元亀二年暮れから翌三年春にかけて、徳川領では、表面上、平穏な日々がつづいた。

（信玄入道が甲斐へ引き揚げた……）

徳川家臣団のあいだに、安堵に似た空気が流れた。

だが、家康が気をゆるめることはない。動乱の足音は、すぐそこまで迫っている。

このころ東国では、ひとつの大きな変化があった。それまで、家康、越後の上杉謙信と結んで武田信玄と敵対していた小田原北条氏が、その同盟を破棄し、一転して信玄と手を組んだのである。北条氏を隆盛にみちびいた先代氏康《うじやす》の死去により、軍事、外交、内政の実権を完全掌握した四代氏政《うじまさ》の決断によるものだった。氏政が外交方針を百八十度転換した背景には、信長包囲網の影の演出者である京の将軍足利義昭《よしあき》からの働きかけがあった。

北条氏との同盟によって、有利になったのは武田信玄である。信玄は背後を襲われる危険から解放され、兵力のすべてを上洛《じょうらく》戦に投入できる条件がととのった。

しかも、北陸の加賀で一向一揆が起き、上杉領の越中の国ざかいを侵しはじめていた。ために、上杉謙信も軍勢の大半を一揆鎮圧に振り向けざるを得ない状況になっている。一揆の蜂起は、石山本願寺門主顕如《けんにょ》の仕掛けにほかならない。

武田信玄にとって、またとない千載一遇の好機がおとずれた。

「天がわれに、京をめざせと告げているッ！」

五十二歳の円熟期を迎えた信玄は、ついに西上を決断した。

これは、信玄の圧力を真正面から受け止めねばならない家康にとっては、存亡にかかわる緊急事態といえる。

「国ざかいの守りをかためよ。武田勢を一歩たりとてわが領内に入れてはならぬ」

家康は命じた。

武田軍とはたびたび衝突を繰り返してきたが、今度の場合は、これまでとは深刻度がけたはずれに違う。信玄が本気になって徳川領へ攻め込んで来れば、

（信玄を食い止めるどころか、われらなどひとたまりもない……）

徳川家臣たちは、目に見えぬ巨大な影におびえた。

家康自身、信玄の侵攻は怖い。

武田軍と戦えば、滅びの道が待っているかもしれない。

悪い夢ばかり見て、夜もろくに眠られない日々がつづいた。だが、その不安と恐怖を家臣たちの前にさらけ出すことは断じて許されない。軍勢をひきいる大将が弱音を吐いては、兵の士気が鈍る。おのれの心のうちの揺らぎを押さえつけ、あくまで気丈に振る舞わねばならなかった。

武田領へ配下の忍びを放っていた服部半蔵から、

「信玄が西上の軍令を発しましてございます」

と知らせが入ったのは、元亀三年（一五七二）秋のことである。

「まことか」

握りしめた家康の拳に、我知らず力が入った。

「ははッ」

半蔵はめったなことでは感情をおもてにあらわさない男である。だが、その服部半蔵でさえ、このときばかりは声をうわずらせていた。

「秋葉《あきは》街道、伊那《いな》街道沿いには、すでに馬飼料が堆《うずたか》く積み上げられ、各地から兵糧が集められて、人の行き来も激しくなっております」

「街道筋を南下し、一気にわが領内へなだれ込む肚《はら》づもりか」

家康は親指の爪を嚙んだ。緊張したときの癖である。

「引きつづき、武田軍から目を離すな。動きがあれば、即座に告げよ」

「ははッ」

服部半蔵が去ると、家康は浜松城の広間に重臣たちを召集した。

早急に対策を協議しなければならない。

酒井忠次《ただつぐ》、石川家成《いえなり》、大久保忠世《ただよ》、本多忠勝《ただかつ》、鳥居元忠《もとただ》、榊原康政《やすまさ》、本多正信《まさのぶ》らが、軍議の席に集まった。どの男の表情にも緊張がみなぎっている。灯火に照らされた彼らの顔は、青ざめてさえ見えた。

「いよいよ信玄が動く」

　家康は言った。

「武田勢の馬蹄《ばてい》でわが領内を踏み荒らされたくはない。だが、冷静に見て、国ざかいで敵を防ぎきるのは不可能に近い」

「されば、殿。いかがなさるのでございます」

　本多忠勝が膝頭をつかんで身を前に乗り出した。

「籠城策をとる」

　重い声で告げると、家康は家臣たちを見渡した。

　武田家の領土は本国甲斐をはじめ、駿河、信濃。さらには、遠江の東部と三河、飛驒、上野の一部にまで拡がっている。石高《こくだか》にして、ゆうに百五十万石を超えていた。しかも、信玄は強力な騎馬軍団を擁しており、武田軍は連戦連勝、無敵をほこっていた。

　その強さを、家康は骨身に沁《し》みて知っている。

　であるからこそ、

（浜松城に籠城し、騎馬軍団の機動力を封じて長期戦に持っていくしかない……）

　と家康は思った。

　むろん、いたずらに城に籠っているだけでは活路を切り拓くことはできない。そこで家康は、織田信長に援軍要請をおこなうことにした。

「織田さまが、殿のために援兵を差し向けてくれましょうか」

酒井忠次が懐疑的な顔をした。

「あれでなかなか、織田さまは吝《しわ》いお方。無情に殿をお見捨てになるのではござらぬか」

「いや、そのようなことはない」

断ずるように家康は言った。

「織田どのは、われらを見捨てぬ。織田どのとわしは一蓮托生《いちれんたくしょう》、死ぬも生きるも運命を共にすると誓った仲だ。わしが滅びれば、信玄の攻撃の矢面に織田どのが立たされることになる。全力を挙げて、浜松城防衛に協力するだろう」

「しかし、織田からの援軍があったとして、はたして勝てますかな、信玄入道に」

本多正信がつぶやくように言った。

「わからぬ」

と言うしか、家康にはない。

「生きようと思って戦いにのぞんではなるまい。死を覚悟してこそ、そこからはじめて生への道は拓けるものだ」

「殿……」

家臣たちが声を呑み、家康を見つめた。

岐阜城の織田信長のもとへ、早馬が遣わされた。家康の援軍要請に対し、

「相わかった」

信長は即座に援軍を送ることを約束した。

「徳川どのに申し伝えよ。先鋒《せんぽう》としての働き、おおいに期待しておるとな」

表情を変えず、信長は言い放った。

浜松へ戻った使者は、家康にその旨を報告した。

（わしは対武田戦の先鋒か……）

あるいは、自分は信長が生きるための捨石《すていし》になるのかもしれない。しかし、いまは生死を懸けて戦いにのぞむしかない。

甲府盆地がにわかに冷え込み、初霜がおりた日の早朝——。

武田信玄がついに行動を開始した。

空は蒼《あお》く玲瓏《れいろう》と澄みわたり、山々はあざやかな紅葉に彩られ、甲斐の駒ヶ岳は白雪をかぶっている。

乾ききった寒風のなか、先発隊の山県三郎兵衛昌景《やまがたさぶろうひょうえまさかげ》が五千の兵とともに甲斐府中を発ったのにつづき、総大将の信玄もみずから二万五千の大軍勢をひきいて進発した。

これとは別に、秋山信友《のぶとも》ひきいる五千の別働隊が、信濃から織田領の美濃へ進出。東美濃の岩村城を囲む手筈《てはず》になっている。

山県隊は、信濃の伊那街道を通って三河をめざす。一方、信玄の本隊は秋葉街道の兵越峠《ひよう ごし》を越えて、遠江国へ攻め入った。

武田軍の一連の動きは、諸方に放っている斥候《せっこう》によって、浜松城の家康のもとへ刻々ともたらされている。

「三方からまいりましたか」

家康のそばに影のごとく侍《はべ》っている本多正信が、差図《さしず》（地図）を睨《にら》んで言った。

「しかし、三方とは申しても、秋山勢が向かった美濃は織田さまの領地。われらが当るべきは、信玄入道の本隊と山県三郎兵衛の軍勢でございますな」

「そういうことになる」

家康は顎を撫《な》でた。

「三河入りした山県勢は、そのまま岡崎城を襲いましょうか」

正信があるじを見た。

「いや、それはあるまい。城攻めをするにしては、軍勢が少なすぎる。いずれ、信玄の本隊と合流するつもりではないか」

「さすれば、信玄入道の第一の狙いは、やはり緒戦で浜松城の殿をたたき潰すことにあり。あとは、その余勢をかって上洛への道を一気にひた走るということになりまするな」

「させるか」

家康は下唇を嚙んだ。

家康にも武門の意地がある。最終的には浜松城に立て籠もり、信玄を足止めするしかないが、それでは味方の兵が怖《お》じ気づき、士気が低下するのが目に見えている。

「籠城戦に持ち込む前に、どこかで一戦仕掛けることが必要でござりましょう」

家康の胸のうちを見抜いたように、本多正信が言った。

本多正信との密談をおえた家康は、本多忠勝と内藤信成《のぶなり》を呼んだ。

「おまえたちに、ひと働きしてもらわねばならぬ」

家康は、両人を間近に差し招いて言った。

「何なりと、お申しつけ下され。殿の御ためとあらば、この一命投げ打ち、敵本陣へ乗り込んで、信玄入道と刺し違えてもかまいませぬ」

本多忠勝が目の底をするどく光らせた。

「心意気はありがたいが、それにはおよばぬ。おまえたちは武田勢の先鋒に近づき、一揉《も》みしてくればよい」

「一揉みと申されますと」

内藤信成が聞いた。

信成は、徳川家中でも本多忠勝と並ぶ武辺者《ぶへんしゃ》である。相手が誰であろうと、怯懦《きょうだ》にかられるような男ではない。だからこそ、家康は二人を選んだ。

「よいか、聞け」

家康は信成と忠勝の目を見た。

「いくさというものは勢いだ。勢いがなければ、最初から勝負にならぬ。信玄入道はわれらを嘗《な》めてかかっている。おそらく、敵にもならぬと思っているであろう。おまえたちは武田軍に一戦仕掛け、信玄の傲慢の鼻をへし折ってこい」

「おもしろきお役目にございますな」

本多忠勝がニヤリと笑った。

「して、兵は？」

「八百つける」

「それは、また……」

忠勝と内藤信成が驚いた顔をした。

浜松城に集結した徳川勢は八千に満たない。そのうち八百を割くといえば、かなりの人数である。

「やるからには、中途半端な仕掛けはできぬ。そのほうらも、心してゆけ」

「ははッ」

翌朝、本多忠勝と内藤信成は八百の軍勢をひきいて浜松城を出た。

忠勝らを送り出したあとも、家康の気持ちは落ち着かない。

「いかがなされました、殿」

近習の青山忠成が、さきほどから親指の爪ばかり嚙んでいる家康を見た。

「わしも行かねばならぬ」

「は……」

「全軍の兵たちに武田なにするものぞの気構えをしめすためには、大将のわしみずからが出陣せねばならぬ」

家康は、何かに背中を押されるように立ち上がった。

本多、内藤隊につづき、家康は三千の手勢とともに浜松城から打って出た。

（信玄入道に嘗められてはならぬ……）

身のうちから溢《あふ》れる血気が、三十一歳の家康を突き動かしている。

先鋒の本多忠勝、内藤信成の軍勢は、東海道を東へ進んだ。家康ひきいる本隊も、そのあとをゆっくりと行く。

馬上から空を見上げると、高く晴れ上がった秋の空にうすい絹雲《きぬぐも》が刷毛《はけ》ではいたように浮かんでいた。

（いまごろ、信玄入道は何を考えているのであろうか……）

家康は思った。

秋葉街道を通って遠州入りした信玄は、北遠江の山岳地帯から平野部へ抜ける出口にあたる犬居《いぬい》城へ入った。犬居城の城将天野景貫《かげつら》は、早くから武田方に通じ、その傘下に入っている。だが、信玄が犬居城に長くとどまることはなかった。

北遠江には、二俣《ふたまた》城という要衝がある。信玄は軍勢の一部を割いて息子勝頼に与え、これを二俣城攻めに向かわせる一方、みずからは天野景貫の先導で東遠江の平野部に駒をすすめ、

天方城《あまがた》
飯田城
各和城《かくわ》
と、砦《とりで》に毛の生えたような小城を次々と攻め落としていった。

東遠江最大の要害は、何といっても高天神城と掛川城である。信玄はあえてこれを攻めることなく、オオカミが獲物を探して野原を徘徊《はいかい》でもするように、東遠江を動きまわり、いまは久野《くの》城という小城を囲んでいた。

その行動の意図が、家康には読みきれていない。

真意がわからないだけに、かえって不気味さのみがつのった。

(高天神城、掛川城にいる味方の兵と、浜松城を分断しようという信玄一流の策であるかもしれない……)

その可能性はおおいにある。敵地入りするとき、クサビを打ち込むように相手方を分断するのは、信玄の常套《じようとう》手段である。いままでの戦いで、家康もそれは経験ずみだった。

(それにしても……)

この同じ秋空の下に、徳川領を食い荒らそうと牙を研ぎすましている信玄がいる。それを考えるだけで、家康は総身の毛穴から粘ついた汗が湧くような気がした。

徳川先鋒の本多、内藤隊は、天竜川を渡った。

天竜川は暴れ川の異名を持ち、水量が多いため歩いて渡ることはできない。騎馬武者は馬をあやつりながら流れを乗り切ることもできるが、多くの兵たちは渡し舟で越えることになる。

先鋒につづき、家康も天竜川を馬で渡り、信玄のいる東遠江へ進軍した。

川を渡って一里ばかり行くと、

——見付

に出る。

見付の町は、その昔、遠江国府が置かれたところで、いまは東海道の宿駅として栄えている。見付の北方の台地には、見付端城《みつけは》があり、地侍の堀越氏が城主として入っていた。

以前、遠江を手に入れた家康は、この見付の地に、

（城を築くか……）

と考えたことがある。

今川領を分割した武田信玄を牽制《けんせい》する意味で、秋葉街道の出口にほど近く、また東海道を進めば一日かからずに駿河との国ざかいに到達可能な見付が、おのが拠点にふさわしいと思われたためである。

結局、暴れ川の天竜川を背後にひかえ、洪水ともなれば三河岡崎城との連絡が分断されるという懸念から、家康は見付より四里西の浜松を居城に選んだが、この地の軍事的

重要性はいまも変わっていない。

見付入りした家康は、土地の豪商、

——安間《あんま》平次弥《へいじや》

の屋敷を陣所とした。

平次弥は、徳川軍が遠江に進出する以前から家康の将器を見抜き、

「あなたさまは、いずれ東海道筋、いや天下に名をなされるお方だ」

と、ぞっこん惚《ほ》れ込んでいる。

商人ながら、武士にも劣らぬ俠気《きようき》の持ち主で、東遠江にひたひたと武田軍の足音が忍び寄っても、

「わしは死ぬまでここにとどまり、見付の町衆とともに武田勢と戦う」

と公言していた。

家康もそうした気骨ある商人に信頼を置き、もともと弥平次と名乗っていたのを、

「これよりは平次弥とあらためよ」

名を与えている。

安間平次弥は自邸の庭に湧いている清水で茶を点《た》て、家伝の粟餅《あわもち》とともに家康に供した。

もてなしをするのは、平次弥の娘のお梅である。

お梅は鬼瓦のような顔をした父平次弥に似ず、なかなかの器量よしである。頰がぽっ

てりと豊かで、尻や太腿《ふともも》の肉づきのいいところも家康の好みにかなっている。

生死をかけた武田軍との戦いにのぞむ家康は、つねよりも血が熱くなっていた。

黒髪のかかる白いうなじや、襟元からわずかにのぞく豊かな胸のあたりを見て、

（抱きたい……）

と思ったが、いまはそれが許されるような状況ではない。

「いかがなされました」

お梅が怪訝《けげん》そうな顔をした。

「いや、なに」

家康は妙に照れた。

「あの、わが父から心を込めて殿さまのお世話をするよう申しつかっております。殿さまのお気持ちが安らぐよう、何ごとも仰せのままに従うようにと」

「それは……」

すなわち、お梅に家康の伽《とぎ》をせよということであろう。娘に家康の手がつくことは、平次弥にとっても名誉なことである。

（いや、それはなるまい）

家康は、おのれの身のうちに燃えさかりはじめた陽炎《かげろう》のごとき情欲の炎を必死に鎮めようとした。

だが、ひとたび戦場に出れば、いつ果てるともしれない命である。武田信玄との戦い

はそれほど厳しい。どうせ露と消えるなら、このみずみずしい娘の体に、せめて一瞬のおのれの命の輝きを刻みつけておきたかった。

「来い、お梅」

家康は娘を抱き寄せた。

お梅はあらがわない。男の熱気がのりうつったのか、濡《ぬ》れるような瞳で、息づかいを荒くしている家康を見上げた。

「よいか」

「はい」

あとは言葉にならなかった。家康は迫りくる巨大な影への恐怖を忘れようと、ただひたすら柔らかい娘の体のうちに身を沈めた。

半刻《はんとき》後、家康はお梅の介添えで急ぎ身支度をととのえ直し、重臣たちがいる屋敷の広間に姿をあらわした。

「植村清兵衛《せいべえ》がまいっております、殿」

本多正信が言った。

「おお、来たか」

この男の到着を、家康は待ちかねていた。

植村清兵衛は、安間平次弥と同じ見付の商人である。家康側近の植村正勝《まさかつ》の分家にあたり、頭の回転の早い利《き》け者というので、武田方との前線にあたる見付に送り込まれていた。

この地で、清兵衛は造り酒屋をいとなんでいる。

蔵人や手代、小者を何人も雇う大店《おおだな》であるが、見付の町はずれの街道筋の松原にも茶店を出し、旅人に飲食を供している。

土地の者は、

「植村の旦那さんは、汗水垂らすことをいとわぬ働き者だ」

と噂したが、じつは清兵衛の本当の目的は、商売にかこつけて街道筋に目を光らせ、家康のために情報収集をおこなうことにあった。

鷹狩りの帰りに植村家に立ち寄った家康に、茶碗になみなみと満たした冷や酒を振舞ったことから、

——冷や酒清兵衛
の異名で呼ばれている。

「武田軍のようすはどうだ」

家康は身を乗り出すようにして、清兵衛に聞いた。

「どうやら信玄入道は、久野城の包囲を解きはじめたようにございます」

人当たりのいい商人から、隙のない諜者《ちょうしゃ》の顔にもどった清兵衛が言った。

「まことか」

「はい」

「ほかに目立った動きは」

「いまのところ、これといってございませぬ」

「しかし、信玄のことだ。何の目当てもなく、城の囲みを解くはずがない。こちらの出方をうかがっているのか」

天竜川を渡った徳川軍の動きは、当然ながら信玄の耳に達しているはずだった。いつもながら、信玄の肚《はら》は読めない。

(何かを仕掛けようとしているのか……)

不安が家康の胸をよぎった。

「清兵衛」

「はッ」

「ただちに本多、内藤のもとへ走り、敵の動きにくれぐれも用心せよと伝えてまいれ」

「承知つかまつりましてございます」

「そなたも引きつづき武田勢の動向に目を光らせ、変化があったら、いかなる些細《ささい》なことでも注進するように」

「心得ております」

冷や酒清兵衛が、緊張した面持ちで頭を下げた。

このころ、本多忠勝、内藤信成の徳川先鋒部隊は、見付から一里東の太田川の近くに達している。

冷や酒清兵衛から伝令を受け取った本多忠勝は、数人の供廻りのみを引き連れ、騎馬で三ヶ野《みの》の台地を駆けのぼった。三ヶ野の台地からは、太田川やその向こうの木原の村などを見下ろすことができる。

坂を駆け上がった忠勝は、

「これは……」

と、目を疑った。

刈り入れのすんだ田畑を埋めつくすように、翩翻《へんぽん》と軍旗がはためいている。白地に黒い線が二筋、縦に揺らぎながら引き下ろされた、いわゆる、

——山道
の軍旗である。

その旗を用いる武将といえば、武田軍にその人ありと知られた剛勇の士、馬場美濃守《みののかみ》信春《のぶはる》をおいてほかにない。馬場勢のあとには、小宮山昌友《まさとも》、原昌胤《まさたね》ら、武田家の有力武将の軍勢がつづいていた。

「なにゆえ、武田の本隊がここにいるのだッ！」

本多忠勝は舌打ちした。

清兵衛からの通報で、信玄が久野城の囲みを解いたことは、つい先ほど知ったばかりである。しかし、その武田本隊が、よもやみずからの眼前に忽然《こつぜん》とあらわれようとは思

ってもみなかった。

「われらの機先を制し、押しつつんで殲滅《せんめつ》しようという気か」

恐れ知らずの本多忠勝の顔面から、さすがに血の気が引いた。

武田本隊二万余に対し、徳川方は先鋒の本多、内藤勢、見付にいる家康の軍勢をあわせても四千に満たない。信玄が本気を出して襲いかかれば、ひとたまりもあるまい。

しかし、これしきの危機にひるむような本多忠勝ではない。

「内藤隊に使番《つかいばん》を送れッ。武田勢が、すぐそこまで迫っておる。わが隊も急ぎ丘にのぼれ。敵を迎え撃つぞッ！」

忠勝は鬼の形相で叫んだ。

後方の見付にいる家康のもとへも急使が飛ばされた。

本多、内藤隊が戦闘態勢をととのえる間もなく、武田勢先鋒の馬場信春隊が三ヶ野の台地へ攻めのぼってきた。

本多、内藤隊は、弓矢、鉄砲を放ち、敵の出足を食い止めようと、必死の防戦につとめた。

「何ッ。武田勢が三ヶ野にあらわれたとッ！」

前線からの一報を聞いた家康は、愕然とした。

（うかつであった……）

久野城を囲んでいた信玄が、これほど迅速な攻撃を仕掛けてくるとは想定していなかった。老獪《ろうかい》な信玄は、家康の策などとうに見透かしたうえで、その裏をかいてきたのであろう。

（ここで戦うべきか）

家康は逡巡《しゅんじゅん》した。

敵を前にして、尻尾を巻いて逃げ出すのは漢《おとこ》ではない。鋭利な刃物の光に似たギラリとした闘争心が、胸をよぎった。

だが、家康はすぐに冷静になった。

徳川勢の半数は浜松城にとどまっている。四千に満たない兵で信玄に正面から戦いを挑んだところで、しょせん勝ち目はない。敵の先鋒に対し、まずは局地戦を仕掛けて味方の士気を高めようと考えていた家康だったが、ここで本格的な決戦になだれ込むのは本意ではなかった。

そこへ、前線にいる本多忠勝から使者が来た。

「馬場美濃守らの先鋒部隊につづき、大将の信玄も久野方面から押し出してきた模様。われらが勢が楯《たて》となって食い止めますゆえ、そのあいだに殿はすみやかに浜松城へご帰城あられたしッ！」

忠勝からの伝言は、家康の心から迷いを払った。

自分の死に場所はこのようなところではない。まことの戦いは、もっと先にある。

「浜松城へもどる。急ぎ、全軍に撤退命令を下せッ！」

家康は命じた。

家康が浜松をめざして退却をはじめたのは、それから間もなくのことである。馬の尻に鞭《むち》をくれ、駆けに駆けた。

一隊が見付を去るとほどなく、冷や酒清兵衛こと植村清兵衛の屋敷から火の手が上がった。つづいて、安間平次弥の店からも天を焦がすように炎が立ちのぼる。

敵のしわざによるものではない。清兵衛と平次弥がしめし合わせ、家康の撤退を助けるべく、追撃の通り道にあたる見付の街道筋にみずから火を放ったのだ。

折からの風にあおられ、火は近隣の町家に次々と燃え広がった。もうもうたる白煙が立ち込め、あたりは一寸先の視界もきかなくなった。

その炎と白煙を背にしながら、家康は天竜川に馬を乗り入れた。徒士《かち》たちも池田ノ渡し場から、渡し舟に分乗して対岸をめざす。

一方——。

前線の本多忠勝、内藤信成である。

馬の機動性をあますところなく活かして波状攻撃を仕掛けてくる武田騎馬隊の厳しい攻めにさらされている。

味方に死傷者が続出した。本多忠勝も返り血を浴び、全身、蘇芳《すおう》のごとく染まった。

だが、忠勝の士気はいっこうに衰えない。

「内藤信成に伝えよッ。わしが殿軍《しんがり》をつとめる。そなたは一足先に退《ひ》いて、殿をお守りしてくれッ！」

攻めては引き、引いては攻める懸り引きの戦法を用い、本多勢は襲いかかる敵を防ぎながら必死の撤退戦をおこなった。

だが、追いすがってくる馬場信春隊の攻撃は熾烈《しれつ》である。

「逃すかッ！」

すぐ間近までせまった敵の騎馬武者の切っ先が、本多忠勝が肩から襷《たすき》掛けにした金箔押の数珠をかすめた。

「おのれごときにやられるかッ！」

忠勝は白目の多い三白眼をカッと剝《む》くと、武者の脇腹を蜻蛉《とんぼ》切《ぎり》の槍で一突きし、馬から引きずり落とした。

白煙につつまれた見付宿をくぐり抜け、多くの兵を失いながらも、本多忠勝は天竜川までわずか半町あまりという、

——一言坂《ひとことざか》
まで到達した。しかし、ここでふたたび武田勢に追いつかれた。無傷で忠勝に従っているのは、麾下《きか》の精鋭五十二騎のみである。

「者どもッ！」

忠勝は味方の将士を振り返った。

「ここを冥土と心得よ。われらことごとく屍《しかばね》になろうとも、殿を浜松へご帰還させるの

だッ！

「おうッ！」

と、地鳴りに似た叫びが、兵たちのあいだから湧き上がった。

死を覚悟した兵は強い。黒糸威胴丸具足《くろいとおどしどうまるぐそく》をまとった忠勝の蜻蛉切の槍のゆくところ、勇猛をもって知られる武田の武者たちでさえ、恐れて避けているかのようである。土埃のなかに、そこだけ切り裂いたように一筋の道ができた。

それから半刻《はんとき》後、忠勝はようやく天竜川にたどり着いた。瀕死《ひんし》の馬を捨て、そこで待っていた渡し舟に倒れるように飛び乗った。

武田勢もあとへつづこうとしたが、川筋の船頭たちが舟を葦原《あしはら》に隠したため、それ以上の追撃は不可能になった。

本多忠勝の一言坂での命懸けの奮戦により、家康は九死に一生を得た。

翌朝、多くの町家が焼失した見付宿に、武田軍の手によって一本の高札が立てられた。

高札を書いたのは、信玄の近習小松右近《うこん》である。

——家康にすぎたるものが二つあり、唐《から》の頭《かしら》に本多平八。

唐の頭とは、家康自慢のヤクの毛で飾った兜《かぶと》のことをいう。ヤクはチベットの高地に生息する全身を長い毛でおおわれたウシ科の動物である。海外交易で輸入されたヤクの尾毛を戦国武将たちは珍重し、兜の飾りや采配などに好んで用いていた。

武田信玄に比べれば、吹けば飛ぶような軽い存在の家康が、その身に過ぎた高級品で

ある舶来のヤクの毛を飾った唐の頭を秘蔵している。それと同じように、

「わが武田勢を一言坂で体を張って防いだ本多平八郎忠勝なる剛将は、徳川方に置いておくには惜しいものよのう」

と本多忠勝の武勇を、家康への皮肉まじりに称賛したのである。

浜松城にもどった家康は、信玄という武将の恐ろしさ、懐の深さをあらためて実感せずにいられなかった。

（わしの策など、信玄入道には清流の底の小石を覗《のぞ》くがごとく、すべてが見通されている。とんだ浅知恵であった……）

悔しさが腹の底からふつふつと込み上げた。

だが、敗北感にうちひしがれていることはできない。信玄の武田本隊は、すでに次なる攻撃目標に向かって着々と動きだしている。

信玄は退却した家康を追って浜松城へは向かわず、見付から天竜川沿いをそのまま北上して、

——二俣城
へ向かった。

二俣城は北遠江の要衝である。天竜川と二俣川の合流点の断崖上に築かれており、天険の要害といっていい。

城将の中根正照《まさてる》は、平素は家康の嫡男信康の家老として岡崎城に詰めているが、武田

勢の南下にそなえ、千二百の兵とともに二俣城入りしていた。

信玄が二俣城に迫ろうとするころ、犬居城からやって来た武田勝頼の別働隊が城を囲んだ。これに、三河を経由してきた山県昌景隊が加わり、二俣城は苦境に追い込まれていた。

中根正照は必死の防戦を繰り広げてはいるものの、信玄の本隊が到着すれば、孤塁をいつまでも守りきれるものではない。

「二俣城の中根正照から、助けを求める使者がまいっておりますッ！」

家康のもとへ知らせが届いた。

「援軍要請か」

家康は苦悶《くもん》の表情を顔に浮かべた。

中根正照は武勇にすぐれた硬骨漢である。万の敵を向こうにまわしても音を上げるような男ではない。その正照が救いを求めてきた。絶望的な状況に追い込まれていることは、想像に難くない。

「いかがなされます、殿」

かたわらに控えていた榊原康政が、目を血走らせて言った。

「中根正照を見殺しにするわけにはまいりませぬ。それがしが、手勢をひきいて後詰《ごづめ》に駆けつけまするッ」

「ならぬ」

家康は康政を制した。

「なにゆえでございます。このままでは、二俣城は……」

「いまのわれらに、二俣城へ援兵を割いているだけの余裕はない。そのようなことをすれば、浜松城の守りが手薄になるだけだ」

「では、どうすればよいのです」

「酷なようだが、正照に耐えてもらうしかあるまい」

「殿……」

「いまはそれしか手がない」

拳を握りしめ、家康は言った。

「しかし、殿。耐えるといっても限りがございましょう」

榊原康政が悲痛な声を上げた。

このままでは二俣城が遅かれ早かれ落城の危機に瀕《ひん》することは、家康自身、百も承知している。わかっていても、何もできない自分が口惜しい。

「どうにかこらえ、あと少しだけ、時を稼ぐのだ。さすれば、織田どのの援軍がこの浜松に来着する。動くのはそれからだ」

おのれに言い聞かせるように、家康は低くつぶやいた。

浜松城の家康は、ほとんど祈るような気持ちで信長からの援軍を待った。そのあいだにも刻々と、二俣城の厳しい戦況が飛び込んでくる。

（まだか……）

槍をつかんでいまにも飛び出して行きたい気持ちを押し殺し、家康は奥歯を嚙んで必死に耐えた。

織田の援軍がようやく到着したのは、遠州の平野に肌を刺すような師走の寒風が吹きつける日のことである。

軍勢をひきいてきたのは、織田家重臣の佐久間信盛《のぶもり》と、平手汎秀《ひろひで》であった。

兵数は三千。

信長自身、石山本願寺、浅井、朝倉氏など、周囲に多くの敵がひかえており、それ以上の兵を送ることは事実上、不可能な状況だった。

「上様は、どのような手を使っても信玄を足止めせよと仰せになられている。武田勢を織田領へ侵攻させることだけは、何としても阻止せねばならぬ」

諸将が集まった軍議の席で、小具足姿の佐久間信盛が顎をそらせるようにして言った。

織田家では、柴田勝家《かついえ》、林秀貞《ひでさだ》と並ぶ古参の臣である。茶の湯、連歌など文雅のたしなみがある教養人だが、主君信長の同盟者である家康を、

（織田家の人質だった男ではないか。同盟者とはいっても、じっさいのところは上様の家臣筋のようなものだ……）

と、内心では低く見ているきらいがあり、それが尊大な態度やちょっとした言葉の端々にあらわれている。

「足止めせよと言われても、この兵力ではどうにもなるまい。相手は、三万近い大軍。それに引きかえ、わが方は織田どのの兵と浜松城の兵をあわせても一万一千にしかならぬ」

苦い顔で言ったのは、徳川側の家老の酒井忠次である。普段はあまり言葉を荒らげることのない男だが、生きるか死ぬかの決戦を前にして、さすがに気が昂《たか》ぶっている。

「これは異なことを申される」

忠次を横目で見て、佐久間信盛が引きつったように顔をゆがめた。

「貴家ではすでに、戦う前から負けを覚悟しているのか。よもや、そのような臆病者ぞろいではあるまいと思っていたが」

「聞き捨てならぬッ」

「われらを臆病者呼ばわりするかッ！」

信盛の不用意な発言に、若手武闘派の本多忠勝、榊原康政らが口々に声を上げた。

さすがにまずいと思ったか、

「気に障ったなら、許せ。ともかく、いまはこの兵力で敵を防ぐしかないのだ」

佐久間信盛がその場の殺気だった空気を鎮めるように言った。

「して、徳川どのはどのような策を考えておられる」

先ほどから口を閉ざしている家康を、信盛が探るような目つきで見た。

家康は腕組みをしたまま黙っている。

重い空気が、その場に流れた。

（こやつ、臆しておるのか……）

佐久間信盛の胸に、蔑みの気持ちが生じた。

二連木の戦い、一言坂の戦いで、合戦巧者の武田信玄に翻弄され、自信を喪失しているのではないかと思ったのである。

じっさい、憂鬱そうにうつむいた家康の顔はやや蒼ざめて見えた。

「籠城しかあるまいと、それがしは考えておる」

沈黙している家康に代わって、信盛が軍議を主導した。

「この浜松城に籠り、武田勢を引きつければ、三月や四月、いや半年は信玄の動きを封じることができよう。それが最善の策と存ずるが」

佐久間信盛が一同を見渡した。

「それでは、貴殿は武田の大軍に包囲されている二俣城の城兵を見捨てよと申されるのか」

ぎろりと目を剝《む》き、本多忠勝が信盛を見た。外から入って来て、あるじ家康以上に大きな顔をしている織田家重臣への反感を隠そうともしない。

「それが軍略というものだ。情に溺れては、いくさに勝てまいぞ」

意識するとせざるとにかかわらず、信盛の口調はつい尊大になる。

「わしがいつ情に溺れた」

忠勝が顔色を変えた。

「頭を冷やし、大局に立って物ごとを見定めよと申しておるのだ」

「なにを……」

「それとも籠城以上に、よき策があると申されるかな」

「二俣城を囲む武田勢に夜襲をかける」

本多忠勝が膝頭をつかんで言った。

「夜襲だと」

「そうだ」

「そのような伸るか反るかの博打《ばくち》、うまくいくはずがなかろう」

佐久間信盛の口もとに冷笑が浮かんでいる。

「おぬしは一言坂でたいそうな武勲をあげたそうだが、同じことが二度、三度あるとはかぎらぬ」

「いくさはやってみねばわからぬ」

「ばかばかしい。われらが上様がお聞きになられたら、高笑いなされるであろうな」

「ここは織田家ではない」

忠勝が佐久間信盛を睨んだ。

敵は武田ではなく、加勢に来た織田軍であるかのようである。

おのが家臣たちと佐久間信盛の不毛な言い争いを聞きながら、

（やはり佐久間の言うとおり、籠城策しかないのか……）

家康は思った。

本多忠勝が主張する夜襲は、たしかに危険が大きすぎる。どれだけの成果が上がるかどうかも不確かだった。

浜松城内には、長期の籠城戦に耐え得るだけの兵糧、武器弾薬の備蓄がある。だが、たとえ半年籠城したとして、その先に展望は拓けるのか。

——否《いな》

と、家康は悲観的にならざるを得ない。

織田包囲網がしかれた現在の畿内の情勢が、劇的に変化することは考えにくい。むしろ、信玄の西上の動きに力を得て、反信長勢力は活気づいているといっていい。戦いが長引けば、織田方から離反する者も出てくるであろう。

げんに、武田の将秋山信友《のぶとも》が侵攻している美濃では、夫の遠山景任《かげとう》亡きあと女城主として岩村城を守っていた信長の叔母が、武田軍の勢いに震え上がって、みずから秋山勢を城に迎え入れるという事態が起きている。この女城主——おつやの方は絶世の美女として知られていたが、敵の秋山信友の妻となり、信長を激怒させていた。

その日の軍議では、明確な結論は出なかった。

しかし、ほかにこれといった妙案がない以上、家康も彼我《ひが》の力を冷静に比較して、

（籠城か……）

おのずと考えをそこに向けざるを得ない。

二俣城の中根正照は、武田の大軍を向こうに回してよく戦っていた。

苦境にある城内の兵たちをささえているのは、

「浜松城の殿が、必ずわれらを救いに駆けつけて下さる」

という一念のみである。

家康にも、その思いはわかっている。わかっているからこそ、身悶《みもだ》えするような苦しみが胸に渦巻いた。

同じころ――。

二俣城から一里離れた合代島《ごうだいじま》城に本陣を置いている信玄のもとを、息子の勝頼がたずねていた。

このとき、武田勝頼は二十七歳。信玄には義信《よしのぶ》という嫡男がいたが、今川家に対する外交方針の違いから対立するようになり、七年前の永禄八年（一五六五）に謀叛《むほん》の罪によって廃嫡、非業の死を遂げていた。代わって武田家の後継ぎとなったのが、側室諏訪《すわ》御寮人《ごりようにん》が生んだ四男の勝頼である。

勝頼は目元の涼しい美丈夫である。

名門武田家を継ぐべきおのれの立場を自覚し、若々しい覇気をほのかに血の色を浮かべた色白の頰にみなぎらせている。

父信玄から二俣城攻めの大将をまかされたものの、なかなか城が落ちぬことに焦りと苛立ちを感じはじめていた。

「敵はしぶとうございます。このうえは、数にものを言わせて力で揉み潰すしかございますまい。なにとぞ、総攻めのお許しを」

勝頼は父信玄に願い出た。

信玄は頭を下げる息子ではなく、そのかなたの、遠州の冷たく晴れ渡った空に羽ばたく雁《かり》の群れを見ている。

「美しいのう」

「は……」

「何ものにも遮られることなく、悠々と大空をゆく鳥の姿は美しい。わしもあの雁のごとく、この身に自由な翼を得て京の都まで翔《と》んでゆきたいものだ」

「何を仰せられます、父上」

勝頼が顔を上げた。

「都は、すぐそこではございませぬか。いま都に居すわっている織田、ましてや浜松城の徳川家康など父上の敵ではございませぬ」

「たしかに、わしは何者をも恐れておらぬ」

眸《ひとみ》に流れゆく雲を映した信玄は、口のなかでゆっくりとつぶやいた。

「ただひとつ恐れるものがあるとすれば、それは……」

「何でございます」

信玄は息子のほうに、その鋭利な光をたたえた目を向けた。

「気負ってはならぬ。力攻めなどせずともよい」

「しかし……」

「城を攻めるには、水の手を断つのが一番だ。へたに力攻めをして、味方の兵を無駄に損ずるのは愚か者のすること。まずは二俣城の水の手を探し出し、そこを断ち切って城兵を干乾《ひぼ》しにするのだ」

「いや、よい」

信玄は勝頼に厳命した。

断崖上に築かれた二俣城には、井戸がなかった。そのため、城方は崖の上から天竜川に井楼《せいろう》を組み、そこから釣瓶《つるべ》を垂らして川の水を汲み上げていた。

武田方は丸太を組んだイカダを多数作り、それを天竜川の早瀬に流して井楼の柱にぶつけ、粉々に破壊した。

武田軍により水の手を断たれた二俣城は、たちまち窮した。頑強な抵抗をつづけていた城将中根正照も、水が枯渇しては戦いを続行することができない。

籠城から二ヶ月——。

元亀三年（一五七二）の暮れも押しつまった十二月十九日、中根正照は城を武田軍に明け渡して浜松へ退去した。

この報は、即日、遠江国じゅうを駆け抜けた。

武田軍を恐れた神尾、飯尾、貫名《ぬきな》、奥山ら、遠江の地侍たちは、信玄の本陣へ使者を派遣し、

「あなたさまにお仕えいたしまする」

と、先を争うようにして臣従を誓った。

もはや、遠江の半分近くは武田軍の勢力下に置かれている。

こうなれば、

(信玄は総力をあげて、この浜松城を潰しにかかるだろう……)

家康は腹をくくった。

信玄のいる合代島から、浜松城までは南西へ五里。家康は、服部半蔵ら伊賀者を天竜川の川沿いや秋葉街道筋に多数放った。武田軍の動きから、いっときも目を離すことができない。

十二月二十二日早朝――。

「信玄が動きましたッ!」

城内の凍えた静寂を破って、一報が入った。

知らせによれば、天竜川を押し渡った武田勢は、中瀬《なかぜ》の地で二手に分かれ、ゆっくりと南下しているという。気を昂ぶらせた家康の耳に、浜松城をめざして歩みをすすめる騎馬隊の馬蹄の響き、兵たちの草摺の音まで聞こえてくるようだった。

「殿、血が出ておりますぞ」

かたわらにいた本多正信の声に、家康ははっと我に返った。ふと気づけば、爪を深く噛《か》み過ぎたのか、親指の先から鮮血が滲《にじ》んでいる。心の乱れをおもてに出さぬよう気をつけていたつもりだが、やはり動揺は隠しきれない。

「後悔しておらぬか」

塩辛い血を嘗《な》め、家康は正信に言った。

「後悔とは、何をでございます」

「いったんは他国へ出たそなたが、わがもとへ戻ってきたことだ。仕えるあるじを誤ったばかりに、城を枕に討ち死にすることになるやもしれぬ」

「後悔など、毛筋ほどもいたしておりましょうや。殿がわが罪をお赦《ゆる》し下されたときから、生きるも死ぬもこのお方と運命をともにしようと心に決めております」

決意を口にする正信の顔も、蒼《あお》ざめて見える。

浜松城には、その後も武田軍の動きが刻々と入ってくる。

「二手に分かれた武田勢は、一隊は笠井方面から、もう一隊は貴布祢《きぶね》方面から進軍しております」

「このまま進めば、本日午《ひる》過ぎにも浜松城北方に到達するものとッ！」

情報分析と並行して、城内ではあわただしく籠城準備がととのえられていった。武田軍の包囲を受けるとなれば、長期戦が想定される。浜松城の兵八千人に加え、織田の援軍三千人の兵糧も確保せねばならない。

誰もが喉がひりひりするような思いで、厳しい籠城を覚悟した。

異変があったのは、同日、正午すぎのことである。

「武田軍の動きが怪しゅうございます」

偵察に出ていた服部半蔵が、家康に注進した。

「怪しいとは、どういうことだ」

「どうやら、浜松城へは向かわぬように見えます」

「何……」

家康は耳を疑った。

「信玄がこの浜松を素通りするなど、そのようなことがあろうか」

「いえ、たしかにございます」

半蔵が目を上げた。

だが、半蔵の報告によれば、二手に分かれていた武田軍は浜松城北東の欠下《かけした》の地の手前で合流。しかし、浜松城へ向かって南下はせず、にわかに方向を西へ転じたという。

（ばかな……）

家康は混乱した。

だが、服部半蔵の知らせは誤報ではなかった。諸方に放っていた斥候が同様の報告をもって戻って来るにおよび、武田勢の西進がまぎれもない事実であることが判明した。

緊急の軍議が催された。

「信玄入道の意図は何じゃ」

筆頭家老の酒井忠次が口髭《くちひげ》をふるわせた。

「なにゆえ、信玄は浜松城へ来ぬ。われらなど、相手にするまでもないと思うてか」

三河から駆けつけた石川数正も、憤激のあまり顔面を真っ赤にしている。

「見くびられたものですのう」

本多忠勝が拳を膝にたたきつけた。

信玄は、家康の拠る浜松城を取るに足らぬもののごとく黙殺した。その真意は目下のところ不明だが、徳川の家臣たちにとって、これ以上の恥辱はない。

悔しさは、家康も家臣たちと同じである。

（信玄はわが領内を土足で踏み荒らし、このまま西へ攻め上る気か……）

カッと血が頭にのぼった。

少なくとも自分は最強をうたわれる武田軍を向こうにまわして、身を捨てても籠城戦を耐え抜くつもりでいた。その悲壮な覚悟が、ものの見事に肩透かしを食わされた。

巨大な敵信玄に対して、はじめて恐れよりも怒りがまさった。

（ばかにするなッ）

と、吠《ほ》えてやりたい。

しかし、ここは軍議の場である。大将たる家康は、あくまで冷静であらねばならなかった。

「みな、落ち着け。取り乱してはならぬ」

家康は、動揺する家臣たちを鎮めるように言った。

「落ち着けと申されるが、徳川どのはよもや、信玄が西へ向かったのを幸い、このまま浜松城に閉じ籠《こも》って事態を傍観されるおつもりではあるまいな」

皮肉な目つきで家康を見たのは、織田家から遣わされている佐久間信盛である。

「そのようなことは断じてない」

家康は憤然とした表情で信盛を見返した。

「ならば、どうなされる」

「……」

家康は一瞬、考えた。

むろん、武田軍の西上を見過ごせば、浜松城にいる徳川勢は一兵も損ずることはない。

だが、それと引き換えに、家康は大きなものを失うことになる。

それは、清洲同盟以来、ここまで手をたずさえてやってきた織田信長の信頼、そして徳川家臣たちの自分への尊崇の念と服従心にほかならなかった。

世間も、

——家康という男は、わが身かわいさに武者の誇りを捨てた輩《やから》。

と嘲笑《あざわら》うであろう。

卑怯者《ひきょう》呼ばわりされることは、武士としての死にひとしい。たとえ命を永らえたとしても、天下の諸将は蔑《さげす》みの目でしか自分を見ず、家臣たちも弱腰のあるじに従わぬようになる。

信玄に戦いを挑んで勝つか負けるかはわからない。だが、いまの家康には、武田軍を追撃するという選択肢しか残されていない。

「城を撃《う》って出る」

家康は言った。

家臣たちのあいだから、

──おお……。

と、声にならないどよめきが起こった。

「ここで信玄を追わねば、武辺道《ぶへんどう》にもとる。みな、わしに命をあずけてくれ」

低いが気迫に満ちた声だった。

「むろんでございますッ。われら、生きるも死ぬも殿と一緒と思い定めている」

本多忠勝が双眸《そうぼう》をぎらぎらと光らせて家康を見た。

「それがしもッ！」

「それがしも、殿に従いまするッ」

「命惜しみをする者は、わが家中には一人たりとておりませぬぞ」

家臣たちが口々に叫んだ。

噎《む》せるような異様な熱気が、浜松城の広間に立ち込めた。

家康の家臣団はそれまで、必ずしも完全な一枚岩だったというわけではない。そもそも三河の地侍は我《が》が強く、一癖《くせ》も二癖もある者が多い。家康の父広忠《ひろただ》や祖父清康《きよやす》の代にも、そうした一筋縄でいかない三河者たちを統率するのに苦労した。のみならず、さきの三河一向一揆で家康に叛旗《はんき》をひるがえして追放され、のちに帰参した本多正信のような男もいる。

それに加え、新たな領地となった遠江の今川旧臣の地侍たちにも、それぞれの複雑な思惑がある。また古参の重臣のなかでさえ、東三河の旗頭となった酒井忠次、西三河の旗頭となった石川数正の主導権争いなど、目に見えぬ路線対立がひそんでいた。

それが、家康の出撃の決断で、足並みの乱れていた将兵の心がひとつにまとまった。主家存亡の危機が、逆に家臣たちの結束を強める結果となったのである。

出撃に先立ち、家康は綿密な情報収集をおこなった。

進路を転じた武田軍は、その後、馬蹄の音をとどろかせて、

——三方《みかた》ヶ原《はら》

へ駆けのぼっていた。

三方ヶ原は、浜松城の北方に広がる台地である。水がないために田畑ができず、蓬々《ほうほう》と草が生い茂る荒れ地になっていた。

その三方ヶ原を横切るように、武田軍は西進をつづけているという。

浜松城に五百余の守備兵を残し、家康が北の城門から撃って出たのは、十二月二十二日未《ひつじ》ノ刻《こく》（午後二時）のことである。
出撃を告げる法螺貝《ほらがい》の音が、乾いた寒風が吹きすさぶ野に、高く、低く、むせぶように響きわたった。
浜松城から三方ヶ原台地へは、ゆるいのぼり坂がつづいている。
白いヤクの毛を飾った唐《から》の頭《かしら》の兜《かぶと》をかぶり、色々威《いろいろおどし》の当世具足を着込んだ家康は、風に目を細めながら馬の歩みをすすめた。秘蔵している唐の頭を、全軍の兵を鼓舞するよう身につけたところに、この戦いに賭ける家康の並々ならぬ決意があらわれている。
真冬のうすら陽が、兵たちがかかげる槍《やり》の穂先を鈍く輝かせている。
徳川軍の先鋒《せんぽう》は、本多忠勝である。全軍の先頭をきり、兵たちの士気を高めるのは、一言坂の戦いで勇名をとどろかせたこの男をおいてほかにない。それにつづき、
石川数正
酒井忠次
松平家忠
の諸隊が駒をすすめた。
さらにその後ろから、織田の援軍、
佐久間信盛
平手汎秀

が進軍。総大将である家康の旗本隊は、最後方をゆく。

「ゆるゆると進め」

家康は全軍に命じた。

三方ヶ原の台地は、東西二里にわたって延々とつづいている。武田軍が台地の西端、祝田《ほうだ》に達すると、そこからは坂を下ることになる。

その、武田勢が三方ヶ原の台地を下りはじめる機を狙い、

（上から一気に急襲する……）

それが、家康の立てた策であった。

不意を衝《つ》かれた武田勢は、大混乱におちいるであろう。坂の上から攻め下るほうが、戦いは有利である。真正面からぶつかり合うのとちがい、味方が寡勢であっても、十分に勝機がある。

ただし、武田軍が祝田の坂を下りはじめるまでは、こちらの動きを絶対に気づかれてはならない。風になびく枯野にまぎれ、息をひそめるようにして、できるだけゆっくりと静かに道を進む必要がある。

家康は服部半蔵配下の伊賀者を走らせ、武田の斥候を手当たりしだいに斬り殺させた。情報が敵本陣に伝わるのを防ぐためである。

（ここが正念場だ）

この戦いは、自分の人生の岐《わ》かれ目になるであろう。不敗をほこる武田軍を相手に、

生きようと思ってはならない。吹く風にそよぐススキのごとく無心になり、ただ一点の勝負に賭ける。そこにしか、

(勝機は生まれぬ……)

家康は馬の手綱《たづな》を強く握りしめた。

徳川軍の兵たちは、荒れ野の風景の一部と化したように黙々と三方ヶ原の台地をすすんだ。

空は曇天《どんてん》である。

ただでさえ暗いうえに、冬の日暮れは早い。駒をすすめているうちに、あたりに薄闇が広がり、膝頭がふるえるほどに冷え込んできた。

「そろそろ、敵は祝田の坂を下りだしたころでございましょうか」

家康のかたわらにぴたりと寄り添う近習の青山忠成が言った。

「どうであろうか」

「日没も近く、敵は先を急いでいるはずでございます。すべては殿の思惑どおりにことが運びましょう」

「ならばよいが」

家康が空に流れる黒雲を見つめてつぶやいたときだった。

突如、喚声が上がった。

はるか前方、先鋒の本多忠勝と二陣の石川数正の軍勢がすすんでいる方角である。

「何ごとでござりましょうか」

青山忠成が家康を見た。

「本多、石川の軍勢が、武田軍の背後を襲いはじめたのでは」

「いや、早い。敵はまだ、十分には坂を下りておらぬはずだ」

家康の胸を不安がよぎった。

喚声につづき、銃撃の音が鳴り響いた。何が起きたのかはわからぬが、前線で戦端が開かれたことだけはたしかである。

「本多忠勝のもとへ使いをッ！　至急、ようすをたしかめるのだ」

「はッ」

忠成が顔をこわばらせた。

ほどなく、前線から駆けもどってきた使番によって状況が明らかになってきた。

「われらが軍勢、武田勢に待ち伏せされましてございますッ！」

馬から飛び下りた使番が、息をせき切らせて告げた。

「待ち伏せだとッ。それはどういうことだ」

我を忘れた家康は、馬の上から使番の母衣《ほろ》を引っつかんでいた。

「殿、落ち着かれませ」

急を聞いて駆けつけてきた本多正信が、家康と使番のあいだに割って入った。

「落ちついてなどいられるかッ。信玄は祝田の坂を下りなんだのか」

「さようにございます。武田軍は坂を下ることなく、手前でわれらを待ち構えておりました」

使番が地面に膝をついた。

（これは……）

頭が真っ白になった。

予想もしなかった事態に、とっさに言葉を発することさえできない。

（信玄入道は最初から、三方ヶ原に罠を仕掛けて待ち伏せするつもりで、わざと浜松城を素通りしたのか……）

そうとしか考えられない。

百戦錬磨の武田信玄は、浜松城の城攻めは時間がかかり過ぎると考え、家康を城から誘い出すことをもくろんだのであろう。

城の前をこれ見よがしに通りすぎれば、若い家康が血気にはやることは目に見えている。信玄は、憎いほどに家康の心理を読みきっていた。

「嵌《は》められたわッ、正信」

「殿……」

家康は顔をゆがめ、下唇を嚙んだ。

「相手はわしより何枚も上手であった。それに引きかえ、小手先の策で信玄に勝とうなどとは、わしは何と愚かな……」

「いまさら、後悔などしている場合ではございませぬぞ。すでに戦闘ははじまっております」

本多正信が言った。

史上名高い、

——三方ヶ原の合戦

は、武田軍の投石からはじまったと『三河物語』はしるしている。

投石、すなわちつぶてによる攻撃は、武田軍の得意戦法のひとつである。つぶてが命中すれば兵は負傷し、敵の出足は確実に鈍る。信玄は投石専門の郷人をつねに軍勢に帯同していた。

第八章　生と死

三方ヶ原台地の根洗いの松に本陣を置き、徳川勢を待ち受けていた武田信玄は、
「一兵たりとて敵を逃してはならぬぞッ！」
采配を振るい、全軍に檄《げき》を飛ばした。
武田方の先鋒は、
右翼　山県昌景《まさかげ》
中央　小山田信茂《のぶしげ》
左翼　馬場信春《のぶはる》
の三隊である。先鋒の後ろの第二陣には、
武田勝頼
武田信豊《のぶとよ》
内藤昌豊《まさとよ》
らの隊が展開している。
さらにその後方の本陣には、大将武田信玄の旗本隊が控えていた。背後をかためる後

陣では、一門衆の穴山梅雪《ばいせつ》が睨《にら》みをきかせている。

厚みのある隙のない万全の備えであった。

「やはり甘いのう、三河の小わっぱは」

信玄は巨象の群れが蟻を踏み潰すさまでも眺めるように、枯れ草を蹴散らして徳川勢に殺到する武田騎馬隊を見た。

同盟者である織田信長の手前、浜松城の家康が素通りする武田軍をそのまま見過ごすことができないのはわかっていた。いささかでも気骨のある者ならば、満天下から臆病者と後ろ指をさされる恥辱に耐えられはしない。

（家康は餌につられる魚のごとく、城を飛び出してきた。あとはただ、それを叩けばよいだけのこと……）

信玄は微笑した。

最初にぶつかり合ったのは、徳川方の石川数正《かずまさ》と、いち早く押し出した小山田信茂の軍勢だった。

石川隊千二百に対し、小山田隊は三千。たがいの先頭に展開していた槍隊の攻防のあと、凄まじい白兵戦がはじまった。

両軍の喚声が入り乱れ、夕闇のなかに斬撃の火花が散った。刃物が触れ合うたび、金気《かなけ》が立ちのぼる。

人数のうえでは小山田隊が上まわっていたが、石川隊も死力を振りしぼって戦い、武田勢の猛攻をよくしのいだ。

「押せ、押せーッ。一歩でもしりぞく者は、このわしがたたき斬るッ！」

声を張り上げ、石川数正が配下の兵を叱咤《しった》した。

数正にも西三河の旗頭としての意地がある。ことに東三河の旗頭である酒井忠次には、手柄争いで負けたくない。その意地が、予想外の善戦を生んでいた。

石川数正隊の踏ん張りに、武田方の小山田信茂は、

（小癪《こしゃく》な……）

胸のうちで舌打ちした。

味方の兵に比べて少勢とはいえ、数正ら三河武士には簡単には戦いをあきらめない粘り強さがある。数にものをいわせて蹴散らしても、蹴散らしても、めげずに押し返し、いつしか小山田隊のほうがじりじりと後退を強いられていた。

（このままではならぬ）

小山田信茂は馬上で顔をしかめた。

徳川方も必死だが、つわもの揃いの武田家中にも内部で熾烈《しれつ》な功名争いがある。いたずらに押されているわけにはいかない。

一計を案じた小山田信茂は、わざと総崩れになって逃げるふりをし、石川隊の深追いを誘った。

そうとは知らぬ数正は、

「敵が崩れはじめたぞッ。者ども、いまだ。追えーッ！」

ここぞとばかり、声を張り上げて突撃を命じた。

逃げる小山田隊を追って、石川隊が雄叫《おたけ》びとともに突っ込んだ。

（武田勢は猛者《もさ》ぞろいと聞いていたが、なんの噂ほどのことはないではないか……）

算を乱す敵を追いながら、石川数正は勝利の予感に胸を躍らせた。自軍と離れて突出していることも、熱くなった数正の頭からは消し飛んでいる。

一方、武田陣営では、右翼にいた赤備えの山県昌景が、敗走する小山田隊を見て、

「信茂めは何をやっておるッ！」

苛立《いらだ》ちを爆発させていた。

「寡勢の敵を相手に、いたずらに追いまくられおって。あれでも武田の武者か」

「いえ、昌景さま。どうもようすがおかしゅうございます」

かたわらの近習が言った。

「おかしいとは、何がだ」

「小山田勢は、やられているように見えて、ほとんど無傷のようにございます。これは、深追いする敵を孤立させる策ではあるまいかと」

「ふむ……」

山県昌景が眉間《みけん》に皺《しわ》を寄せたとき、信玄の本陣からムカデの旗を立てた使番が来た。

「申し上げますッ」

「小山田隊が敵の一部を誘い出した模様。山県どのはこれに加勢し、敵を一気に殲滅《せんめつ》せよとのお屋形《やかた》さまのご命令にござるッ！」

「そういうことか」

山県昌景が、幾条かの刀疵《かたなきず》が刻まれた精悍《せいかん》な顔をゆがめた。

「功名のまたとなき機会じゃ。獲物が向こうから飛び込んで来るとはな。いざ、小山田隊の加勢に向かうぞッ！」

昌景は手勢の先頭に立ち、黒鹿毛《くろかげ》の馬の尻に鞭《むち》をくれた。甲冑《かっちゅう》から旗差物《はたさしもの》まで赤一色の山県隊が、その背中を追うようにいっせいに走りだした。さながら、赤い竜が野をゆくがごとしである。

一方、石川数正隊の突出した動きは、家康のもとへも伝えられている。

「数正め、うかうかと釣り出されおって」

石川隊の逸《はや》りすぎた行動が自滅を招き、それをきっかけに戦いの流れが一気に武田方有利に傾くことを家康は恐れている。

「本多忠勝のもとへ使番を差し向けよッ！　数正の救援に向かわせるのだ」

家康は叫んだ。

使番が走った。指令が前線の本多忠勝に伝えられる。

「承知ッ！」

「何じゃ」

鹿角《かづの》の兜《かぶと》を目深《まぶか》にかぶった本多忠勝は、正面に展開している山県昌景隊めがけて果敢に突きすすんだ。

そのころ、徳川軍の先頭を走っていた石川数正の隊は、にわかに方向を転じた小山田信茂隊の逆襲に遭《あ》い、一時の勢いが影をひそめて、押しもどされはじめている。

そこへ敵の援軍があらわれれば、

(わが隊は全滅か……)

ようやくみずからが置かれた状況に気づいた石川数正は、背筋に冷や汗をかいていた。横に目をやると、赤い旗差物の群れが見えた。赤備えで知られる武田方の山県昌景隊のものにちがいない。

このままでは、小山田隊と山県隊に挟まれ、

(わしは野に無残な屍《しかばね》をさらすしかない……)

石川数正は恐怖におののいた。

だが、その全滅の危機は、押し出してきた本多忠勝によってかろうじて救われた。本多隊は、山県隊に向かって斬り込んだ。本多忠勝、山県昌景どちらも、東国にその人ありと知られた勇将である。意地と意地が火花を散らし、たがいに一歩も引かない。

さらに、武田軍左翼の馬場信春隊が参戦。徳川方の酒井忠次がこれに当たり、前線は混戦の様相を呈してきた。

大軍どうしの野戦は、簡単には決着がつかない。

戦場のあちこちで烈《はげ》しい戦いが繰り広げられ、一進一退の攻防がつづいた。

勝負の分かれ目は、増水した川の土手の状態に似ている。一ヶ所から水洩れがはじまると、そこから嵩《かさ》を増した水が溢《あふ》れ出し、土手そのものを一挙に決壊させてしまう。それゆえ、最初は小さな綻びに見えても、決して油断は許されない。

武田方は、
武田信豊
内藤昌豊
と、新手の部隊を次々と前線へ投入してきた。

いったん突き崩されてしまったら、もはや態勢を立て直すのは困難といっていい。

（ここが踏ん張りどころだ……）

家康の胸は早鐘を打った。

徳川軍危うしと見て、織田家からの援軍佐久間信盛、平手汎秀の両隊が、引きずられるように乱戦のなかへ打って出た。

家康も、

「大久保忠世、榊原康政、すすめッ！」

と、みずからの旗本前備えの者たちに出撃を命じた。

大久保、榊原隊は、小山田隊に猛攻を仕掛け、これをふたたび後退させた。

三方ヶ原の野に立ち込めていた夕闇は、しだいにその濃さを増してきた。あと四《し》半刻《はんとき》

（三十分）もしないうちに、戦場は夜の帷《とばり》のなかにとっぷりとつつまれるであろう。

「なかなか……。寡勢にもかかわらず、よう戦っておるわ」

武田本陣の信玄が、家康の善戦を褒めた。

だが、その面貌には余裕がある。合戦が長引けば、人数でまさる自軍のほうが有利になることを、五十二年の人生の大半を戦場で生きてきたこの男はよく知っていた。

「そろそろ、片をつけてくれようか」

信玄は、謡《うたい》の一節でも口ずさむように楽しげに言った。

徳川方の諸隊に疲れが出はじめた頃合いを見はからい、武田信玄は満を持して嫡子勝頼に出撃を命じた。

「行け」

「はッ」

武田勝頼の参戦により、これまで増水する川の流れを必死に食い止めていた徳川方の守りの壁に穴があいた。

その穴からどっと水が溢れ出すように、徳川勢は総崩れとなった。

（やられた……）

敗走をはじめた味方の軍勢を見て、家康はおのれの敗北を悟った。

立ち向かった敵が、あまりに巨大すぎたと言うべきか。彼我《ひが》の実力差を、家康はいやというほど思い知らされた。

（わしはここで死ぬのか）

不思議なことに、死への恐怖は感じない。ただ、このような不様《ぶざま》な負けかたをしたことがみじめで、口惜《くや》しくてならない。

「殿ッ、敵がすぐそこまで迫っております。早々に退却をッ！」

近習の青山忠成《ただなり》が叫んだ。

「わしに逃げよと申すか」

家康は、忠成を睨《にら》んだ。

「かくなるうえは、浜松城へ戻って態勢を立て直すしかございませぬ」

「城へ逃げ戻ったところで、これといった方策があるわけではない。ならばいっそ、このまま敵本陣へまっしぐらに駆け込み、信玄入道と刺し違えてくれようか」

おそらく、戦場の興奮が冷静さを失わせていたのであろう。家康は思わず、刀の柄《つか》に手をかけて口走った。

「なりませぬッ」

忠成は、ほとんど涙声になっている。

「殿は生きねばなりませぬ。生きてさえおわせば、必ずや、武田にこの屈辱を何倍にもして返す日がやってまいります」

「黙れッ！」

「いいえ、黙りませぬ」

「手討ちにしてくれようか、この……」

家康が目を吊り上げたとき、青山忠成が手にした刀の峰で、家康の馬の尻をたたいた。家康の思いとはうらはらに、馬は一目散に、前線とは逆の浜松城の方角へ向かって走りだす。

味方の兵で傷つき動けなくなった者が、うめきながら倒れている。むっとするような血臭《けっしゅう》が鼻をついた。

その生々しい臭いで、家康ははっと我に返った。

（何をしていたのだ、わしは……）

暮れ落ちた空に、唐辛子《とうがらし》の花を散らしたような星々がまたたいていた。冷たく冴《さ》えた星だった。

その星の群れを見ているうちに、ついさきほどまでは微塵《みじん》も感じなかった死への恐怖が、足先からひたひたと這《は》い上がってきた。

（死んではならぬ……）

不覚にも、目尻から涙がこぼれた。

家康は浜松城へ向かって馬を疾駆させた。

周囲をかためる近習は、わずか二十人にも満たない。

振り返ると、蒼《あお》ずんだ闇の向こうに、武田勢の松明《たいまつ》の群れが、狐火《きつねび》のように浮かび上がって見えた。敗走する徳川勢を追い、落ち武者狩りをしようというのであろう。それを逃れるためには、闇にまぎれてひたすら走るしかない。

「敵の追撃は執拗にございますな」

つかず遅れず従っている松井忠次が、返り血を浴びた顔をしかめて言った。

「このままでは、やがて追いつかれましょう」

「城への道が、かほどに遠いとは思わなんだ」

家康の実感である。馬に揺られる尻がしびれ、手綱を握る指先が凍えるほどに冷たくなっている。極度の緊張と冷えのせいか、下腹までしぼるように痛くなってきた。

「殿」

「何だ」

「殿が駿府から岡崎の城へお戻りになられたばかりのころ、矢作川《やはぎ》の川狩りで捕らえたナマズを馳走《ちそう》になったことがございましたな」

「さようなこともあったか」

この期《ご》におよんで何を言い出すのかといぶかりつつ、家康は生返事をした。

「河原で食ったナマズの蒲焼《かばやき》、はらわたに沁《し》み入るほど旨《うも》うございましたぞ」

松井忠次がからりとした声で言った。

「あの折りのご恩を、いま返しとう存じます」

「どういうことだ」

「おさらばでござる、殿」

ハッと一声、馬に気合いを入れると、松井忠次は家康から離れ、追いすがる敵勢めがけて突っ込んでいった。

背後で喊声《かんせい》と斬撃の音が聞こえた。

（愚か者め……）

家康は顔をするどくゆがめたが、胸のうちではひそかに手を合わせた。

敵の前に立ちはだかって斬り死にした松井忠次につづいて、鈴木久三郎も戦死。あるじの逃亡を助けた。

厳しい敵の追撃をかわしながら、家康はようやく、

——犀《さい》ヶ崖《がけ》

の近くに達した。

犀ヶ崖は、三方ヶ原台地にある南北に深くえぐれた谷である。そこから浜松城までは、半里。だが、その半里がいまは、百里にも千里にも感じられる。

家康は犀ヶ崖のほうへ向かって近づいてくる松明に気づいた。

「武田の兵か」

思わず顔がこわばった。二十人近くいた近習は、すでに半数にまで減っている。

「いえ、どうやら敵ではないようです。浜松城のほうからやって来るところをみると、殿を救援にまいったお味方ではないかと」

青山忠成が言った。

忠成の言葉は正しかった。松明を持ってあらわれたのは、城の留守将のひとり夏目次《じ》郎左衛門《ろうざえもん》吉信《よしのぶ》であった。

「殿、よくぞご無事で」

夏目吉信が声を詰まらせた。

半死半生《はんしはんしよう》で城へもどってきた兵から敗戦の知らせを聞き、じっとしていられず、配下の侍二十五騎とともに家康を探しに出てきたのだという。

「あとはそれがしにお任せ下されませ。殿の身代わりとなって敵を防ぎますゆえ、一刻も早く城へお戻りを」

「次郎左衛門……」

「無礼とは存じますが、殿の馬をそれがしにお与え下され。殿は、それがしの馬に」

言うが早いか、夏目吉信は馬の背から飛び下りた。

「そなたを身代わりになどできぬ。もう何人もの者が、わしを守るために死んだ。これ以上の犠牲はなるまい」

躊躇《ちゆうちよ》する家康に、

「それがし、三河一向一揆のおり、一度は殿に弓を引いた身。ずっと心にかかっておりました。その罪を、ここで贖《あがな》わせて下さりませ」

吉信は言った。

三河国衆の夏目吉信は、一向一揆のさい、酒井忠尚《ただなお》、荒川義広《よしひろ》などと結んで家康に敵対したが、のちに帰順し、以後は忠実な家臣として仕えてきた。しかし、過去の瑕瑾《かきん》を胸にとどめ、ひそかに恥をすすぐ機会を待っていたのであろう。たとえここで家康がならぬと言っても、断じて聞かぬ固い決意がその眸《ひとみ》の奥に見えた。

「時がありませぬ。さあ、お早く」

「そなたの思い、無駄にはせぬぞ」

家康は吐くように言うと、みずからの馬を吉信の馬と交換し、かぶっていた唐《から》の兜《かぶと》を与えた。

兜をつけた吉信は、誇らしげに笑った。

「これにて、心が晴れまする」

闇に溶けてゆく夏目吉信の背中を見送り、家康はふたたび、一路浜松城をめざした。

家康の兜と馬を借り受けた夏目吉信は、その場に踏みとどまり、

「われこそは家康なり。功名を挙げんとせん者は、相手するぞッ！」

追いすがってきた敵に大音声《だいおんじよう》を発し、十文字槍《じゆうもんじやり》を天へ向かって突き上げた。

そのさまを、『徳川実紀』は次のようにしるしている。

――みずから二十五騎を打ち従え、十文字の槍取りて、かしこくもおん名を唱え、追い来たる敵と渡り合い、思うように戦いて討ち死にす。

身を捨てた夏目吉信らの奮戦により、家康はどうにか浜松城までたどり着いた。

城内では、一足先に戻っていた家老の酒井忠次が、城の櫓《やぐら》にあかあかと篝火《かがりび》を焚き、

兵に命じて腕も折れよと太鼓を打ちたたかせていた。

「この暗闇のなかだ。道を見失う者もあろう。太鼓の音で、味方に城のありかを知らせるのじゃ」

武田軍の猛追を逃れ、傷つき疲れた将兵が太鼓の音をたよりに、次々と浜松城へ駆け込んできた。

門のうちへ入るなり、安堵の表情を浮かべて絶命する者もいた。

だが、浜松城へ戻ったとてまだ安心とは言えない。

「城の守りを固めよッ。信玄が来るッ！」

小姓が差し出す茶碗の水をがぶ飲みし、ようやく荒い息をととのえた家康は、いましがたおのれが走ってきた方角を見た。

（落ち着け……）

と自分に言い聞かせても、おのずと体に震えがくる。知らぬ間に馬上で下痢をしたのか、むわっとした臭気が鼻をついた。

負けいくさを後悔してもはじまらない。

多くの家臣たちの犠牲のうえに、

――生きる
と決めた以上、すでに三方ヶ原の大敗の瞬間から新たな戦いがはじまっている。

「殿ッ」

城に居残っていた本多正信が、家康のもとへ駆けつけてきた。

「正信か」

「はッ」

「味方の損害はどれほどだ」

「いまだ詳報が入りませぬゆえ、定かなことは申せませぬ。ただし、二千近くの死傷者か出ていることはたしかであろうかと」

「ならば、いまごろ敵は油断しておろうな」

家康は目の奥をぎらつかせて言った。

「何をお考えでございます、殿」

本多正信が、仰ぐようにして家康を見た。

「このままでは終われぬ」

家康は親指の爪を嚙んだ。

「無傷の兵を集め、敵陣へ夜襲をかける」

「夜襲を……」

「及ばずともせめて一矢《いっし》報いねば、わしに武士としての明日はない」

「さようでございますな」

「そなたもそう思うか」

「負けてなお、敵味方にあの者はやると強い印象を残す。そのしぶとさこそが、次につながる戦いの第一歩でございましょう」

「無謀、と諫《いさ》められるかと思ったぞ」

　家康は言った。

「殿が言いださねば、それがしが夜襲をご進言つかまつるつもりでございました」

　正信が目は笑わずに、唇だけで笑った。

「よし。伊賀者に命じ、武田勢の動きを調べさせよ」

「はッ」

と、本多正信が阿吽《あうん》の呼吸でうなずいた。

　決戦に勝利した武田勢は、逃げる徳川の兵たちを追って、山県昌景隊、馬場信春隊が、浜松城の間近までせまっていた。

　しかし、城門が閉ざされると、彼らはそれ以上、城に肉薄することなく夜の闇の向こうへ引き揚げていった。


　武田信玄が本陣を布《し》いたのは、犀ヶ崖の近くである。

　信玄のもとへは、徳川方のようすを知らせる斥候《せっこう》や素ッ破《すっぱ》が次々とやって来た。

「家康はわが方の追撃をかわし、浜松城内へ逃げ込んだ模様にございます」

　地面に片膝をつき、暗い色の目をした素ッ破が報告した。

「生き延びおったか」

「残念ながら」

「命冥加《いのちみようが》なやつめ」

床几《しようぎ》に腰をすえた信玄は、表情を変えずにつぶやいた。

「して、敵味方の損害は」

「わが方は、二百足らず。徳川勢は、二千ほどの死傷者が出ているものと思われまする」

「大勝にございますな」

その場に同席していた信玄の嫡子勝頼が、篝火に照らされた顔を朱に染め、酔ったような口ぶりで言った。

「いかがなされます、父上」

武田勝頼が、父信玄を見た。

「浜松城の家康をひねり潰すのは、たやすうございましょう。織田家から遣わされた平手汎秀は討ち死に。いまひとりの佐久間信盛も、戦況の不利を見て、ろくに戦いもせず尾張へ向かって逃げ出したとか。もはや徳川方に、われらに抗する力は残っておりませぬ」

「いや、浜松城は捨ておく」

信玄は素っ気なく言った。

「なにゆえでございます。このまま家康を生かしておけば、あとあと、いらざる禍根を残すことにもなりましょうぞ」

二十七歳の血気さかんな勝頼には、父の考えが納得できない。

「禍根というほどの存在ではない。いまごろ家康は、城の片隅で綿入れの被衣《かつぎ》でもかぶって恐れおののいていよう」

「父上……」

「それよりも、わしは西をめざす」

断固たる口調で信玄は言った。

「京の都でございますか」

「群雄がこぞって憧憬《しょうけい》する京の都に風林火山の旗を樹《た》てることが、わが宿願だ。その夢があるからこそ、ここまで多くの血を流し、時に人をあざむき、情を捨て、血の滲《にじ》む思いで戦ってきた。京の土を踏むまでは、死んでも死にきれぬ」

「死にきれぬなどとは、縁起でもないことを申されますな」

父の口ぶりに尋常ならざるものを感じたのか、勝頼が形のいい眉をひそめた。

「いや」

と、信玄は横顔の翳《かげ》を深くした。

「つまらぬ相手にかかずらわっている暇はない。わしには時がないのだ」

性急に言葉を吐き出すと、信玄は肩を震わせて乾いた咳《せき》をした。

「お風邪でも召されましたか」

勝頼が案ずるような目をした。

「夜風は体に毒でございます、父上。黒鍬者《くろくわもの》どもがこしらえた、あちらの仮小屋でお寝《やす》み下されませ」

「たしかに、いささか疲れたかもしれぬ」

つねに精気に満ちたこの男にはめずらしく、信玄は太いため息をついた。

「だが、こうした大勝のあとこそ、兵たちに気の緩みが出るものだ。隙ができぬよう、そなたがわしに代わって陣中の規律を引き締めておけ」

犀ヶ崖の武田陣に、徳川方が夜襲をかけたのは、深更のことである。

百人あまりの奇襲隊をひきいるのは、服部半蔵。襲撃に参加した者の大半が、夜目がきき、体術にたけた半蔵配下の伊賀者であった。

「われらが狙うは、敵将信玄の首ひとつなり」

半蔵は配下の者たちに厳命した。

闇にまぎれて敵陣に近づいた奇襲隊は、寝静まった陣に火を放ち、ナラやシイなどの木々につながれていた馬を斬ってまわった。

また、火薬を詰めた炮烙火矢《ほうろくひや》を各所で炸裂《さくれつ》させ、武田勢を混乱におとしいれた。寝込みを襲われた将士のなかには、逃げまどって犀ヶ崖から転落する者もいた。

一報は、仮小屋で横になっていた信玄のもとへすぐに伝わった。

「慌てるでないッ。どのみち、夜襲をかけてきた敵は小勢であろう。馬場信春に命じ、

「……騒ぎを鎮めさせよ」

　冷静沈着な信玄の指示のもと、馬場信春が迅速に動いた。

　信春は篝火をあかあかと焚き、伊賀者の変幻自在の跳梁《ちょうりょう》を阻止。その一方、山県昌景隊が本陣のまわりを隙間なくかため、信玄の首を狙う徳川勢を寄せつけなかった。

　一刻《いっとき》（約二時間）後――。

　犀ヶ崖から帰還した服部半蔵が、家康の前に片膝をついた。

　鎖帷子《くさりかたびら》を着込んだ半蔵は、額に巻いた鉄鉢巻が裂け、肩口に鮮血が滲んでいる。戦闘の凄まじさがうかがわれた。

「申しわけございませぬ、殿。信玄を仕留めること、かないませなんだ」

　半蔵は肩を落とした。

「いや、よくやった。われらは十分、意地をしめした。これで信玄も、わしをただの負け犬と侮ることはあるまい」

　家康は、半蔵の働きを褒めた。

（しかし……）

　と、家康は明け方の空に目をやった。深い群青に沈んでいた空は、東のほうからほのぼのと白みはじめている。

（このあと、信玄はどう出るのか……）

　かろうじて命を永らえたとはいえ、滅亡の危機はいまだ去っていない。

家康の背筋を悪寒が駆け抜けた。

武田軍の動きから目を離すことは、一瞬たりとも許されなかった。

三方ヶ原の戦いに大勝した武田信玄が、家康の籠《こ》もる浜松城を攻めることはなかった。軍勢をひきいて西へ向かい、姫街道を進軍した。まさしく、徳川領を土足で踏み荒らす形である。

しかし、それを追うだけの余力は、いまの家康には残されていない。

三方ヶ原の戦いで、徳川方には負傷者が続出し、一千余の死者が出た。そのなかには、今川家での人質時代から家康と苦楽を共にしてきた野々山元政《もとまさ》をはじめ、

青木広次《ひろつぐ》
本多忠真《ただざね》
成瀬正義《まさよし》
米津政信《まさのぶ》
大久保忠寄《ただより》
金田宗房《むねふさ》
石川正利《まさとし》
杉山吉利《よしとし》
松平康純《やすずみ》
川澄道成《みちなり》

ら、多くの有能な家臣たちがいた。

二俣城の戦いで心ならずも開城した中根正照も、その恥をそそぐために奮戦し、壮絶な討ち死にを遂げている。

命拾いをした将士たちも手傷を負って意気阻喪《そそう》し、ふたたび武田軍に立ち向かえるような状況ではなかった。

家康は岡崎城にいる嫡子信康に対し、

「城の守りを厳重に固めよ」

と、伝令を送り、石川数正を入城させて武田方の動きを慎重に見守った。また、酒井忠次も東三河の要衝吉田城に戻し、危急の事態に備えさせている。

こうしたなか、武田信玄は浜名湖の北の刑部《おさかべ》の陣中で年を越した。


明くる天正元年（一五七三）——。

武田軍は東三河へ侵攻し、菅沼定盈の籠る野田城を包囲。一ヶ月半の攻城戦ののち、これを陥落させた。

岡崎城の信康は、事態を静観している父家康に対する苛立ちを隠しきれない。

「このまま黙って、武田の好き放題にさせるつもりでございますか。かなわぬまでも岡崎城から出撃、信玄に一矢報いとう存じます」

信康はたびたび、浜松城の家康に使者を送った。

十五歳になったばかりとはいえ、信康は英邁《えいまい》の聞こえ高い。三河を蹂躙《じゅうりん》する敵に何も手出しできぬことに、焦《じ》れ切っていた。

出撃許可をもとめる信康からの要請に対し、

「岡崎城を出ること、断じてまかりならぬ。いまはひたすら耐えるのだ」

と、返答を送った。

また、岡崎城に入った石川数正に対しても、

「信康に軽率な行動をさせてはならない。敵の思うつぼになろう」

信康から目を離さぬよう、念のために釘《くぎ》を刺した。

家康とて、唇を嚙み破りたくなるような悔しさは息子と同じである。いや、みずからが血と汗を流しながら守り、拡げてきた領土だけに、それを目の前で奪われていく屈辱感は言葉にしがたい。しかし、三方ヶ原の二の舞をすれば、徳川家は間違いなく滅びの道をたどる。それだけは、避けねばならなかった。

同盟者の織田信長も、相変わらず苦境のなかにある。

信長包囲網の黒幕である将軍足利義昭《よしあき》は、三方ヶ原での武田軍大勝の報を聞くや、小躍りして喜んだ。

「いよいよ信玄が京へのぼって来るぞ。信長など塵芥《ちりあくた》のごとく、あとかたもなく吹き飛ばされるであろう。わがもとに頭を下げるなら、いまのうちじゃ」

と、諸将への働きかけを活発化させた。

これを受け、近江の山岡景友《かげとも》が一向宗門徒と手を組み、石山、今堅田に砦《とりで》を築いて信長に叛旗《はんき》をひるがえすという事件が起きている。

足利義昭と信長の対立は、もはや抜き差しならない状況にまで悪化していた。

浜松城へは、

「武田勢のその後の動きは如何《いか》に」

信玄の動向に神経をとがらせる信長からの使者が次々とやって来た。

むろん、家康も全力をあげて情報収集をおこなっている。

野田城攻略後、信玄は東海道筋に出て、東三河の要衝である吉田城に攻めかかるものと思われた。

家康は、吉田城の酒井忠次に、

「何としても信玄を足止めせよ。一月、二月、耐えておれば、北陸の雪が融《と》ける。そうなれば、越後の上杉謙信が信濃へ出兵して、信玄を牽制《けんせい》してくれるであろう」

と、備えを固めることを厳命した。

しかし――。

ここで思いもかけぬ事態が起きた。

「信玄入道の動きがおかしゅうございます」

武田陣近辺に配下の伊賀者を放っていた服部半蔵が、家康の前に頭を下げて言った。

すでに季節は春たけなわになっている。浜松城の庭ではウグイスが鳴き、桜が咲きほころびはじめていた。

正直、家康は生きてふたたび今年の桜を眺めることができるとは思ってもいなかった。

「おかしいとは、何がだ」

家康は聞いた。

「武田軍は吉田城へは向かわず、伊那街道をすすみ、長篠城へ退いたようにございます」

「なに、長篠城へ……」

たしかに奇妙な動きであった。

長篠城は、奥三河の山間部に位置している。さきに信玄が攻略した野田城からは、北東へ三里。あきらかに後退している。

（どういうことだ）

家康は困惑した。

武田信玄の不可解な動きには、これまでも何度となく翻弄されている。遠江を攻めると見せかけて三河へ入ったり、逆に三河から突如、遠江へ兵を転じるなど、その軍事行動は変幻自在で、つねに何らかの秘めた意図が裏にあった。

（またしても、何か仕掛けようというのか……）

口惜《くや》しいが、信玄の用兵術はおのれのはるか上をゆく。いやでも、疑心暗鬼にならざるを得ない。

（いったん退却するふりをして、こちらを油断させ、ふたたび道を取って返して一気に吉田城へ攻め寄せようという策か）

　信玄ならば、それくらいのことはやりかねない。

　家康は、服部半蔵に引きつづき武田軍の動きに目を光らせるよう命じた。

　ちょうど同じころ、家康の耳にある噂が聞こえてきた。

――信玄が病に倒れたらしい。武田軍がにわかに長篠城へ退いたのは、そのせいだ。

というものである。

（つまらぬ噂をばら撒くとは、これも信玄一流の策略であろう……）

　当初、家康はたんなる噂と聞き捨て、それを頭から信じなかった。あの自分の前に立ちふさがる大岩のごとき巨人が、遠征の途次で病になど倒れるはずがない。

　だが、信玄の活動休止が長引くにおよび、噂はにわかに信憑《しんぴょう》性を帯びてきた。

　二月末、武田信玄は長篠城を発し、その北にある鳳来《ほうらい》寺に入った。

　奥三河の鳳来寺は真言宗の古刹《こさつ》である。山内には薬師如来を祀《まつ》る本堂を中心にして、医王院、藤本院、中谷坊など、二十近い僧坊が点在している。

　このうち、信玄は医王院に腰を落ちつけ、しばらく滞在した。

　長篠城から鳳来寺へ移動するさい、信玄は馬には乗らず、周囲を腹心の近習たちで厳重にかためた手輿《たごし》に乗っていたという情報を、家康は本多正信からの通報で知った。

「きな臭うございますな」

家康をするどく見上げて、本多正信が言った。

家康が用いている服部半蔵ら伊賀者の情報網とは別に、正信にはかつて「鷹師《たかし》会計の小吏《しょうり》」だったころに持つようになった、鷹匠を使った独自の情報網がある。

「信玄入道ほどの大将が、兵たちの前に姿をあらわさず、手輿に乗って隠れるように移動するとは……。しかも、行き先は鳳来寺の医王院でございます。これはやはり、信玄入道は陣頭で指揮が執れぬほどの重篤な容態《ようだい》と見るべきではござりませぬか」

「その疑いは、十分にある」

家康はうなずいた。

「となれば、殿にとって、それはまさしく天佑《てんゆう》」

「喜ぶのはまだ早い。いま少しようすを見てからでなくては、たしかなことは言えぬ」

これまでのいきさつから、家康はどこまでも慎重だった。

しかし――。

このとき武田信玄は、じっさいに病の床についていた。

信玄の病気は、

――膈病《かくびょう》

であった。

膈病とは、今日の慢性胃腸カタル、食道癌《がん》、胃癌など、胃腸系の病を総称するものだが、このうち信玄は軽症の胃腸カタルではなく、死に直結する胃癌に冒されていたと思われる。

信玄付きの侍医の板坂法印《いたざかほういん》も、つねに陣中に同行して施療《せりょう》にあたったが、病状はすでに手のほどこしようのない段階にまですすんでいた。いや、おのれの死期が近いと悟っているからこそ、信玄は西上を急ぎ、病身に鞭《むち》打ってここまで戦いをつづけてきたのであろう。

だが、その超人的な不屈の精神力も、病魔の前ではむなしかった。

三月九日、信玄は鳳来寺を発ち、手輿に揺られて伊那街道を北へすすんだ。

病に倒れてなお、西上戦への執念を燃やしつづける信玄は、いったん本国の甲斐へもどり、病の回復を待って戦いを再開する決断をした。

しかし、信玄が生きてふたたび同じ道を戻ることはなかった。

国ざかいを越え、信濃へ入った信玄は、駒場《こまんば》の地で力尽き、ついに帰らぬ人となった。

四月十二日のことである。

享年、五十三。見果てぬ夢を胸に抱えたままの、まさに無念の死であった。

臨終にさいし、信玄は息子勝頼の手を握り、

「向こう三年のあいだ、わが死を伏せよ」

と言い残している。

武田家の隆盛と拡大は、信玄という偉大なカリスマがあってはじめて実現したものであった。みずからの後継者とはいえ、勝頼の能力は未知数に近い。父信玄の目から見て、

勝頼はけっして勇なき武将ではなかったが、一騎当千でそれぞれに個性の強い武田の武者たちを統率し、周囲を取り巻く戦国大名の群れに伍《ご》していくには、やはり不安があったものと思われる。

信玄の遺骸は、ひそかに本国の甲斐へと運ばれた。

だが、人の口に戸は立てられない。

三年伏せよと命じたにもかかわらず、信玄の死の報はまたたくまに諸国を駆けめぐり、世に大きな波紋を投げかけた。

最大の窮地を脱した家康は、なぜか浮かぬ顔をしている。

本来ならば、巨大な敵将の死を手ばなしで喜ぶべきであろうが、家康は素直にそうした気持ちになれない。

(人の命とは……)

なんと儚《はかな》いものであるかと、枯野に風がわたるような惻々《そくそく》とした寂寥《せきりょう》感をおぼえずにいられなかった。

(信玄のごとき巨星でさえ、天のさだめには逆らえなかった。ましてや、このわしは……)

乱世の、冷厳な哲理を見せつけられた思いがした。

おのれは三十二歳である。信玄に比べれば、まだまだ時間は残されているかもしれない。その限られた時間のなかで、

（何をしていくか、それがためされている）

家康の胸の奥底から、大きな雲のごとき野心がむくむくと湧き上がってきた。

武田信玄の死によって救われたのは、ひとり家康だけではない。信玄の上洛《じょうらく》戦に戦慄していた織田信長も、果然、息を吹き返した。

危機が去ったとたん、信長は早くも行動している。

武田軍が退却をはじめたと知った信長は、居城の岐阜城を発して、疾風《はやて》のごとく上方へ向かった。洛東の知恩院《ちおんいん》に本陣を布《し》くや、粟田口《あわたぐち》、清水《きよみず》、六波羅《ろくはら》、鳥羽などの要所に兵を配して京の町を包囲した。

青ざめたのは、二条御所の将軍足利義昭である。

武田信玄や浅井、朝倉氏、石山本願寺などを焚きつけ、信長包囲網を演出していたのは義昭にほかならない。

信長は早くからその事実に気づき、烈《はげ》しい怒りをおぼえていたが、自身が義昭を担いで入京させた手前もあり、うかつに追い払うことができずにいた。

しかし、信長がもっとも恐れていた武田信玄は、もはやこの世の人ではない。最大の脅威が消え去ったいま、

「遠慮会釈の必要はない」

信長は断固たる姿勢で義昭にのぞむことを決めた。

上京《かみぎょう》の町を焼いた織田勢は、義昭の二条御所へ攻めかかった。追い詰められた将軍義

昭は、朝廷に仲立ちを依頼。信長に全面降伏して二条御所を明け渡した。

三ヶ月後、義昭は宇治の槙島《まきしま》城で再起を期して挙兵したが、ふたたび信長に敗れ、京を追放された。ここに、足利氏十五代にわたってつづいた室町幕府は滅亡した。身の置きどころがなくなった義昭は、泉州堺へ逃れ、さらに安芸の毛利氏のもとへ逃亡している。

その後も、信長は反転攻勢の手をゆるめない。

時をおかずして朝倉攻めの軍勢を起こし、越前へ侵攻。檻《おり》から解き放たれた虎のごとき信長の勢いに、朝倉義景は抗するすべもない。居城のある一乗谷《いちじょうだに》を脱出したものの、八月二十日、逃亡先で自刃して果てている。

つづく同月二十八日、近江小谷《おだに》城に孤立した浅井長政を攻め滅ぼした。

みずからを裏切り、苦境におとしいれた義弟長政に対してよほど腹に据えかねていたのであろう。このとき信長は、

「小谷城下の者は、善悪、老若男女にかかわらず、ことごとく斬り捨てるべし」

と、無差別殺戮《さつりく》の命を下している。

第九章　藤の花

武田信玄の死後、家康は岡崎城に腰をすえた。武田軍によって荒らされた領内の治安回復を迅速におこなうためである。

三河国内を巡検し、武田方の影響力が弱まっていることを確認するや、いっときは信玄の威に服していた地侍たちの切り崩しに着手した。

武田家には、信玄のあとを継いだ新当主の勝頼がいる。とはいえ、家中の足並みは確実に乱れていた。その隙に乗じ、これまでの劣勢を挽回するなら、

（いまをおいてほかにない……）

信玄との生死をかけたせめぎ合いをくぐり抜け、家康はしだいに乱世を生き抜くしぶとさと逞《たくま》しさを身につけはじめている。

停滞や甘えは許されない。

（食うか食われるか……）

それが、厳しい乱世に身を置く者の定めである。

武田勝頼との新たな戦いを視野に入れつつ、家康は久々に岡崎城で嫡子信康《のぶやす》と水入ら

ずの時を過ごす機会を持った。

「父上にとって、信玄入道亡きあとの武田家はくみしやすうございますな」

信康が大人びた口調で言った。若者特有の過剰な自信と気負いが、その口吻《こうふん》に滲《にじ》んでいる。

「武田を侮ってはならぬ」

三河名物の焼き大アサリを食いながら、家康はわが子をたしなめた。

「敵が去ったといっても、われらは戦場で武田軍を撃破したわけではない。信玄入道の病という天佑《てんゆう》に救われただけだ。いや、精強をもって鳴る武田騎馬隊は、無傷のまま温存されている。気を抜けば、足をすくわれよう」

「はい」

「家督を継いだばかりの武田勝頼は、家中の求心力を高めるため、みずからの実績を見せつけようと、積極的に動いてくるであろう。こうしたときこそ、逆に気を引きしめることが肝心なのだ」

「父上のお言葉、肝に銘じます」

「ならばよし」

家康は深くうなずいた。

ひねこびたところのない、素直な気性の息子であった。母の築山殿《つきやまどの》から受け継いだ気品と誇りの高さ、父家康の実直さが、ほどよくあらわれているのであろう。

（末頼もしいやつ……）

家康にとって、信康は心強い後継者である。

「ところで、父上」

信康が少し面映《おもは》ゆそうな顔をした。

「岡崎城へまいられてから、母上と顔を合わせておられませぬ。ちょうど城内の藤が、花の盛りでありますゆえ、たまには母上とともにご覧になってはいかがでございますか」

「そうか、藤がな」

「はい」

岡崎城内には、藤の古木がある。

いつ植えられたものか定かではないが、幼いころに生き別れた生母の於大《おだい》ノ方《かた》がことのほかこの藤を愛していたというので、家康も花の季節になると、初夏の薫風《くんぷう》に揺れるたわわな花房を眺めるのを心の慰めとしていた。

「近ごろ、母者の機嫌はどうだ」

家康と築山殿の夫婦は、もうだいぶ前から息子信康を通じてしか、たがいの日常を知ることができぬようになっている。

「昨今は持病の頭痛もやわらぎ、すこやかにしておられます。ただ、城外へ遊山《ゆさん》に出かけることもございませぬゆえ、気が鬱しているのではないかと」

「さようか」

信康は心優しい息子である。自分なりに、父と母の不仲を案じているのであろう。だが、信康がいかに気遣いをしたとて、もともと性の合わない夫婦がいまさら心を開き合うことは難しい。

だが、

(信康をかように立派な若武者に成長させてくれたのは、ほかならぬ築山殿だ。ともに花でも眺めておれば、たがいの気持ちも少しは変わってくるのではないか……)

家康とて、家庭の不和を望んでいるわけではない。信康のすすめに、心が動いた。

さっそく、築山殿の局《つぼね》に使いを送った。

生きるか死ぬかの大きな戦いをくぐり抜けたせいであろうか。いつになく、感情がやわらかくなっている。

一足先に、藤の古木のもとへ出向き、縁台に腰を下ろして築山殿の到着を待った。信康の言ったとおり、藤の花がみごとに咲きほこっていた。

花を見上げながらしばらく待ったが、築山殿はいっこうに姿をあらわさない。

家康がしだいに苛立《いらだ》ってきたとき、小道の向こうから卯《う》の花色の小袖を着た侍女がやって来た。

「申しわけございません。お方さまはいらせられませぬ」

侍女が家康に、恐縮したように頭を下げた。

「奥は来ぬとな」

家康は侍女を見た。

そう若くはない。年のころ、二十七、八といったところだろう。目も鼻も小さく、取り立てて美人というわけではないが、やや厚めの下唇にえもいわれぬ色気がある。

「はい」

女が脂の乗った二重顎を引いてうなずいた。

「藤の花は蜂が寄ってまいるゆえ、好かぬと仰せられまして」

女が目を伏せて言いわけをしたとき、赤松やカエデの木々をへだてた庭の向こうで笑い声がした。

その耳に突き刺さるような甲高い響きで、声は正室の築山殿のものとわかる。

供の者たちを引き連れ、ようすをうかがいに来たのであろう。馬鹿正直に待っていた家康を遠目に眺め、笑いものにしようというのかもしれない。ひとしきり女たちの話し声が聞こえたが、その気配はすぐに遠ざかっていった。

「どうやら奥が好かぬのは蜂ではなく、このわしのようだな」

家康はあてこするように言った。

「あの、けっしてさようなことは……」

侍女が困惑した顔をした。

久しぶりに妻と歩み寄ろうとした家康に恥をかかせたのは、この女ではない。だが、気がすすまぬながら心を曲げて来ただけに、むしょうに腹が立った。

「この藤は、わが母が好んだ花だ。それを嫌うとは、言語道断ではないか」

「お方さまは、そのようなつもりで仰ったのではございませぬ」

「いや、あの者はそうした女だ」

「殿さまは、お方さまを誤解しておられます」

「そなたに何がわかる」

我ながら子供っぽいとは思いつつも、家康は築山殿の代わりに、目の前の侍女を言葉でいたぶった。

「そなた、名は何と申す」

「お万と申しまする」

家康はうなだれている女を見ているうちに、いつになく荒々しい気分になった。

「のちほど、湯屋へわしの背中を流しにまいれ」

「あの、お方さまにおうかがいしてからでなくては……」

「わしの命令だ。いちいちあの者の顔色をうかがうことはない」

家康は強い口調で言った。

その夜――。

家康は岡崎城の湯屋で女を抱いた。

すでに覚悟を決めていたのであろう。お万があらがうことはなかった。

そのまま寝所へ入って、また抱いた。

寝物語で問うと、お万は三河池鯉鮒《ちりゅう》の知立《ちりゅう》神社の神主の娘で、一度縁づいたものの、亭主を早くに亡くし、築山殿のもとに侍女として仕えるようになったのだという。

お万がうぶな小娘ではなく、女の深い悦びを知る体であったことが家康の心を楽にした。お万を抱くことで、今川家を滅ぼしたおのれを形なき茨《いばら》の鞭《むち》で責め立てている妻への鬱憤を晴らす思いがした。

しかし、翌朝、目が覚めると、家康はすぐに後悔した。

（その場かぎりの欲情を満たすために、女を抱くべきではない……）

自分はまだ、人間ができていないと思った。

侍女と夫のあいだに起きた秘めごとを知れば、築山殿が激高するのは明らかである。

それを思うと心が重く、ふたたびお万を閨《ねや》の相手に呼ぼうという気にはなれなかった。

みずからが播《ま》いた面倒の種から逃げるように、家康は岡崎城をあとにした。

浜松城にもどった家康は、五月初旬、大井川を渡り、武田領となっている駿河へ攻め込んだ。岡部、根古屋《ねごや》などの諸城を攻撃し、さらに駿府郊外にも火を放っている。

つづく七月、家康は三河へ帰還。武田方の城将室賀信俊《むろがのぶとし》が守っていた長篠城へ攻め寄せ、激しい攻防戦のすえ城の奪取に成功した。

機を見るに敏な地侍のなかには、家康の勢力拡大を見越し、武田に見切りをつけて寝返ってくる者もいた。

そのうちの一人が、奥三河作手《つくで》城主の奥平貞能《おくだいらさだよし》である。家康は、貞能に本領安堵の誓書を遣わし、同時に築山殿腹の長女亀姫《かめひめ》を息子信昌《のぶまさ》に嫁がせる約束をした。

しかし、武田勝頼も家康の行動を黙って見ているわけではない。みずから一万五千の大軍をひきいて遠江へ侵入すると、掛川、久野《くの》に放火してまわり、浜松城をおびやかす挙に出た。家康はこれを撃退したものの、相変わらず武田氏が最大の脅威であることは間違いない。

ちょうど、そのころである。岡崎城へもどった家康の居室に、顔をこわばらせた妻の築山殿があらわれたのは——。

「亀姫の縁組のこと、母のわたくしに何の相談もなくお決めになられたのですね」

短檠《たんけい》の明かりを受け、きらきらと光するどい目で築山殿が家康を見た。

「すまぬ。いずれゆっくり相談しようと思っていた」

家康はたじろいだ。

段格子模様の打掛《うちかけ》の裾をさばいて夫の前にすわった築山殿は、恐ろしいほど落ち着いている。

「その件は、どうでもよいのです。あなたさまは、このわたくしの意思など、いつも無きもののごとく黙殺なさる」

「さようなことは……」

「ない、と言いきれましょうか」

築山殿が冷たい笑いを口元に浮かべた。

「わたくしがお話ししたいのは、亀姫のことではございませぬ」

「と申すと？」

「心当たりがないなどとは言わせませぬ。侍女のお万のこと、そらとぼけるおつもりでございますか」

「お万……」

その名を聞き、家康は我にもなく慌てた。

このところ、武田方との攻防に忙しく、うかつにも女のことを忘れはてていた。岡崎城に立ち寄っても、築山殿の目をはばかり、あえてお万を寝所に呼ぶことはなかった。

「あの者に、湯屋で手をおつけになったとか」

「そのようなことがあったかもしれぬ」

「けがらわしい」

と、築山殿が柳眉《りゅうび》を逆立てた。

「わたくしと信康がいるこの城で、そのようなお振る舞いをなさるとは……。もとより信じるに足らざるお方と思っておりましたが、もはや愛想も尽きはてました」

「ことの次第、お万から聞いたのか」

妻の怒りに、家康は防戦一方である。

「しぶとい女ゆえ、なかなか口を割りませなんだ。さりながら、日々、目立ってくるあの大きな腹は隠しようもなし。子の父は誰かと責め立て、ようやく白状いたしたのです」

「お万の腹に、わしの子ができたと言うのか」

家康は目を剝《む》いた。にわかに動悸《どうき》が激しい。

「さようです」

「……」

「お認めになられるのでございますね」

築山殿の口調は静かである。それだけにかえって、うちに秘めた怒りの深さが恐ろしい。

築山殿が去ると、家康は急ぎお万を居室へ呼び出した。

なるほど、男の家康でもそれとわかるほどに、お万の腹の膨らみは目立つようになっていた。

「申しわけございませぬッ」

家康の顔を見るなり、お万がわっと泣き伏した。

「お方さまに責められ、どうしようもなくなって殿のおん名を……」

「謝る必要はない。腹のややは、わが種に間違いないな」

「神仏に誓って」

お万が涙に濡れた目を上げた。

「ならば、そなたの懐妊はわしにとっても喜ぶべきことだ」

「殿……」

「ただし、そなたをこのまま岡崎の城に置いておくことはできぬ。奥の烈《はげ》しい気性は、側に仕えるそなたもよく存じていよう」

家康は言いながら、今後のお万の処遇を頭のなかで忙しく考えていた。

お万が宿したのが男子ならば、その子は嫡男信康に次いで徳川家の有力な跡取り候補となる。信康を唯一の心の拠《よ》りどころとしている築山殿は、その子の存在を断じて赦《ゆる》さないであろう。

それを考えれば、お万の身柄は早急に岡崎城以外の場所へ移さなくてはならない。

しかし、家康が本拠としている遠州浜松城には、二女督姫《とくひめ》を生んだ側室の西郡《にしごおり》ノ方《かた》がいた。西郡ノ方はさほど悋気《りんき》の強い女ではないが、家康の周辺では、

「岡崎の築山殿」

「浜松の西郡ノ方」

という女の住み分けができている。

浜松にお万を連れ帰るのはいいが、城内で出産させることは、いらざる波乱のもとを作るようなものである。

（どうするか……）

家康は思案した。

その結果、身重のお万が預けられたのは、浜松城郊外、浜名湖の近くにある、

──中村家

であった。

当主の名を、源左衛門《げんざえもん》という。

中村家は、かつて大和国広瀬郡中村郷を本貫の地としていたが、文明十三年(一四八一)、今川氏の招きによって遠州に住みつくようになり、浜名湖の舟運、漁撈《ぎょろう》の諸権利を一手に握って財をなすようになった。

浜名湖と佐鳴《さなる》湖を結ぶ水路の岸辺に広壮な屋敷を構える中村家は、

──浜名湖のお大尽

ともいうべき存在だった。

その家の当主中村源左衛門に、家康がお万をあずけたのには理由《わけ》がある。

ひとつは、中村源左衛門がお万を保護し、将来にわたって母子の後ろだてになっていくだけの財力を有しているということであった。男子か、女子かにかかわらず、生まれてくる子が家康の種であることには違いがない。源左衛門は全力をもってお万母子を守り立てるであろう。

もうひとつの重要な理由は、家康が自分の、

──オンナ

をあずけることで人間的な隙を見せ、

（ああ、このお方はこれほどまでに自分を信頼してくれているのだ……）

と、源左衛門に思わせることであった。

人というのは不思議なもので、弱みをさらけ出されたり、迷惑をかけられたりした相手にかえって妙な親近感を抱く。生臭い秘密を共有することが、人と人をよりいっそう近づけるのである。

長く松平家の所領であった三河と違い、遠江はつい五年前まで今川領であった。それを円滑に統治するには、土地に根を下ろした大庄屋たちを味方につける必要がある。

そのため、家康は、
有玉《ありたま》の高林家
万斛《まんごく》の鈴木家
など、遠州の有力者たちの屋敷をたびたび訪れ、世間話をして親交を深めてきた。

そのうちの一人、宇布見《うぶみ》の中村源左衛門は、家康がなんとしても味方に取り込んでおきたい相手であった。

お万母子の庇護《ひご》者となることで、源左衛門は家康と抜き差しならぬ関係になる。家康の浮沈は、すなわち中村源左衛門家の浮沈に直結することにもなるのである。こうした男が、家康の協力者にならぬはずがない。

家康の思惑どおり、源左衛門は恐懼《きょうく》し、

「ご出産に不都合なきよう、命懸けでお世話させていただきます。どうか安んじてお任せ下されませ」

と、板敷に額をすりつけるようにして頭を下げた。

「このこと、他言は無用だ。わしとそなただけの秘密にしたい」

「恐れ入りましてございますッ」


中村源左衛門家に身を寄せたお万が、ひっそりと男子を生んだのは、翌天正二年（一五七四）二月八日のことだった。

家康の二男、

――於義伊《おぎい》
のちの結城秀康《ゆうきひでやす》である。

於義伊が誕生したのは、中村家の主屋《おもや》から西南に突き出た離れの書院座敷であったと伝えられる。離れには八畳の上座敷と同じく八畳の下座敷があり、そのまわりを広い廊下がめぐっている。そこには湯殿もそなえられており、お万がひそかに子を生むにはおあつらえ向きの場所であった。

中村源左衛門家は近代に至って浜名湖のスッポンの養殖をはじめるなど、土地の名家としてつづき、その屋敷は貴重な文化遺産として一般公開されている。

家康の期待どおり、中村源左衛門はお万と結城秀康のよき庇護者となった。成人ののち、越前松平家の当主となった秀康は、源左衛門に禄《ろく》を与えて士分に取り立て、長年の恩に報いた。江戸への参勤交代の途次、秀康は生家である中村家に立ち寄るのを習いとしていたという。

じつは、このときお万が生んだのは秀康だけではなかった。もう一人双子の弟がいた。だが、当時、双子は畜生腹といって忌み嫌われたために、弟のほうはお万の実家である知立神社へ人知れず里子に出され、のちに永見貞愛《ながみさだちか》と名乗って神主になっている。

家康の男子を生んだお万は、小督ノ局《こごうつぼね》と称せられ、側室の一人に加えられた。しかし、家康がその後、中村家にいるお万を寵愛《ちょうあい》した形跡はない。

じっさい、家康はなかなか於義伊に会おうとせず、ようやく対面したのは三歳になったときであった。嫡男信康と築山殿に気を遣ったこともあるだろうが、お万を身籠らせたときのいきさつから、家康はこの母子に深い情を通わすことができなかったのであろう。

もっともこの頃、家康は幼いわが子にゆっくり会っているどころではない、大仕事に忙殺されていた。

その大仕事とは、家督相続後、徳川領への再侵攻の動きを活発化させた武田勝頼《かつより》との苛烈な攻防戦にほかならない。

武田勝頼の胸のうちには、大きな不安と危機感があった。

亡き父信玄が天下の名将と称えられる偉大な存在であっただけに、

（その父を越えねばならない……）

家督を継いだ瞬間から、勝頼の肩には息苦しいほどの重圧がのしかかっていた。

戦国は厳しい時代である。いささかでも実力の劣る者が当主の座につけば、その隙を鵜《う》の目鷹《たか》の目で狙っていた周囲の勢力に、たちまち領土を食い荒らされてしまう。

武田家では、信玄の長子太郎義信《よしのぶ》が長く後継者と目されてきたが、今川家をめぐる外交路線の対立から自刃に追い込まれ、代わって側室の諏訪御寮人《すわごりようにん》を母とする勝頼が家督を継ぐことになった。

しかし、信玄の死後も、

「勝頼さまの相続はみとめられぬ」

という意見を持つ者がおり、家中の内紛の火種になりかねない危険をはらんでいた。

これまで、それぞれにアクの強い百戦錬磨の武田武者たちをひとつにまとめ、最強の軍団たらしめてきたのは、すべて先代信玄の卓越した統率力とカリスマ性のたまものである。その信玄がいなくなったいま、新当主の勝頼をどこか軽《かろ》んじる空気が流れるのは当然のことである。

しかし、勝頼も凡庸な男ではない。

(自分をみとめさせるためには、父以上の力を家臣たちの前で示すしかない……)

その結果、勝頼がとったのが、父信玄がカイコが桑の葉を食い荒らすように拡げてきた武田領を、みずからの手でさらに大きく膨張させようという積極策であった。

力を見せつければ、勝頼をあなどっている古参の家臣たちも黙って屈伏するしかない。

戦いに勝利することが、勝頼が武田家の当主として生き残るための唯一の手段だった。

その勝頼が目を付けたのが、東遠州の、

――高天神城《たかてんじん》
であった。

東海道筋に近い要衝である高天神城は、生前、父信玄が攻め陥《お》とそうとして、どうしても攻め陥《お》とせなかった城である。

（高天神城を陥れれば、家臣どもはわが威に服するであろう……）

勝頼はそう信じた。

二万五千の大軍をひきいて甲斐を出陣した武田勝頼は、駿河をへて遠江へ侵攻。天正二年五月十二日、小笠原長忠が守る高天神城を囲んだ。

「加勢をお遣わし下されッ」

高天神城主小笠原長忠から家康のもとへ、援軍要請が来た。

高天神城を奪われることは、家康にとってみずからの喉首に刃物を突きつけられるにひとしい。武田勝頼を勢いづかせぬためにも、何としても城を守り抜く必要があった。

家康は、同盟者の織田信長にも来援をもとめる使者を送った。信玄が死去したとはいえ、精強な騎馬軍団を擁する武田氏が、織田、徳川両家の最大の敵であることに変わりはない。

このころ、信長は京にいる。

反織田包囲網を突き崩し、一時の危機的状況から脱した信長は、東大寺正倉院で名香木の蘭奢待《らんじゃたい》を切り取り、宿所の相国寺で茶会をもよおすなど、比較的落ち着いた日々を過ごしていた。

「そうか、武田が高天神城を囲んだか」

織田家出入りの堺商人今井宗久《そうきゅう》が点《た》てた白天目《はくてんもく》茶碗の茶を一息に飲み干し、信長は雨模様の京の空を睨《にら》んだ。

「遠江へご出陣なされるのでございますか」

朽葉《くちば》色の胴服を着た僧形の今井宗久が、茶色がかった瞳を信長に向けた。

宗久は火薬の原料となる焔硝《えんしょう》のあきないで財をなした男である。みずからも摂津我孫《あび》子《こ》の地に工房をもうけ、鉄砲の大量生産をはじめていた。上得意である信長とは一蓮托《いちれんたく》生《しょう》の仲で、その将来に自身の商運を賭けている。

「行くしかあるまい」

信長は白天目茶碗を膝もとへ置いた。

「さきの三方ヶ原のいくさのおり、わしが遣わした佐久間信盛《のぶもり》は信玄の強さに恐れをなし、ほうほうの態《てい》で逃げ帰っている」

「さようでございましたな」

「だが、その信玄はもはやこの世の者ではない。世は変わった」

「代わりに、跡取りの勝頼がおりまするが」

今井宗久が首をかしげるようにして信長を見た。

「勝頼など物の数ではない。すぐれた大将のあとに、二代つづけて名将が生まれることは、古今まれだ」

「さようでございましょうか」

「わしは武田に勝つ」

信長は自信に満ちた口調で言い切った。

「そのためには、鉄砲、焰硝が山ほども必要となる。そなたもかようなところで茶など点てている時ではなかろうぞ、宗久」

「心得ましてございます」

家康からの援軍要請を受けた信長は、兵をまとめて岐阜へもどった。

しばらく態勢をととのえたのち、六月十四日に岐阜を出陣。三日後には、酒井忠次《ただつぐ》が城主をつとめる東三河の吉田城に入っている。

その知らせは、早馬をもって浜松城の家康のもとへ届けられた。

「織田どのも、これが武田勝頼の出鼻をくじく好機と見たのであろう」

家康は心を強くした。

信長自身の出馬を仰ぎ、ともに高天神城の後詰《ごづ》めに駆けつけて、一気に敵をたたく
——それが、家康の描いた対武田戦の図であった。

しかし、事態は家康の予想していなかった方向へ動いた。

峻険《しゅんけん》な地形に築かれ、あの武田信玄でさえ陥とせなかった難攻不落の高天神城であったが、武田勢の熾烈《しれつ》な攻撃の前に、包囲から一月あまりにして陥落した。

一報を受けた家康は、

（よもや……）

と、耳を疑った。

信玄亡きあとの武田軍の兵力分析に、甘さがあったと言われても仕方がない。油断しているつもりはなかったが、やはり武田勝頼の実力を過小評価している部分があったにちがいない。武田勝頼は、家康より四歳年下の二十九歳になっている。父信玄とともに戦場経験を積んできただけに、ただの未熟な青二才ではなかった。

信長はすでに三河吉田城を進発し、浜名湖の近くにまで到達しようとしていたが、高天神落城を聞き、そこから岐阜へと兵を返した。

「織田勢の加勢があれば、高天神城も時をおかず奪還できましたものを。すぐに本国へ引き揚げるとは、あまりななされようではござらぬか」

家臣の大久保忠世《ただよ》が、恨むように言った。

「言うな」

家康は表情を動かさない。

「しかし、そもそも高天神城が陥ちたのは、織田さまの来援が遅かったせいではござりませぬか。織田さまは、わが徳川家を武田と嚙み合わせて共倒れさせようというおつもりか」

「忠世、口が過ぎる」

家康は、大久保忠世を叱責した。

信長に関するかぎり、世のいかなる常識も通用しない。愚痴を言い出せばきりがなかった。

高天神城を占拠した武田勝頼は、そこを徳川領侵略の拠点として整備し直し、攻勢を強めてきた。

家康も高天神城近くの馬伏塚《まむしづか》城を修築して、これを大須賀康高《おおすがやすたか》に守らせている。

年が明けた天正三年（一五七五）正月早々――。

「武田方に不審の動きあり」

と、家康に告げてきた者がある。

その者とは、伴与七郎《ばん》なる甲賀《こうか》の忍びであった。

家康が伴与七郎をはじめて使ったのは、三河統一戦に乗り出した二十一歳のときである。当時、家康は桶狭間の敗戦で弱体化した今川氏からの独立を果たすべく、三河国内に残る今川方の諸勢力と戦っていた。

上ノ郷《かみのごう》城の鵜殿長持《うどのながもち》も、そうした反家康勢力の一人だった。家康は上ノ郷城を攻略しようとしたが、城の守りは堅く、無理攻めをすれば味方にかなりの損害が出ることが予想された。

そこで家康は、かねてより甲賀の郷士と親交のあった家臣の戸田三郎四郎、牧野伝蔵《でんぞう》を派遣し、忍びの技にたけた甲賀者に上ノ郷城攻めへの協力を依頼したのである。

家康のもとには伊賀の服部一族がいたが、家康の人質時代に今川家に金で雇われて忍び働きをしていたという過去があり、この戦いでは使うことができなかった。

家康のもとめに応じ、上ノ郷城攻めに二百八十人の下忍《げにん》をひきいて駆けつけたのが、伴与七郎らである。甲賀の忍者集団は夜間、ひそかに城内へ忍び込み、櫓《やぐら》などに火を放って敵方を混乱におとしいれた。

彼らの神出鬼没の働きによって上ノ郷城は陥落した。家康の意識のなかに、忍びの重要性が深く刻みつけられたのはこのときからである。

伊賀者の服部半蔵が徳川家の表の忍びであるとすれば、甲賀の伴与七郎は裏の忍びということになる。

与七郎は家康の意を受け、みずから甲斐府中へ潜入して、武田勝頼とその家臣団の周辺に探りを入れていた。

「不審の動きとは、何だ」

家康は、庭にカエルのごとくうずくまる伴与七郎を見下ろした。

小柄な男である。顔も小さく、これといった特徴のない平凡な容貌をしているが、たわめた背中に強靭《きょうじん》な雰囲気をただよわせている。甲賀者独特の黒に近い濃紺の忍び装束をつけたその姿は、周囲の闇に滲《にじ》むように溶け込んでいた。
「武田は高天神城の支配をかためる一方、ひそかに次の狙いを長篠城に定めているよう
にございます」
「まことか」
　家康は右手の拳を握りしめた。
　長篠城は、東三河の戦略的要地である。
寒狭《かんさ》川と三輪川が合流する地点に築かれており、南東西の三方が川の流れへ向かって
落ち込む断崖に囲まれた、要害堅固な要塞であった。
　父信玄でさえ陥とせなかった高天神城を陥落させたことで、武田勝頼はすっかり自信
をつけ、信玄没後に家康に攻略された長篠城の奪還を考えるようになっていた。
『甲陽軍鑑』に、次のような話が載っている。
　甲斐府中の躑躅《つつじ》ヶ崎《さき》館で祝儀があったさい、内藤昌月《まさあき》と高坂昌信《まさのぶ》が、
「勝頼さまはわずかのあいだに幾つもの城を攻略し、信玄公でさえ手を焼いた高天神城
をも奪ってしまわれた。ここまで華々しい成功をおさめたからには、必ずや慢心し、わ
れら老臣どもの意見に耳を傾けなくなるにちがいない。三年以内に、当家は滅亡するで
あろう」
　と語り合ったという。
　どこまでが真実かはわからないが、勝頼が外へ向かって攻めつづける拡張政策のなか

に、みずからの存在意義を見出していたことは間違いない。

伴与七郎ら甲賀者の報告で武田方の動きを知った家康は、長篠城に奥平信昌《のぶまさ》を配することを決めた。

信昌はかつて武田の麾下《きか》だった奥平貞能《さだよし》の子で、家康の長女亀姫と婚儀の約束を取り交わしている。弱冠二十一歳の若武者であるが、父貞能ともども武田家の内情に通じており、家康からすでに一門同様の扱いを受けていることで、徳川家への忠誠心も篤《あつ》かった。

家康は信昌を浜松城へ呼び、差し向かいで飯を食った。

「そなたに、対武田戦の矢表《やおもて》に立ってもらいたい」

浜名湖で獲《と》れたドウマンガニやウナギ、チョウカ（カサゴ）の煮付けなどが並んだ膳を前にして、家康は言った。

「長篠城を守るのでございますな」

信昌の丸みをおびた浅黒い顔に、緊張が走った。

「まかせられる者は、そなたしかいない」

「身にあまるお言葉にございます」

「やってくれるか」

「わが身命《しんみょう》を賭《と》して」

信昌が頭を下げた。その悲壮感を帯びた肩を見下ろす家康も、深くうなずく。

「今日は存分に飲み、おおいに食うてゆけ。わしもとことん付き合うぞ」

「恐れ入りましてございます」

家康は奥平信昌を長篠城へ派遣し、同時に織田信長から送られた兵糧米二千俵のうち三百俵を城内へ入れて籠城戦にそなえさせた。

かねてよりの情報どおり、武田勝頼が一万五千の大軍とともに三河へ乱入したのはその年、四月下旬のことである。

長篠の地は三河の山間部に位置しているが、古来、遠江、信濃、美濃を結ぶ交通の要衝として、軍事的にも経済的にも重要な意味をもっていた。

その長篠城を守るのは、家康の命を受けた奥平信昌以下、兵五百。

対する武田勢は、主力部隊が長篠城北方の丘陵地帯に展開。そのほか、寒狭川、三輪川をへだてた対岸に陣を置いて、城の周囲を隙間なく取り囲んだ。

この緊急事態を受け、三河岡崎城入りしていた家康は、甲賀者の伴与七郎から武田方の陣容の報告を受けた。

「城北の大通寺山に、武田信豊《のぶとよ》、馬場信春《のぶはる》、小山田昌行《まさゆき》らの勢二千。北西に、一条信竜《のぶたつ》、真田信綱《のぶつな》、同昌輝《まさてる》、土屋昌次《まさつぐ》ら二千。西に内藤昌秀《まさひで》、小幡信貞《のぶさだ》以下二千。南に武田信廉《のぶかど》、穴山信君《のぶきみ》（梅雪）、原昌胤《まさたね》、菅沼定直《さだなお》など一千五百。ほかに遊軍として山県昌景《まさかげ》、高坂昌澄《まさずみ》ら一千の兵がおります」

「して、大将の武田勝頼はいずこに」

家康は庭のツワブキの横にうずくまる与七郎を見すえた。

「武田勝頼の本隊三千は、医王寺山の本陣におります。また、甘利信康《のぶやす》、小山田信茂《のぶしげ》、跡部《あとべ》勝資《かつすけ》らが後陣に」

「勝頼は城北の医王寺山か」

瞼《まぶた》の厚い目で、家康はどんよりと雲が重く垂れ込める空を見上げた。

かたわらにいた本多正信《まさのぶ》が、

「いかに長篠城が天険の要害とはいえ、わずか五百の城兵では、奥平信昌も心もとのうござろう。援軍をお遣わしになるのでございますか」

と、家康に聞いた。

「まだ、その時期ではない」

家康は首を横に振った。

「と申されますと？」

「わが軍勢だけで、武田の大軍を相手にするのは難しい。織田どのの到着を待たねば」

「まいりますかな、織田さまは」

「来る」

と、家康は確信に満ちた口調で言った。

「今度こそ、まことの決戦のときだ。織田どのは、戦いの機を見逃すような男ではない」

五月に入り、三河の山野を五月雨が濡らす日がつづいた。

その雨のなか、

「総攻めじゃーッ！」

武田家伝来の富士山形前立六十二間兜《なりまえだてろくじゅうにけんかぶと》をつけた武田勝頼は、金色の采配を振るって長篠城攻めの命を下した。

北西の大手方面から一条信竜、真田信綱らの軍勢が城門へ向かって攻め寄せた。だが、城の守りは堅い。城壁の狭間からいっせいに矢が放たれ、武田勢を容易に寄せつけない。

「敵はわずか五百の寡勢ではないか。何をもたもたしているッ！」

勝頼は苛立《いらだ》ったが、武田方の連日の猛攻に、城将奥平信昌を中心とする城兵たちはしぶとく耐えつづける。

「わが殿が、必ずや加勢に来て下さる。それまで、何としても城を守り抜くのだ」

家康じきじきに長篠城の守備を託された信昌は、声を励まし、味方の兵を鼓舞した。

一日が過ぎ、二日が過ぎた。

攻撃開始から四日目の夕刻、寒狭川の対岸に陣取った武田一門の穴山信君が、流れに筏《いかだ》を並べて長篠城の野牛門にせまろうとした。

しかし、この動きを知った城方は断崖上から大岩を落とし、つぶてを浴びせるなどして穴山隊を撤退させた。

武田方はさらに、金掘人夫を使って地下に坑道を掘り、城内への侵入をはかるが、奥平信昌はこの動きを事前に察知。城側から掘りすすめて穴を伝って逆襲した。

当初は寡勢とあなどって力攻めで早期の決着をはかろうとしていた武田勝頼であったが、城方の思わぬ踏ん張りに、強硬路線を変えざるを得ず、城の周囲に鹿垣《ししがき》をめぐらして兵糧攻めの構えをとるに至った。

こうしたなか、長篠城の後詰めに向かうため、織田信長がみずから軍勢をひきいて岐阜城を出陣した。

五月十四日、三河岡崎城入りした信長は、本丸御殿の対面所で小具足に身をかためた家康、信康父子と会った。

「勝頼め、だいぶ焦っておるようだの」

自分が城主であるがごとく上段ノ間に腰を下ろした信長が、口辺にうすい笑いを浮かべて言った。

一昨年、信玄の西上におびえていたときのことを思えば、嘘のような余裕ぶりである。それだけ、信長を取り巻く状況は当時とは一変しており、織田軍団も着実に力をつけている。

「奥平信昌が、死力を尽くして長篠城の防衛にあたっておりますれば。しかし、それにも限りがござる」

家康は、上段ノ間の信長を見た。

この岡崎城の城主である家康の息子信康も、家康とともに、上段ノ間から少し下がった中段ノ間に座している。

そのまわりには、佐久間信盛《のぶもり》、丹羽長秀《ながひで》、羽柴秀吉、滝川一益《かずます》ら、織田家の重臣たちが居並んでおり、そのさまはさながら、家康父子も信長の家臣であるかのように見えた。

「ふん」

と、信長が鼻を鳴らした。

「武田勝頼が安閑としていられるのもいまのうちだけよ。わしは武田に勝つためにここへ来た」

「しかし、武田騎馬隊は手強《てごお》うござる。正面からぶつかり合う野戦となれば、わが方がやや不利でござろう」

三方ヶ原で直接対決しただけに、家康は武田軍の強さを骨身に沁《し》み入るように知っている。

「わしに秘策がある」

信長が含みのある表情をした。

「どのような秘策でござろうか。ぜひともお教え願いたい」

膝を乗り出す家康に、

「その前に、少し聞いておきたいことがある。この城内に、武田の内情について精通している者はおらぬか」

信長は言った。

「それならば」

と家康は、かつて武田の家臣だった曾根市兵衛《いちべえ》を呼んだ。

曾根市兵衛は幼名を市丸《いちまる》といい、信玄の長男義信の廃嫡事件に連座して武田家を逐《お》われた男である。一時、今川家に身を寄せていたが、今川滅亡後、家康のもとに仕えるようになった。その過去から武田家に恨みを抱いており、ことに義信に代わって武田家を継いだ勝頼には、強い敵愾心《てきがいしん》を燃やしていた。

居並ぶ諸将の前にすすみ出た曾根市兵衛に、

「武田騎馬隊の弱点は何か」

信長は聞いた。

「弱点はござらぬ」

市兵衛がややかすれた声で言った。

「武田の馬は長駆によく耐え、わずかな戦況の変化にも迅速に対応する機動力を持っております。高度に訓練された騎馬隊の動きは変幻自在。これを崩す手はございませぬ」

曾根市兵衛の返答を聞いた諸将のあいだから、ほうとため息が洩れた。

だが、信長は、

「それでもどこかに隙があるはずだ。よくよく考えてみよ」

執拗に問いを繰り返した。

市兵衛はしばし考えたのち、

「しいて言えば、ひとつだけ弱点がございます」

思いきったように顔を上げた。

「その弱点とは何だ」

「どこにも隙が見当たらぬこと、それが武田騎馬隊最大の弱点でござりましょう」

「それはどういうことだ」

信長は興味をそそられたように、市兵衛をするどく見すえた。

「なるほど武田の騎馬隊は強うござります。それぞれの武者が、おのれの力に絶大な自信を持っております。しかし、裏を返せば、みずからを恃《たの》むところが強いあまり、ときに統制を乱し、突出して敵を深追いしすぎることがございます。上田原合戦のおりの失敗が、その典型的な例であろうかと」

「上田原合戦とな」

「はい」

曾根市兵衛がうなずいた。

上田原合戦とは、若き日の武田信玄が信濃の土豪村上義清《よしきよ》に大敗した戦いのことである。

このとき村上義清は武田騎馬隊の先鋒《せんぽう》と一戦して敗れ、あっけなく退却をはじめた。

つわもの揃いの武田の騎馬武者は、ここぞとばかりに村上勢を深追いした。じつは、それこそが村上義清が仕掛けた周到な罠であった。個々の武勇に走った武田勢は、義清が用意していた伏兵の逆襲に遭い、見るも無残な大敗北を喫したのである。

この敗戦を深く胸に刻みつけた信玄は、以後、スタンドプレーに走りがちな武者たちを強力な指揮権のもとに置き、一糸乱れぬ組織としての戦いが可能な鉄の軍団に造り上げたのだという。

かつて信玄に近侍《きんじ》していた市兵衛の説明には説得力があった。

「しかし、武田騎馬軍団を手足のごとく御していた信玄は、もはやこの世の者ではありませぬ」

市兵衛が言った。

「それがしの知るかぎり、四郎勝頼は、武田の家臣どもに全幅の信頼を寄せられてはおりませぬ。最強の騎馬隊といえども、それをひとつに束ねる頭がいなければ、烏合《うごう》の衆も同じ」

「なるほどな」

信長が目の奥を冷たく光らせた。

信長が岡崎城に到着した翌日の五月十五日、籠城戦に耐える長篠城から、後詰めをもとめる使者の鳥居強右衛門《すねえもん》が来た。

茜色《あかね》の褌《ふんどし》ひとつを締めた鳥居強右衛門は、全身泥まみれになり、額や腕、膝などの疵《きず》口《ぐち》に鮮血がにじんでいた、見るも無残な姿であった。

「よくぞ無事に、ここまでたどり着いたものだ」

家康はまず、そのことに驚いた。

武田軍の厳重な包囲の輪をくぐり抜けるのは、容易なことではなかったであろう。

「城内から外へ通じる下水の水路を伝い、川へもぐって敵の監視の目をかいくぐりました」

強右衛門はぎらぎらと光る大きなまなこを家康に向けた。

「一昨日、敵方より放たれた火矢によって穀物倉が炎上。そのため、籠城戦にそなえて城内へ運び込まれていた兵糧の大半が焼失いたしましてございます」

「何と……」

家康は声を呑み、かたわらの床几《しょうぎ》に腰を据えている信長を振り返った。

信長は表情を変えない。見知らぬめずらしい生き物でも見るように、鳥居強右衛門を凝視している。

「もはや、われらの力だけで城を守りきることはできませぬ。城兵の士気も、いちじるしく低下しております。なにとぞ、一刻も早く援軍をお遣わし下さりませッ！」

鳥居強右衛門が泣くように顔をゆがめて叫んだ。

その必死の訴えに、家康も、

（うむ……）

と、すぐにうなずきたいところである。

だが、ここはまず、共同戦線を張る信長の意思をたしかめねばならない。対等の同盟者だったはずが、信長と家康のあいだには、いつしかそうした力関係が生じている。

「織田どの」

家康は拳を握りしめ、身を乗り出した。

「動くなら、いまをおいてほかにござるまい」

「ふん……」

家康のほうは見ず、信長は日ごろから愛唱する謡曲、敦盛《あつもり》の一節を低く口ずさんだ。

その後、床几から立ち上がると、

「明朝、長篠城へ向けて出陣するッ」

青ずんだ目を虚空に向け、信長は特徴のある甲高い声で決然と言い放った。

翌十六日早朝、織田、徳川連合軍三万八千は、岡崎城を進発した。

信長、家康の軍勢が北へ向かってすすみはじめたころ、鳥居強右衛門も援軍の到着を待ちこがれている奥平信昌らに吉報を知らせるべく、長篠城をめざして道をひた走っていた。

（じきに加勢がまいりますぞ……）

城内の者たちの歓喜を思うと、それだけで強右衛門の足は飛ぶように軽くなった。

しかし、長篠城の手前の有海《あるみ》村まで至ったとき、異変は起きた。

「おのれは何者だッ！」

突如、強右衛門のまわりを、槍を持った兵たちが取り囲んだ。味方の兵ではない。城への人の出入りを監視していた武田勢である。

（摑《つか》まってなるかッ！）

強右衛門はとっさに足元の土くれをつかんで、兵たちに目潰しをくらわせ、方向を転じて逃れようとした。だが、その行く手にも武田の兵が待ち受けていた。

身柄を拘束された鳥居強右衛門は、武田陣へ連行された。勝頼の叔父にあたる武田逍遥軒信綱《しょうようけんのぶつな》によって取り調べがおこなわれ、強右衛門が髻《もとどり》に結い付けていた密書が発見された。

密書は家康から城将の奥平信昌にあてたもので、織田勢とともに長篠城へ救援に向かう旨がしたためてあった。

「信長も来るか」

報告を受けた武田勝頼は、端正な顔にさっと血の色を立ちのぼらせた。

「かくなるうえは、後詰めの軍勢が到着する前に、長篠城を陥落させるしかあるまい」

勝頼は腹をくくった。

この時点でまだ、長篠城に籠る兵たちは、援軍がこちらへ向かっていることを知らない。

「わたくしに妙案がございます」

武田逍遥軒は言った。

「強右衛門なる囚《とら》われ者を使うのでございます。やつを懐柔し、いつわりの報を伝えさせるのです」

「よかろう。やってみよ」

武田逍遥軒は鳥居強右衛門のもとへもどると、

「援軍は来ぬ。長篠城の兵糧がつき落城必至とわかり、織田勢は岐阜へ帰った。命が惜しければ早々に城を明け渡すようにと、城内の兵どもに伝えよ。言うとおりにすればそなたの一命は助ける。のみならず、知行を与え士分に取り立てようぞ」

と、目の前に甘い餌をちらつかせ、城内へ向かってニセの情報を流すよう命じた。

「いつわりを申せと……」

鳥居強右衛門は下唇を嚙んだ。

「うんと言わねば、この場で首を刎《は》ねるぞッ」

目の前で銀光を放つ刃《やいば》をちらつかされては、鳥居強右衛門もうなずかざるを得ない。

「命をお助けくださり、そのうえ知行までいただけるとは、過分のことにございます。かくなるうえは、仰せのとおりにいたしましょう。それがしを磔柱《はりつけばしら》にしばりつけて、城の近くまでお連れくださりませ」

時をおかず、強右衛門は長篠城を対岸にのぞむ川の岸辺に引き出された。川面《かわも》には、うっすらと白い霧がただよい流れている。

強右衛門は、磔柱に両手、両足を荒縄でくくりつけられている。梅雨どきの冷たい雨が、茜《あかね》色の褌ひとつ締めただけの鳥居強右衛門の浅黒い肌を濡らした。

対岸では城兵たちが何事が起きたかとこちらを見ている。

強右衛門は下腹に深く息を吸い込むや、意を決したように声を張り上げた。

「城内の方々に申す。鳥居強右衛門ただいま相もどった」

ここで、強右衛門はさらに声を高くした。

「徳川さまと織田さまの援軍が、すぐそこまでやって来ている。望みを捨てず、城を守られたしッ！」

対岸の長篠城内で歓声が上がった。意気消沈していた城兵たちは、にわかに活気づき、小躍りして喜び合った。

鳥居強右衛門は武田兵に槍で左右の脇の下をつらぬかれて絶命した。

織田、徳川の連合軍が、長篠城の一里手前にある、

――設楽原《したらがはら》
に到着したのは、それから二日後の五月十八日のことである。

織田勢は、設楽原を西から見下ろす、
極楽寺山（織田信長、柴田勝家《かついえ》）

御堂《みどう》山（織田信忠《のぶただ》、河尻秀隆《ひでたか》）

茶磨《ちゃすり》山（佐久間信盛《のぶもり》、丹羽長秀《ながひで》、羽柴秀吉、滝川一益）

に展開。

家康と息子信康は、それよりやや前方の弾正山《だんじょう》、松尾山にそれぞれ陣を布《し》いた。

後詰めにあらわれたものの、織田、徳川連合軍は長篠城を包囲する武田勢に攻撃を仕掛けるでもなく、後巻《うしろま》きにしたまましばらく動かなかった。

設楽原に着陣したその日、松尾山にいた信康が、夜中、ひそかに弾正山の父家康の陣をたずねて来た。色々威《いろいろおどし》の小具足姿である。

「勝手に持ち場を離れるとは何ごとだ」

床几に腰をすえた家康は、篝火《かがりび》に照らされた息子の顔を見て眉をひそめた。

「申しわけございませぬ。しかし、父上にどうしても確かめておきたいことがございまして」

「何だ」

「織田どののことにございます」

信康が低く押し殺した声で言った。

「父上は、織田どのをどのようにお考えなのでしょうか」

「どのように、とは？」

「父上と織田どのは、あくまで対等の同盟者にございます。しかるに昨今の織田どのは、さながら父上を、おのが家臣のごとく扱っているように見えまする。岡崎城にても、まるで城主であるかのような傲慢な振る舞い。わが家臣たちからも、不満の声が上がっております」

「その家臣とは、どこの誰だ」

「それは……」

と、信康が口ごもった。

「よいか、信康。織田どのは、徳川家の大事な同盟相手だ。こたびのいくさも、織田どのの力添えがなければ、武田に勝つことはできぬ。ましてや織田どのは、そなたの舅《しゅうと》ではないか。批難《ひなん》がましいことを申すなど、言語道断だぞ」

「されば父上は、織田どのに家臣と同列に扱われてもよいと仰せなのですか」

信康が、いつになく反抗的な目を家康に向けた。

「そのようなことを言っているのではない。一人の力だけではどうにもできぬ。織田どのがおらねば、今日の徳川家はない」

「それがしには耐えられませぬ」

「信康」

「父上は、ただいくさに勝てばそれでよいのですか。武者の誇りを捨てても、生き延びればそれでよいとッ」

「生き延びなければ、誇りもクソもない」

感情を昂《たか》ぶらせる息子をさえぎるように、家康は言った。

「そなたはまだ、若いからわかるまい。家を守り、所領を守り、家臣、領民たちを守ることがどれほど厳しく難しいことであるかを。織田どのもわしも、その苦労をいやと言うほど経験してきた。それゆえ、何があろうとわしは織田どのを信頼している。そなたも、そのつもりでいよ」

信康は父家康の言葉に不承不承《ふしょうぶしょう》うなずいたものの、葵《あおい》の紋の陣幕の向こうに去っていったその背中には、拭い去れぬ悔しさが滲《にじ》んでいた。

息子の気持ちはわからぬでもない。織田家の基盤が固まるにつれ、信長の態度は明らかに変わりはじめている。

従来、信長は書状の最後に、

――三河守殿　進覧之候

としたためていた。それが今年に入ってから、

――三河守殿

とのみ書くようになっている。これは対等の立場の大名への言いまわしではなく、家臣にあてた書状の形式である。

だが、

(それが、何だ)

家康には、かつて尾張の人質時代に共有した信長との鮮烈な記憶がある。川で溺れかけながらも自力で泳ぎを覚えた少年時代の家康を信長はみとめ、一人前の男として見てくれた。また、信長が桶狭間で今川義元《よしもと》を破っていなければ、自分はこうして独立した

大名として存在することもなかったであろう。

（人生には、ときに耐えることも必要だ。信康にもいずれ、わかる日が来る……）

家康は胸のうちで思った。

長篠城を包囲する武田勢に対し、設楽原に布陣した信長は、積極的な攻撃を仕掛けなかった。

その一方、

「連子川《れんご》の流れに沿って、馬防柵《ばぼうさく》を張りめぐらせッ！」

信長は命じた。

ただの馬防柵ではない。一段目の柵、二段目の柵、三段目の柵と、おのおの五町ほどの間隔をあけて三重の柵を築きはじめた。柵を三段に構えたのは、武田騎馬隊の勢いに押されて前線の柵が突破された場合、二段目、三段目にしりぞいて防御態勢を立て直すためである。

信長は、徳川陣にも同様の三段の柵を築かせた。

やがて、設楽原に延長半里（約二キロ）にわたる馬防柵が完成した。

「武田勢をおびき出す。功名にはやる武者どもが設楽原に突進してきたところで、一斉射撃を加える」

信長は堺商人の今井宗久らに調達させた三千挺《ちょう》の鉄砲を前線に持ち込んでいた。火器の威力で武田騎馬隊を粉砕することこそ、信長の立てた秘策であった。

連子川ぞいの一段目の柵の内側に、織田軍の三千人の足軽鉄砲隊が待機することになった。徳川鉄砲隊三百も、それに加わる。織田、徳川の本隊は、三段目の柵の後方の丘陵地に展開した。

罠に飛び込んでくる獲物を待つがごとき構えである。だが、

（はたして、武田方がたやすく誘いに乗ってくるか……）

武田騎馬隊の剛強さを身をもって知る家康は、そのことを危ぶんだ。

しかし、信長は用意周到である。

武田軍を誘い出すため、重臣の佐久間信盛に命じ、敵方への内通をよそおった密書を送らせた。

「信長さまは、武田勢が設楽原に押し出してくるのを何よりも恐れている。かの地で武田の騎馬隊と正面から当たれば、織田方に勝ち目はない。それがしも、戦場で叛旗《はんき》をひるがえし、背後から味方に攻撃を仕掛けるつもりだ。武田軍勝利のあかつきには、なにとぞご家来衆の端にお加え下されたし」

佐久間信盛の密書は、武田勝頼側近の跡部勝資のもとへ届けられた。

跡部勝資は、これを軍議の席で披露。

馬場信春や山県昌景、内藤昌秀、原昌胤ら、歴戦の武田重臣たちは、あまりにうますぎる話に不安をおぼえたが、大将の勝頼は白い歯をのぞかせて笑い、

「佐久間信盛の内応を疑う理由はない。さだめし、敵はわが武田騎馬隊の襲来におびえ、

混乱をきたしておるのであろう」

と、戦いの勝利に自信をみなぎらせた。

父信玄でさえ陥とせなかった遠州高天神城を奪い、その後も連戦連勝がつづいたことによって、勝頼はおのれの力を過信するようになっている。慎重論をとなえる古参の家臣たちの意見も、耳に入らなくなっていた。

「敵の足並みが乱れているというなら、この機を逃す手はない。ただちに進撃を開始し、一気に決着をつけるべし。亡き父上の西上戦のおりには、信長も家康も命を拾ったが、今度はそうはいかぬ。一兵残らず殲滅《せんめつ》し、完膚《かんぷ》なきまでにたたきのめしてくれよう」

勝頼は気負い込んで言った。

なおも山県昌景らは、出撃を思いとどまるよう諫言《かんげん》したが、勝頼は聞く耳を持たなかった。

勝頼は武田家伝来の日の丸御旗《みはた》と楯無鎧《たてなしのよろい》の前で戦勝を祈願した。それはすなわち、何があっても後へ退《ひ》かないという覚悟をかためたということである。

設楽原に、風林火山の旗を押し立てた武田軍が姿をあらわしたのは、五月二十日夕刻のことである。

武田軍は、設楽原を見下ろす東の丘陵地に布陣。鶴が左右に大きく翼を広げるのに似た、鶴翼の陣をとった。

〔右翼〕武田信豊、穴山信君、馬場信春、土屋昌次ら。

〔中央〕武田信廉、内藤昌秀、原昌胤、安中景繁ら。

〔左翼〕山県昌景、小山田信茂、跡部勝資ら。

総大将の武田勝頼は、中央部隊の十町後方に本陣を置いた。本陣は谷底に位置しているため、勝頼自身が前線のようすを直接目にすることはできない。

本来なら、兵数で劣る武田軍の大将としては、前線部隊とともに設楽原を見下ろす丘陵地にすすみ出て指揮をとることが理想だったが、

「矢弾の飛び交う場所に出て、お屋形さまの身に万が一のことがあってはなりませぬ」

と側近の跡部勝資らが進言したため、勝頼は後背地の本陣を動かなかった。

これに対し信長は、着陣当初こそ後方の極楽寺山に陣取っていたが、その後、前線に陣を移し、連子川近くの馬防柵に待機する鉄砲隊にみずから檄《げき》を飛ばしてまわった。

父信玄が造り上げたものを受け継ぎ、名門武田家を守ることをつねに意識せざるを得ない勝頼と、目の前に立ちふさがる壁を自力で次々と突破してきた信長の姿勢の違いであろう。

信長は、家康の陣にも足を運んだ。

「これは勝つための戦いだ」

信長は、南蛮胴具足の上にまとった紅い天鵞絨《ビロード》のマントを風になびかせて言った。

「このいくさで、われらを永らく苦しめてきた信玄入道の亡霊を消し去る。そなたも、そのつもりで肚《はら》をくくれ」

「承知しております」

尾張のうつけ時代そのままの悪童のような表情をみせる信長に、家康は顎を引いて歯切れよくうなずいた。

人は、自分に対する信長の態度を傲慢と言うであろうが、家康はこうした兄貴風を吹かせる自信に満ちた信長が嫌いではない。

「されば、後刻《のちほど》」

「織田どのもご武運を」

信長は家康と短く言葉を交わし、一陣の風のごとく引き揚げていった。

設楽原を南北に流れる連子川をはさんで、東に武田軍一万五千、西に織田、徳川連合軍三万八千が睨《にら》み合う形となった。

織田、徳川連合軍の配置は、右翼に、

大久保忠世

大須賀康高《やすたか》

榊原康政《やすまさ》

本多忠勝《ただかつ》

鳥居元忠《もとただ》

石川数正《かずまさ》

らの徳川勢が展開。家康と信康の父子は、その後ろの弾正山の南中腹に並んで陣を布《し》く。
中央は、織田勢の、
滝川一益
羽柴秀吉
丹羽長秀
左翼に同じく織田勢の、
佐久間信盛《のぶもり》
水野信元《のぶもと》
がいる。
極楽寺山から前進した信長は、中央部隊後方の弾正山北中腹に本陣を移している。信長の嫡男信忠《のぶただ》は、後備えとして後方の御堂山にとどまった。
二十日の深夜になって、金扇の大馬印《おおうまじるし》、白地に葵紋の旗をたてた家康本陣に、信長のもとから使いの猪子兵介《ひょうすけ》が駆け込んできた。
「申し上げますッ」
背中にあざやかな赤母衣《ほろ》をつけた猪子兵介が、声を張り上げた。
「明朝の決戦にそなえ、敵を攪乱《かくらん》すべく、後方の鳶《とび》ヶ巣《す》山砦を急襲せよとの上様の仰せです。ただちに酒井左衛門尉忠次《さえもんのじょうただつぐ》らを中心とする別働隊を催されたしッ！」
「承ったと、織田どのにお伝えせよ」

家康は使者に即答した。

鳶ヶ巣山砦への、

――奇襲

は、酒井忠次自身が軍議の席で提案した作戦である。そのとき信長は黙って聞いたが、直前になってやらせてみようと決断したらしい。

設楽原に移動した武田勢は、長篠城包囲のために二千の兵を鳶ヶ巣山砦に残していたが、そこに攻めかかり、後方攪乱しようという策である。背後の味方が襲われたと聞けば、前線に出ている武田勢の士気も低下するであろう。

酒井忠次を大将とする四千の軍勢は、闇にまぎれて鳶ヶ巣山砦へ向かった。

明けて五月二十一日早朝、武田方の鳶ヶ巣山砦を酒井忠次の別働隊が襲った。

予想外の敵襲に砦の兵たちはあわてたが、やがて落ち着きを取りもどし、酒井勢を相手に苛烈な攻防戦を繰りひろげた。

同じころ――。

連子川を挟んで対峙《たいじ》した織田、徳川連合軍と武田の本隊のあいだでも、戦いの火蓋が切られた。

最初に、誘いをかけたのは、織田、徳川連合軍のほうである。

濃い乳色の霧が流れるなか、織田勢の先鋒滝川一益、徳川勢の先鋒石川数正、本多忠勝の諸隊が、一段目の馬防柵の外へ出て、水しぶきを上げながら川を押し渡りはじめた。

霧の向こうに動く敵の影を見て、

「来おったか」

目を細めたのが、武田軍左翼先鋒の山県昌景である。

「さんざんに蹴散らしてくれるわッ！」

黒鹿毛《くろかげ》の駿馬《しゅんめ》に打ちまたがった昌景は、配下の赤備えの兵たちに出撃命令を下し、みずから騎馬隊の先頭に立ってまっしぐらに突きすすんだ。

山県勢の槍隊が、長柄《ながえ》の槍の穂先を揃えながら正面に展開する徳川勢めがけて突進してゆく。そのあとにつづく騎馬隊の馬蹄《ばてい》の音が、地が震えるようにとどろいた。

数のうえでは劣勢であるにもかかわらず、山県勢は徳川勢と互角以上の戦いを演じ、半刻《はんとき》（約一時間）も経《た》つころには、敵先鋒の石川数正、本多忠勝らの隊を馬防柵の内側へ追い込んだ。しかし、それこそ徳川方の思うつぼであった。

「それッ、敵は浮足立っている。追え、追えーッ！」

山県昌景は味方の兵を叱咤《しった》した。このときすでに、山県勢は馬防柵までわずか半町の距離にせまっている。

だが、そのときだった。

突如、空を切り裂いて銃声が響いた。馬防柵の内側で待ち構えていた徳川の足軽隊の鉄砲が、突っ込んでくる山県勢めがけていっせいに火を噴いたのである。

「撃てッ、撃てーッ！」

徳川鉄砲隊を前線で指揮する大久保忠世、忠佐《ただすけ》兄弟が、喉も裂けよと叫んだ。
正面から狙い撃ちされた武田の騎馬武者が、馬上でのけぞり、血しぶきを撒き散らしながら次々と斃《たお》れてゆく。
山県昌景勢につづき、武田方は、
二番武田信廉
三番小幡信貞
四番武田信豊
らの騎馬隊が、競うように織田、徳川連合軍の馬防柵にせまっていった。
その瞬間——。
ダダーンッ
ダダーンッ
ダダーンッ
と、地を揺るがす轟音《ごうおん》とともに、織田足軽隊の千挺の鉄砲が騎馬軍団を正面から狙い撃ちした。
五人、十人と、甲冑武者が馬から転落してゆく。馬の首を撃たれ、つんのめりながら地面へ落下する者もいた。
そのあいだも、馬防柵のうちから織田軍の容赦ない銃撃がつづく。
一撃目が放たれると、後ろに控えていた足軽隊千人が二撃目を発射。さらに三撃手の千人が武田騎馬隊を射撃した。

信長は、銃弾の装填に二十秒あまりかかるという火縄銃の欠点をおぎなうため、三千人の鉄砲足軽隊を千人ずつ三列に並べ、一発撃つごとにしゃがんで弾を込めさせ、そのあいだに次の列が立射するという、鉄砲三段攻撃を考案していた。

武田騎馬隊の最大の強さは機動性にある。

信長が工夫した鉄砲三段撃ちは、その機動性を完全に封じた。

山県隊のみならず、小幡信貞、武田信廉らの諸隊、右翼先鋒をまかされていた古参の猛将馬場信春、土屋昌次らの騎馬隊も、陣形が崩れ、混乱状態におちいっている。

それを見た信長は、

「法螺貝《ほらがい》を吹けーッ！」

胸をそらせて大音声《だいおんじょう》を発した。

法螺貝は総攻撃の合図である。鳴り響く法螺貝の音とともに、柵のうちにいた織田軍本隊が連子川を越えて武田軍に攻めかかった。

家康も攻め太鼓をたたかせ、

「わが軍も後れを取ってはならぬッ！」

金色の采配を振るい、無我夢中で叫んでいる。

喚声を上げながら、兵たちが設楽原を駆け抜けた。

かつて退くことを知らず、天下の諸将をあれほど震え上がらせた武田騎馬隊が、いまは足並みを乱して完全に受けにまわっていた。

激しい白兵戦が展開された。

しかし、時の勢いは織田、徳川方にある。

前線からの知らせで戦況の悪化を知った武田勝頼は、急ぎ、設楽原を見下ろす才《さい》ノ神《かみ》の丘陵の上へ陣をすすめた。

そこで目にしたのは、惨憺《さんたん》たる味方のありさまだった。

愕然《がくぜん》とした勝頼は、

「後続部隊も投入する。かくなるうえは、総力戦だ。みな、一歩たりとも後へ退《ひ》いてはならぬッ！」

目を血走らせて叫んだ。

と、そこへ、前線から山県昌景、内藤昌豊、土屋昌次らの戦死の報が相ついで飛び込んできた。

いつの間にか前線から本陣へ舞いもどっていた側近の跡部勝資が、

「もはや、劣勢は挽回しようがございませぬ。いまのうちに、お屋形さまは後方へ退かれませ」

と、勝頼に撤退をすすめた。

だが、勝頼は聞かない。

「大将たる者が、生死を賭けて戦っている兵どもを見捨てて逃げられるものか。わしはこの場に踏み留まる」

「お屋形さま」

跡部勝資らが勝頼を説得しているところへ、馬場信春からの使いがきた。

「わがあるじよりの伝言でございます。お屋形さまが落ち延びられるまで、身を挺《てい》して食い止めまする。われらが死を無駄にせず、必ずや生きて武田家を立て直されますようにとッ！」

「信春……」

齢《よわい》六十を越えていた老臣の言葉は、勝頼を我に返らせた。だが、時はすでに遅い。

戦端がひらかれてから、半日――。

壊滅状態となった武田軍は、敗走をはじめた。

馬場信春が殿軍《しんがり》として織田、徳川勢の追撃を防いでいるあいだに、武田勝頼は近習とともに領地の信濃から甲斐をめざして落ち延びていった。

武田方の死傷者、一万人。そのなかには、勝頼の退去を見届けて戦死を遂げた馬場信春をはじめ、先代信玄以来の重臣の多くが含まれていた。

戦いに勝利した織田、徳川連合軍側の死傷者もあわせて六千人を超える。

世にいう、

――長篠の戦い

は、その戦死者の数だけとっても、史上稀《まれ》に見る激戦であった。『松平記』は、

——今朝卯《う》ノ刻《こく》（午前六時）より未《ひつじ》ノ刻の半ば（午後三時）までの合戦に、甲州衆ここを先途と防ぎしかども、叶《かな》わずして悉《ことごと》く敗軍す。

と、しるしている。

第十章　相克

庭に牡丹《ぼたん》が咲いている。

あでやかな紫紅色の花であった。

白い繊手《せんしゅ》をさしのべてその花びらに触れ、ほうっと重いため息をついた女がいる。

この岡崎城のあるじ徳川信康《のぶやす》の母、築山殿《つきやまどの》であった。

（何のために……）

と、築山殿は思う。

（わたくしは、何のために生きているのであろうか）

言いしれぬ孤独とむなしさが胸に突き上げた。

形だけは夫婦でありながら、浜松城にいる夫家康とはすでに心が通わなくなって久しい。いや、そもそもの夫婦になった最初から、家康と自分のあいだにはたがいに触れ合うものがなかったのかもしれない。

それは、

（どうでもよいこと……）

築山殿はとうの昔に、家康の心の中心を自分が占めようなどとはあきらめている。

築山殿には、夫より大事な嫡男の信康がいた。娘の亀姫《かめひめ》もいた。だが、信康はいつしか、今川の怨敵《おんてき》である織田家から嫁いできた嫁の徳姫《とくひめ》に奪われ、娘の亀姫も、この夏にはかねてより婚儀を約していた奥平信昌《のぶまさ》のもとへ嫁ぐことが決まっていた。そうなれば、築山殿のまわりには、心のささえとなる存在が誰一人いなくなることになる。

今川家の滅亡によって、名家の出であるという誇りを失い、そして大事な者たちが一人、また一人と、自分のもとから去ってゆく。

こうなったのは、

（誰のせいか……）

築山殿の想念は、おのずと夫へと向けられた。

家康が今川にそむいて信長と手を組まなければ、息子信康に気に食わぬ嫁を迎えることはなかった。実家関口家の主家たる名門今川家も、あれほどの無残な滅びを迎えることもなかったであろう。

それを思うと、

（夫が憎い……）

握りしめた築山殿の手のうちで、牡丹の花びらが散った。

だが、築山殿は気づいていない。その激しい憎悪のうちに、自身でさえ制御のできない息苦しいほどの深い情念が秘められていることを――。

思いを振り捨てるように、築山殿が本丸御殿の庭を歩きだしたとき、

「今川氏真《うじざね》さまがいらせられましてございます」

侍女が客の来訪を告げた。

岡崎城の本丸御殿芭蕉《ばしょう》ノ間で、築山殿はその男と対面した。

今川氏真——。

桶狭間《おけはざま》合戦で織田信長に敗れた今川義元の子で、築山殿とはいとこにあたる。

今川氏滅亡後、氏真は妻の実家の北条氏を頼り、相州《そうしゅう》小田原に身を寄せていた。しかし、今川氏の本国駿河を乗っ取った武田信玄と北条氏が和睦するにおよび、氏真は相模国をあとにし、諸国流浪の身となった。食い詰めた氏真は、いっとき京四条でうらぶれた暮らしを送っていた。

名門今川家の最後の当主であり、武将としては、無能としか言いようのない氏真であったが、反面、和歌や連歌、蹴鞠《けまり》など、文化人としての才能にはめぐまれており、ことに蹴鞠では天下の名手の聞こえが高かった。

京でわび住まいをしていたおり、織田信長が氏真の噂を聞きつけ、

「蹴鞠の妙技をぜひとも見たい」

と所望した。

今川氏真にとって信長は、父義元を討った憎むべき敵である。だが、氏真はこの申し出を二つ返事で受け、信長の面前で自慢の蹴鞠の技を披露して褒美《ほうび》の金子《きんす》を与えられた。

長篠の戦いののち、いまは武田領となっている駿河国への勢力拡大をめざす家康は、丁重な礼をもって氏真を京から招聘《しょうへい》し、駿河との国ざかいに近い東遠江の牧野城に城主として迎え入れている。

その背後には、いまなお遠江、駿河の地侍たちに隠然たる影響力を持つ今川氏真の存在を利用しようという家康の思惑があった。

「いかがなされたのです。遠州牧野城をまかされたはずのあなたさまが、いまごろかような場所におられるとは」

築山殿は、冴《さ》えたきつい目で氏真をまっすぐに見つめた。

氏真は築山殿より四歳年上で、かつては今川一門の総帥として、また夫家康にはない文雅の香りをただよわせる男として、ほのかな憧れとともに仰ぎ見ていた存在である。

だが、いまの氏真は、食うために誇りを捨てて、かつての敵にも媚《こび》を売る男になり下がっていた。

「いや、なに。あちらには家康どのが差し向けられた城番の松平家忠《いえただ》がおりますでな。わしの用など、なきも同然。お方さまのご機嫌うかがいにまいったのでござるよ」

氏真が口もとから鉄漿《かね》をつけた歯をのぞかせて笑った。

「さようですか」

築山殿は、徳川家の内政や外交にはまったく関心がない。夫が政治的意図をもって牧野城に入れた今川氏真が、ふらふらと岡崎あたりで遊び歩いているからといって、それに目くじらを立てる気もなかった。

「駿府が懐かしゅうござるのう」

公家のように薄化粧をした氏真が、こればかりはしみじみとつぶやいた。

「駿府の今川屋形の庭には、よき鞠壺《まりつぼ》がござった。京の堂上《どうじよう》公家の鞠壺でも、何度か蹴鞠をいたしましたが、そのたびに往時が思い出され……」

「氏真どの」

目にうっすらと涙を滲《にじ》ませる氏真に、築山殿も心を揺り動かされた。

「昔を思うと、いまは何もかもが信じられませぬ」

築山殿は言った。華やかだった駿府での暮らしを語り合える相手といえば、いまは目の前にいるこの男しかいない。

「夢にござるよ、夢」

氏真が手にした白扇で首筋をたたいた。

「先年、織田信長のもとめに応じ、京の相国寺《しようこくじ》で蹴鞠の技を披露したとき、それがしは心に決めたことがあるのです」

「それは、何？」

「親の敵だ何だと意地を張り、命を失うなど愚かしいこと。せっかく天から与えられたこの身。定命《じようみよう》が尽きるまで生きたいように生き、娯《たの》しむだけ娯しんでくれようと」

と言うと、氏真は白扇を少し広げて口もとを隠し、目だけで笑った。

「氏真どのには、ほかに欲はないのですか」

築山殿は聞いた。

「欲でござるか」

「ええ。ふたたび駿府に返り咲きたいとか、今川の家を再興なさりたいとか」

「そのようなものは面倒《めんどう》、面倒」

氏真が大げさに白扇を振ってみせた。

「それよりも蹴鞠の修練をさらに積み、平安の世で神に等しい鞠の上手といわれた大納言藤原成通《なりみち》卿のごとく、千度蹴り、後ろ鞠など、いまの世では絶えている秘技を身につけとうござる」

「まあ……」

築山殿も、氏真のあまりに浮世離れした気楽さには、ただあきれるしかない。

「それよりお方さま、ひとつ願いがござるのだが」

にわかに氏真が真顔になり、築山殿のそばに膝をにじらせてきた。

今川氏真の築山殿への願いというのは、

「今川の旧臣どもをわがもとで召し使ってもよいか、徳川どのにうかがいを立ててくれぬか」

というものであった。

戦国大名の地位を失ったとはいえ、今川家は鎌倉時代以来つづく武家の名門である。

主家滅亡後、家臣たちは散り散りになったが、氏真が牧野城の城主になったことを聞き、旧主を頼って仕官を願い出てくる者が少なくなかった。

「なにゆえ、そのようなことをわたくしにお頼みになるのです。あなたさまのお好きになさればよろしいでしょうに」

築山殿はさして興味がなさそうに言った。

「そうは申してもな、わしにも徳川どのへの遠慮がある。徒党を組んで謀叛《むほん》でもたくらんでいると疑われぬかどうか、それが心配なのだ」

「何を仰せです」

まつりごとに無関心な築山殿でも、この男に、いまさら家康に逆らうだけの覇気などないことはわかる。

「せっかくのお頼みですが、お引き受けすることはできませぬ」

「なぜじゃ」

氏真が唇をすぼめた。

「氏真さまもご存知でございましょう。わたくしがわが夫と顔を合わせることは、絶えて久しくございませぬ」

「そなたはいやしくも徳川どのの正室ではないか」

「正室といっても、ただの飾りもの。今川の家が没落したいま、あの男にとってわたくしは、何の利用価値もない無用の長物にすぎぬのです」

「そなた……」

氏真がいたましげな目をして築山殿を見た。

「ご同情は無用にございます。願いの儀があれば浜松へ行き、あの男にじかに訴えられたほうがよろしゅうございましょう」

築山殿は、氏真を冷たく突き放した。

頭の芯が、針で刺したように痛む。過去の亡霊のような男と、不毛な長話をしたせいかもしれない。

「ほかにご用がなければ、早々にお引き取り下さいませ」

築山殿はあからさまに嫌な顔をした。

「じつはな、もうひとつ大事な話があるのだ」

今川氏真がさすがに遠慮がちに言った。

「何です」

「ある者を、そなたに引き合わせたい」

それから七日後、今川氏真は一人の男をともなって、ふたたび岡崎城の築山殿のもとをたずねてきた。

その男は医者であった。氏真が京にいたとき、人の紹介で出会った唐人《とうじん》の医師であるという。

「減敬《げんきょう》、お方さまにご挨拶せぬか」

築山殿の前で凝りかたまったように押し黙っている男に、氏真が言った。黒い十徳《じっとく》をまとい、頭を総髪にした男はまだ若い。築山殿よりも七、八歳年下、おそらく三十にはなっていないであろう。

鼻筋通り、唇が凜《りん》と引きしまり、すずしげな目もとをしている。その澄んだ草色の瞳が、無遠慮なほどまっすぐに築山殿を見つめていた。

「失礼いたしました。噂には聞いておりましたが、お方さまがあまりにお美しかったもので。つい見とれておりました」

唐人の若い医師が、流暢《りゅうちょう》な日本語で言った。

「これ、無礼な」

今川氏真は叱責したが、築山殿はさほど悪い気がしなかった。

考えてみれば、人から美しいと言われたことなど、ここ十年以上、絶えてないことである。ほかの者ならば歯の浮くような褒め言葉であるが、このような清々《すがすが》しい容貌の持ち主から発せられると、楽《がく》の音《ね》のごとく心地よく耳に響いてくる。

「そなた、減敬と申すのか」

築山殿は男に声をかけた。

「氏真どのより、かつて甲斐の武田家に仕えていたと聞きました」

「さようにございます」

滅敬という男がうなずいた。

「亡き信玄公のお側で、侍医の方々の手伝いのごとき仕事をいたしておりました。さりながら、信玄公が病で世を去られ、それと時を同じうしてわたくしも武田家を出ることに」

「こやつはのう、武田家を石もて追われたのじゃ」

今川氏真が言った。

「石もて追われたとは、どういうことです」

「滅敬は見てのとおり年こそ若いが、京の名医曲直瀬《まなせ》道三《どうさん》の門下で李《り》朱《しゅ》医学をきわめた男でのう。その腕の良さが、古参の武田家の侍医どもの妬みをかったのじゃ」

「そうなのですか」

築山殿は、滅敬の端正にととのった顔を見た。

「過ぎたことにございます。いまさら恨みは申したくございませぬ」

男の控え目な態度に、築山殿は好感を抱いた。

信長に家を滅ぼされた氏真と、武田家を追い出された滅敬は、連歌の会で意気投合し、親しく行き来する仲になったのだという。

「唐人と聞きましたが、そなたはこの国の言葉に堪能なのですね」

築山殿は、男の出自に興味をおぼえた。

「わたくしの父は明《みん》国の高官に仕える医者でしたが、政変に巻き込まれ、国にいられなくなって日本へ渡って来たのです」

「それでは、明国へは……」

「戻れませぬ」

減敬がきっぱりと言った。

「父と母はこの国で死に、わたくしは今日までたった一人で生きてまいりました」

「そう」

帰るべき故郷を失い、孤独な道を歩んでいる姿が、なにやら築山殿自身と似通っているような気がした。

「のう、瀬名《せな》」

と、氏真が築山殿の名を呼んだ。

「この岡崎城に減敬を置いてやってはくれぬか。そなたにも、そばに仕える侍医の一人や二人は必要であろう」

「されど、武田家とゆかりのある者を城へ入れることは……」

さきの長篠の戦いののちも、武田勝頼と夫家康の対立関係はつづいている。そのようなさなか、甲斐を追われたとはいえ、武田家にいた者を身近に置くことは、さすがの築山殿もためらわれた。

「そなた、もしや家康どのを恐れはばかっておるのか」

氏真が、うかがうような目で築山殿を見た。

「家康どのは、正室のそなたを重んじようともせず、何年も打ち捨てておくような男じゃぞ。そのような御仁《ごじん》の顔色を気にする必要もなかろう」

「気にしているわけではありませぬ。わたくしは、わたくしでございます」

氏真に痛いところを衝《つ》かれ、築山殿は意地になった。

「それに、先ごろそなたは申しておったであろう。織田家から来た嫁の徳姫に、さっぱり男子が生まれぬことを憂えておると。さいわい、滅敬は婦人の血の道にくわしい。ひとつ、この男にまかせてみてはどうか」

熱心にすすめられ、築山殿も心が動いた。

たしかに信康と徳姫のあいだには姫しか生まれておらず、そのことが築山殿の頭痛のタネとなっていた。

侍女たちを引きつれ、築山殿は徳姫の御殿をおとずれた。

同じ城内に住んでいるといっても、築山殿と徳姫は折り合いが悪く、たがいに行き来することも滅多《めった》にない。築山殿は実父信長の力を背景にする徳姫を嫌い、徳姫もまた、世継ぎの男子を生まぬことに批難《ひなん》めいた物言いをする築山殿を避けるようになっていた。

さすがに息子の信康は折にふれて母の機嫌うかがいに顔を出すものの、嫁と姑《しゅうとめ》の関係は他人よりもなお冷たいものとなっていた。

「これは義母《おかあ》上さま」

突然あらわれた築山殿を見て、徳姫がおどろいた顔をした。

「ご用とあれば、こちらからご挨拶にうかがいましたものを」

「用がなくては来てはならぬのか」

部屋に広げられている唐桟留《とうさんとめ》や天鵞絨《ビロード》の布、南蛮のカルタなどにちらりと視線を投げ、築山殿は言った。実家の織田家から送られてきたものであろう。

徳姫は側仕えの侍女にそれらを取り片付けるよう言いつけ、

「織田の父が、孫の姫たちのために送って下されたのです。父のことを非情なる大将と申す者があるようですが、あれでなかなか優しいところもあるのです」

と、取りつくろうような笑みを築山殿に向けた。

「案外、そなたの父上は喜んでおられるのではないか」

徳姫がもうけた円座に腰を下ろした築山殿は、冷たい微笑を嫁に返した。

「わが父が喜んでいるとは？」

「信康に姫ばかり生まれ、徳川の正嫡を継ぐべき男子が生まれぬことよ。いざとなれば、徳川家を取り潰して、所領を呑み込んでしまうおつもりではないか」

「異なことを仰せられます」

徳姫がさっと顔色を変えた。

「父はさような狡猾《こうかつ》な男ではございませぬ。それに、信康さまとわたくしのあいだに世継ぎの男子が生まれぬと決まったわけではありませぬ」

「ほう、ずいぶんと自信がおありのようじゃ」

築山殿は、むきになっている徳姫を上目づかいに見た。

「名門今川家の流れを引く信康の血筋が絶えることは、わたくしも本意ではない。ついては、そなたによき話があるのです」

築山殿は、唐人医師減敬の診立《みた》てを受けることを嫁の徳姫にすすめた。

だが、徳姫は、

「せっかくのお申し出なれど、そのような得体《えたい》の知れぬ者をお世話いただく必要はございませぬ」

と、あからさまな嫌悪の表情をみせて姑の申し出を拒絶した。

（可愛げのない……）

断るにしても、

（いま少しものの言いようがあろう）

胸のうちにひそむ織田家への敵意と、意のままにならぬ嫁への苛立《いらだ》ちが、築山殿のなかでひとつに重なった。

徳姫にあてつけるように、築山殿は減敬を身近に置き、人には言えぬ胸の内の悩みや、不満を打ち明けるようになった。

いつしか、岡崎城内には、

――お方さまと、かの唐人医師の仲は怪しいのではないか……。

そんな噂がひそやかにささやかれるようになっていった。

むろん、浜松城の家康は、岡崎城で拡がりはじめた家庭内の波立ちなどつゆ知らない。

この天正四年（一五七六）から翌年にかけて、なお遠江での勢力拡大をあきらめない武田勝頼と徳川勢とのあいだで小競り合いがつづいた。

その中心となったのは、高天神城をめぐる攻防である。

東遠州の要衝高天神城は、武田勝頼によって奪われたまま、徳川領に深く入り込んだ武田方の前線基地となっていた。これを奪い返すことが、このころの家康の最大の課題になっている。

だが、徳川、武田両軍は、高天神城の周辺で小競り合いを繰り返すばかりで勝負はつかない。

家康も嫡子信康とともにしばしば出陣したが、はかばかしい成果を上げることができず、いたずらに時が流れていた。

そうしたなかでも、ただひとつ、家康の目を細めさせることがあった。

十九歳になった息子信康のめざましい成長ぶりである。

色白で鼻筋の通った顔立ちこそ母の築山殿に似ているが、このところ、

「若殿は、物言いや仕草が殿とそっくりになってまいられましたのう」

重臣の酒井忠次《ただつぐ》や大久保忠世《ただよ》が口をそろえて言う。家康自身もそれは実感しており、ふと肩の荷が軽くなるのをおぼえることがあった。

「父上」

と、信康がいつになく厳しい顔つきで家康の前にあらわれたのは、天正六年（一五七八）正月十六日のことである。

浜松城でもよおされる徳川家の正月行事は、このころほぼ定まっている。元旦は、城内に詰めている重臣、家臣たちが打ちそろって、家康に年賀の挨拶をする。二日は三河国衆の登城日で、岡崎城からやって来た家臣らが年賀の礼をおこない、その後、謡初《うたいぞめ》の席となる。

小正月の十五日前後になると、今度は家康が三河岡崎城へおもむき、謡初をおこなって、さらに邪を祓う左義長《さぎちょう》の儀式をもよおすのが毎年の恒例となっていた。

家康は岡崎城に到着したばかりで、小腹を満たすために小豆粥《あずきがゆ》を食っていた。

「いかがした、信康。めでたい正月だぞ。なにゆえ、そのような暗い顔をしている」

「織田どのが、こちらへまいられるそうにございますな」

信康が眉間《みけん》の影を濃くして言った。

「そのように聞いている」

熱い小豆粥を冷えた胃の腑《ふ》へ流し込み、家康は手にした箸を膳に置いた。

「吉良《きら》の地で鷹狩りをなされたあと、岡崎城へまわって来られるらしい。徳姫や孫の姫たちの顔が見たいのであろう」

「それがしが申しているのは、さようなことではございませぬ」

信康が憮然《ぶぜん》とした表情で家康を見た。

「三河吉良は、わが徳川家の領内にございます」

「それがどうした」

「その他国の領内に立ち入り、鷹狩りをなさるとは。織田どのは一昨年も、同様に吉良で鷹狩りをし、岡崎城主のそれがしに何の挨拶もなく岐阜へ引き揚げて行かれました」

「とくに異とするにはあたるまい。いずれのときも、織田どのはわがもとへ使いを寄越されている」

「父上は、それでよろしいのですかッ！」

信康の語気がにわかに烈《はげ》しい。

「いかに鷹狩りという名目があるとはいえ、他国の大名が少なからぬ手勢を引き連れて領内を踏み荒らしておるのでございますぞ。これではまるで、父上は織田どのの同盟者ではなく、家臣同様の扱い……」

「信康ッ！」

今度は家康が言葉を荒らげる番だった。

「そなた、おのれが何を口走っているか、わかっておるのか」

家康は、信康を睨《にら》んだ。

「十分に承知しているつもりです」

父を見返した信康の双眸《そうぼう》が、青ずんだ光を放っている。

「父上は、織田どのを恐れておいでだ。恐れるあまり、ご自身の誇りを失い、織田どのの意のままに動く手先になり下がっている」

「信康……」

息子の胸ぐらにつかみかかりそうになるおのれを、家康はかろうじて抑えた。

「織田どのに対するわしの姿を、そなたはそのようにしか見ることができぬのか」

「それがしは情けのうございます、父上。わが徳川家は、織田どのにこのような扱いを受けるいわれはありませぬ。いっそ織田どのを倒し、天下《てんが》を取るほどの覇気が父上にはござらぬのか」

膝の上で握った信康の拳が小刻みに震えていた。その目には、うっすらと涙すら浮かんでいる。

「天下、とな」

家康はぎろりと大きく目を剝《む》いた。

「さよう。天下です」

その響きの重さに、口にした信康のほうが思わず唾をのみ込んだ。

「いまの言葉、わしは聞かなかったことにする」

「父上……」

「そのような言葉、今後いっさい口に出してはならぬ。織田どのあってのいまの徳川家だということを、そなたは忘れてはならぬ」

「さりながら……」

「織田どのは、すでに近江安土《あづち》を出立なされたと聞いている。数日のうちには、この岡崎城へお立ち寄りになろう。そなたはこの城のあるじとして、織田どのの婿として、誠心誠意、接待につとめるのだ。よいな」

家康の断固たる口調は、それ以上、信康に何か言うことを許さなかった。

一月二十一日、三河吉良で存分に鷹狩りを愉《たの》しんだ信長が、岡崎城に到着した。

城主信康は、父家康とともに信長を出迎え、歓迎の宴をひらいた。

信長の来訪を、誰よりも喜んだのは信康の妻徳姫である。信康が、織田家と徳川家の関係に疑問を深めるにつれ、夫婦の仲はしだいにぎくしゃくしはじめている。この城で孤独な徳姫にとって、久々に見る実父の顔は、張り詰めていた心を緩ませるものであった。

「似ておるのう、そなたに」

徳姫が連れてきた三歳の長女登久姫《とくひめ》、二歳になる二女の熊姫《くまひめ》を眺め、信長が甲高い声で上機嫌に笑った。信康とのあいだに生まれた二人の姫は、信長にとっても孫にあたる。

わが子でも滅多《めった》に可愛がったことのない信長だが、娘の腹に生まれた二人の幼い姫は別ものらしい。泉州堺の今井宗久《そうきゅう》から献上されたという南蛮菓子の金平糖《こんぺいとう》を土産に与え、玩具でもいじるようにくしゃくしゃと柔らかな頭髪を撫《な》でた。

やがて、乳母《めのと》の腕に抱かれて姫たちが部屋を去ると、

「息災のようだな」

信長が言った。

「はい」

と、徳姫はうなずいた。家庭内の愚痴をこぼしたいところだが、そのような話に耳を傾けるような父ではないことを、徳姫はよく知っている。

「信康は、どうだ」

「このところいくさばかりで、城に落ち着かれることがあまりございませぬ」

「当然だ。武将が城にじっとしているようでは、ものの役には立たぬ。この先、信康にも存分に働いてもらわねばな」

信康がおのが家臣でもあるかのように、信長は言った。

それを聞いても何とも思わぬのは、徳姫が平素から嫁ぎ先の徳川家を実家よりも下に見ているせいだろう。と言うより、そのように考えることで、徳姫はこの家における自身の矜持《きょうじ》をかろうじて保っているといっていい。

「信康の母が、そなたに唐人医師の診立てを受けるようすすめたそうだな」

どこで耳に入れたのか、信長が築山殿のすすめた唐人医師減敬のことを話題にした。

じつは、徳姫もあずかり知らぬことだが、信長は入輿《じゅよ》のときに織田家より付き従ってきた目付役《めつけやく》の侍から、岡崎城の内情の報告をことあるごとに受けている。

「さようです」

「聞くところによれば、甲斐より流れてきた者だそうだが」

「そのような素姓定かならざる者の診立てを受けるなどあり得ませぬ。わたくしは即座にお断りいたしましたが」

「そうか」

それ以上、信長が娘に立ち入った話をたずねることはなかった。

その夜——。

信長は城中の地炉《じろ》ノ間で、家康と密議をおこなった。

おもな内容は、今後の対武田戦の戦略に関するものだった。

長篠の戦いで大敗を喫したにもかかわらず、武田勝頼はなお積極的に徳川領の遠江への出陣を繰り返している。

今回の信長の岡崎城入りは、勝頼があまり派手な動きをすれば、

——いつなりとも織田軍が出張り、家康の加勢をするぞ。

と、暗に武田方を牽制《けんせい》する狙いもあった。

「高天神城にはこだわるな」

信長が言った。

「こだわるなと申されましても」

家康にも意地がある。遠江領内の高天神城を武田方に占拠されたままでは、国衆たちへのしめしもつかない。

「高天神城は難攻不落の要害だ。これにこだわりすぎると、兵力を無駄に消耗すること

になる。それよりも、駿河へ兵をすすめよ」

信長は、命ずるように言った。

「駿河の武田領を侵せば、高天神城はおのずと孤立することになろう。さすれば、熟した柿が木から落ちるごとく城はたやすく陥落する」

「越後の上杉はいかがでござろうか」

「上杉か」

囲炉裏の火に照らされた信長の顔に、かすかな翳《かげ》が走った。

ここ数年、信長は重臣の柴田勝家を司令官として、北陸方面へ勢力を伸張している。そのため、越後から越中、能登へ兵をすすめる上杉謙信と利害がぶつかることになり、先年九月、加賀の手取川《てどり》で、織田、上杉両軍は衝突に至った。

この、

——手取川の戦い
は、上杉謙信の圧勝に終わった。

謙信は、織田家と敵対する石山本願寺や中国筋の毛利氏と結び、上洛をうかがう気配をみせている。そうした不安定な政情のなか、大和の松永弾正久秀《だんじょうひさひで》が信長に叛《そむ》くという事件も起きていた。

「いま上杉に動かれては、正直、厄介だ。かつての宿敵だった武田と上杉が、われらに対抗するため、手を組むということも考えられる。当分、東国の情勢から目を離すことができぬ」

「まことに」

家康はうなずいた。

「そういえば、織田どのが近江の安土に築城された城は、海内《かいだい》に響く豪壮な城だそうにございますな」

ふと思い出したように、家康は話題を変えた。

信長が琵琶湖の東岸、すなわち湖東の地に安土城を築いたのは、一昨年、天正四年(一五七六)春のことである。

東山道

東海道

北国街道

が近くを通る安土は、陸上交通の要衝であり、西湖を通じて琵琶湖へ抜けるという水利の便にも恵まれた場所であった。

琵琶湖を見下ろす丘陵の上に築かれた安土城は、総石垣、白漆喰《しっくい》塗りで、地下と地上あわせて七層の天守をそなえている。

それまで信長は、本拠の岐阜城と京のあいだをことあるごとに行き来していたが、その中間地点に巨城を築くことにより、天下統一に向けての足場をしっかりと固めたのである。

「わしの自慢の城じゃ」

信長は形のいい顎をそらせ、少年のころにもどったように活《い》き活きと瞳を輝かせた。

「一目見れば、そなたも度肝を抜こうぞ。いずれ案内してくれよう」

「ぜひとも拝見しとうございますな」

陽ざしを浴びて光り輝く白亜の巨城の姿が、家康の脳裡《のうり》にまざまざと浮かんだ。

「わしは安土を中心にして、日《ひ》ノ本《もと》を支配する唯一無二の存在になってみせよう。神、仏でさえも、いずれわが足元にひれ伏すことになる」

「織田どの……」

酔ったような信長の口調に、家康はかすかな戸惑いをおぼえた。

「しかし、その前に倒さねばならぬ敵がいる」

信長のするどい視線が、射るように家康に向けられた。

「そなたは武田。わしは石山本願寺と上杉、そして毛利。それらの敵をことごとく薙《な》ぎ倒した先に、まことの覇者だけに許される光り輝く一筋の道がひらける」

「光り輝く道……」

「わしはゆくぞ、その覇道を」

信長は迷いなく言った。

翌日、信長は葦毛《あしげ》の馬の背に揺られて、岡崎から安土城へと引き揚げていった。

この年の二月、気候温暖な東海地方にはめずらしく、四尺（約一・二メートル）近い大雪が降った。

天正六年（一五七八）三月十三日、天下統一をめざす織田信長にとって、巨《おお》きな障害となっていた人物が世を去った。

越後の上杉謙信である。

先年、加賀手取川で織田軍を打ち破り、能登で越年した謙信は、その後、本拠地の春日山《かすがやま》城にもどって関東遠征の準備をすすめていた。突然の死は、その矢先の出来事だった。死因は脳卒中であった。

謙信の死により、信長は北陸方面の脅威から解き放たれ、対石山本願寺戦、それを後方から支援する毛利氏との戦いに専念できるようになった。

同じころ、家康はかねてよりの信長との話し合いどおり、高天神城攻めにこだわらず、駿河の田中城や遠江の小山《こやま》城といった武田方の城に出撃を繰り返した。

難物の高天神城をあえて避けたことで、家康は心理的にも兵力的にも十分な余裕を持ち、武田方との戦いを有利に展開できるようになっている。とはいえ、家康が高天神城攻略を断念したわけではない。

七月、高天神城攻めの拠点として、同城から一里あまり西へ離れた海岸ぞいに、

——横須賀《よこすか》城

を築き、攻撃の機会をうかがった。

このころ、駿河の前線と浜松城を往復する多忙な日々のなかで、家康は一人の女を見初めた。

名を、お愛《あい》という。

掛川城近くの西郷《さいごう》村の名家、西郷家の娘で、十五歳のときにいったん他家へ嫁いで一男一女をもうけたものの、十七歳で夫を亡くし、実家へもどって来ていた。

年は若いが、子持ちの寡婦である。

お愛は近目で、いつも瞳が濡れたようにうるんでおり、気立てが温厚でおっとりとしている。正室築山殿にも、二女督姫《とくひめ》を生んだ側室西郡《にしごおり》ノ方《かた》にも感じたことのない安らぎを、家康はこの言葉数の少ないひかえめな女におぼえ、浜松城に引き取って寵愛《ちょうあい》するようになった。

その噂は、やがて岡崎城の築山殿の知るところとなった。

「またしても、新しいおなごを側に置いたか」

築山殿は美しい眉をひそめた。

「人を馬鹿にするにもほどがある」

「お心を鎮められませ、お方さま。気を荒ら立てると、お体に障りますぞ」

築山殿の耳元でささやきながら、肩を揉んでいるのは唐人医師の減敬である。

「おお、そうであった減敬。あの男は、とうの昔にあかの他人も同然になっている。いまのわたくしには、そなたがいた」

肩ごしに減敬を振り返った築山殿は、ふと目もとをうるませた。

この岡崎城内で、築山殿と美形の唐人医師の仲をとやかく噂する者は多い。城主信康の後見役をつとめる石川数正《かずまさ》なども、

「あのような者を、お側にお近づけになるのは感心いたしませぬ。よからぬ風聞が流れ、浜松におわす殿のお耳に入ったら何となさいます」

と、減敬を遠ざけるよう築山殿にたびたび諫言《かんげん》している。

じっさいのところ、

(わたくしは、天に恥じるようなことは何ひとつしておらぬ……)

築山殿は一人の医師として、誰にも打ち明けられぬ悩みを聞いてくれる相談相手として減敬を信頼するようになっていた。

減敬は優しい。それでいて節度をわきまえ、築山殿が間違ったことを言ったときには、それを筋道立てて正す知恵深さと潔い精神を身にそなえていた。いまだかつて、築山殿の前にこのような男があらわれたことはない。

岡崎城の老臣たちに意見されて不愉快に思うことでも、減敬の口から発せられた言葉なら素直にうなずくことができる。

(まるで、少女《おとめ》のころにもどったような……)

みずみずしいときめきに似た感情を、築山殿は減敬におぼえている。

「そなただけは、ずっと側にいておくれ」

肩に乗せられた男の手に、築山殿は火照りを帯びたおのが白い指をそっと重ねた。

「お方さまには、ご嫡男の信康さまが付いておられるではございませぬか」

「わたくしと同じように、信康も苦しんでおる」

「と申されますと？」

減敬が築山殿の繊手を握り返した。

「何もかも、織田のせいじゃ」

築山殿は吐き捨てるように言った。

「この徳川家を織田の家臣扱いする信長のふるまいを、信康は肚に据えかねておる。信長にいいようにあしらわれても、唯々諾々《いいだくだく》と従っているわが夫にもな」

「信康さまの胸のうち、お察しいたします」

「それに、あの嫁」

築山殿は目尻の皺を深くし、憎しみをあらわにした。

「おのれは跡取りの男子が生めぬと申すに、わたくしがすすめるそなたの諍立ては受けぬと言う。あの者は、徳川の家を滅ぼす気か」

日ごろ胸に溜め込んでいた思いを、築山殿は気をゆるした男にぶちまけた。

「存外、そのとおりであるやもしれませぬな」

減敬が乾いた声で言った。

「そのとおりとは……」

「織田さまが、徳川家を滅ぼさんとしているということがです。お方さま、信康さまの行動を監視せんがために、織田さまは徳姫さまを当家に送り込まれたのやもしれませぬ」

「そなたもそう思うか」

築山殿が我が意を得たりとばかりに、声をうわずらせた。

「いや、これは出過ぎたことを申し上げました。お方さまと信康さまの御身を案ずるあまりの、勝手な当て推量とお聞き流し下されますよう」

恐れおののいたように、長い睫《まつげ》毛の下の草色の目を伏せる減敬に、

「当て推量などではない。何もかも、そなたの申すとおりです。徳姫こそ、諸悪のみなもとにほかなりませぬ」

築山殿は言いつのった。

「お方さま」

「何じゃ」

「よき考えがございます。お聞き下さいましょうか」

「申してみよ」

「側室をすすめられてはいかがでございます」

「信康にか」

「はい」

「なるほどのう……」

築山殿は唇にかるい微笑をたたえた。

——母築山殿と嫁徳姫の不和は、若い信康の精神《こころ》にも翳《かげ》を落としていた。

自分でもそれが原因と考えたくはないが、神経がささくれたようにいつも苛立っている。近習《きんじゅう》のちょっとした言動が気に障り、カッとしてあやうく腰の刀を抜きかけたこともあった。

唯一、信康が頭を無にすることができるのが、父家康とともに戦場に出ているときだった。

「顔色が悪い」

そんな息子の異変に家康は目ざとく気がついた。

「何か心配ごとでもあるのか」

「いえ」

信康は、父に弱みを見せまいと虚勢を張った。

「そなた、側室を迎えたそうだな」

武田方の高天神城をうかがう横須賀城の太鼓櫓《やぐら》の上で、家康は信康に言った。

じつの父子とはいえ、家康は信康の家庭内のことにあまり口を出さないようにしている。しかし、信康の妻は、織田家の娘である。夫婦のあいだで揉め事が起きれば、それは織田、徳川の緊密な同盟関係に影響をおよぼしかねない。

「母上が強くおすすめになられましたゆえ。それがしにも跡継ぎは必要です」

「それは道理だ」

家康はうなずいた。

「だが、徳姫どのにもよくよく気を配ってやれ。あの者には、そなたよりほか頼みにできる者はおらぬのだ」

「さようなお言葉を、父上の口から聞こうとは思いませなんだ」

信康の口調には痛烈な皮肉の響きがある。

（正室の母上を長年ないがしろにしてきたのは誰か。息子より年若い側室を寵愛しているのは、どこの誰か……）

批難の籠った冷たい視線が、家康に向けられた。

「父上は、織田どのの不興をかうことを恐れておいでなのでしょう。しかし、ひとたび嫁いだからには、徳姫は徳川の家の者。織田どのが余計な口を差し挟む必要はございますまい」

「たしかに、そなたの申すとおりかもしれぬ。されど、ことはまつりごとにもかかわってくる。くれぐれも、軽忽《けいこつ》な振る舞いはせぬよう」

「あらためて言われるまでもございませぬ」

信康は父から顔をそむけた。

（まつりごとか……）

家康が太鼓櫓から去ったあとも、信康の胸には不快の念が煮えたぎっていた。

まつりごとのためなら、独立した大名としての誇りを捨ててもよいのか。信長の顔色をうかがいながら、その風下で生きることにどのような意味があるのか。

信康は、父家康が嘗《な》めてきたような辛酸の時代を経験していない。いわば、苦労知らずの育ちである。

――泥水をすすっても、生き残らなければ何ごともはじまらない……。

という父の思いがわからない。

やがて、岡崎城に帰還した信康を、母の築山殿がみずからの御殿に呼び出した。

そこで築山殿とともに、黒い影のごとく平伏して信康を待っていたのは、唐人医師の減敬だった。

（こやつが減敬か……）

信康は、汚らわしい生き物でも見るような目で減敬を見た。

母とこの美形の唐人医師のただならぬ噂は、むろん信康の耳にも入っている。好ましいことではないが、さりとて面と向かって意見することもはばかられ、信康はここしばらく母を避けるようにしていた。

「よくぞまいった」

久々に会う築山殿は、白い肌のうちから血の色が滲《にじ》み出るようになまめいて見える。

おのが母親に、

——女
を感じることは、息子にとって不愉快以外の何ものでもない。

「お呼びとお聞きしました。何か急な御用でございましょうか」

「用がなければ、母の顔を見に来てはくれぬのか」

「そのようなことはござりませぬが」

「まあ、よい」

築山殿は目を細めて微笑《わら》った。

「呼び出したのは、医師の減敬をそなたに引き合わせるためです」

「それがしはいたって壮健にございます。医師など必要ありませぬ」

信康はそっけなく言った。

「そうつれなくするものではない。この減敬は医師としてすぐれているだけでなく、広く世間を見知っております。そなたもいずれは、徳川家の当主として万軍の兵をひきいる身。減敬の話を聞き、見聞を広めておいても損はなかろう」

「せっかくながら、それがしは……」

信康が母の申し出を拒絶しようとしたとき、

「破滅の相が出ておりますな」

底響きのする声が、断ずるように言った。

ぎょっとして振り返ると、滅敬の革色の目が信康を凝視していた。

「そのほう、何を無礼なッ」

信康は滅敬を睨《にら》んだ。

「お手打ちになることも覚悟のうえで申し上げております。あなたさまは、このままでは間違いなく身を滅ぼされましょう」

「おのれは……」

「あなたさまを滅ぼす敵の正体、それは甲斐の武田などではない」

思わず腰を浮かしかけた信康に、滅敬が言った。

「まことの敵は、舅親《しゅうとおや》の織田信長。信長あるかぎり、徳川家に未来《さき》はございませぬ」

滅敬の放った一言は、矢のように深く信康の胸に食い込んだ。

――信長あるかぎり、徳川家に未来はない。

それはまさしく、信康自身がつね日ごろから考えていることにほかならない。

「急に気分が悪くなりました。今日はこれにて失礼いたします」

挨拶する間ももどかしく、信康は母築山殿のもとから逃げるように退散した。

しかし、おのが居室にもどっても、あの言葉が耳を離れない。

軒をかすめる風の音がした。いつしか時雨が降りだしているらしい。膝元からしんしんと寒さが這いのぼってきた。

（父上は間違っている）

信康にとって家康は、これまでその大きな背中を追いかける存在であった。だが、巌《いわお》のように見えた背中が、いつしか揺らぎはじめている。

（父が頼りにならぬというなら、このおれが……）

何かをしなければならないと、信康は強い使命感に駆られた。

その夜はまんじりともせずに朝を迎えた。

信康が唐人医師減敬を地炉ノ間に召し出したのは、暮れも押しつまった日のことである。

囲炉裏で薪が音を立ててはぜていた。

「そなたの話が聞きたい」

信康は真摯《しんし》なまなざしで減敬を見た。

「諸国の情勢、織田家の事情、都のようすなど聞きたいことは山ほどある。わしは多くを知っておかねばならぬ」

「ようやくお覚悟をお決めになられましたか」

減敬が言った。

「覚悟とは、何の覚悟だ」

「みずからを守るために、信長と戦うお覚悟でございます」

「わしはそのようなことは言っておらぬ」

「よろしゅうございましょう」

滅敬は意味ありげな含み笑いを口元に浮かべた。

「わたくしを召されたこと、お方さまにはお話しなされましたか」

「申しておらぬ。取り立てて伝える必要もない」

信康はまだ、この滅敬という男を完全に信用しているわけではない。相変わらず、底の見えない胡散《うさん》臭さを感じている。

しかし、

（使えるものは、毒でも使ってくれよう……）

若さ特有のおのれに対する過信が、信康を大胆にしている。

「わたくしがこれまで見聞きしてまいりましたなかで、もっともすぐれた武将は、何と申しても故武田信玄公でございましょう」

囲炉裏の火をはさんで、滅敬が信康に言った。

「器の大きさ、人遣いのうまさ、どれをとっても信玄公を超えるお方はおられませぬ」

「そなたは武田家を恨んでいるのではないのか」

信康は唇をゆがめた。

「恨みつらみは、人の目を曇らせるだけにございます」

「城中には、そなたが武田の諜者《ちょうしゃ》ではないかという噂も流れておるが」

「どうとでも、好きなようにお取り下さいませ」

滅敬はうっすらと笑い、話をつづけた。

「その信玄公にまさるとも劣らぬ傑物だったのが、越後の不識庵《ふしきあん》謙信」

「上杉謙信か」

「信玄公、そして上杉謙信が地の利にめぐまれ、志なかばで斃《たお》れておらねば、天下の流れはまったく別の道筋をたどっていたでありましょう。しかし、信玄公も謙信も天が決めた定命には勝てなかった」

「天運がなかったということか」

「さようにございます」

滅敬がうなずいた。

「武田家は信玄公の跡目を継いだ勝頼さまが長篠の戦いで敗れ、謙信亡きあとの上杉家も、家督をめぐって謙信の二人の養子の喜平次景勝《きへいじかげかつ》、三郎景虎《さぶろうかげとら》が相争っております」

「存じている。謙信が遺言を残さず死んだために、上杉家では越後を二分する大きな内乱が起きているそうだな」

信康は言った。

「その背後には、一方の後継ぎ候補、三郎景虎を支援する関東の北条氏の影もちらついております」

「なるほど」

「その内紛に乗じて、北陸の織田勢も越中方面への侵攻をうかがっておりますれば、上杉家も安泰というわけにはまいりますまい」

「越前北ノ庄《きたのしょう》城で、北陸方面の織田勢を指揮しているのは柴田勝家《かついえ》であったな」

諸国の情勢を聞いているうちに、はじめは相手を警戒していた信康もしだいに話に熱中してきた。

「能力はありながら、地の利、天の時がなかった多くの武将にくらべ、それを二つながら手にしている男がございます。それは……」

「信長か」

信康はうめくように言った。

「織田信長は古今まれにみる天運の持ち主にございます」

滅敬がささやくように言った。

「生きるか死ぬかの危地を、その持って生まれた運の強さで幾たびもくぐり抜け、これまで巧みに生き抜いてまいりました。しかし、その信長にも欠けたるものはございます」

「それは何だ」

夜が更けてきたのも忘れ、信康は魔に魅入《みい》られたように滅敬の次の言葉を待った。

「徳にございます」

「徳……」

「さよう。信長という男には、天下を治めるべき者が身にそなえておらねばならぬ、人としての徳がないのです」

滅敬は目の奥を暗く光らせた。

「信長が身分にとらわれぬ大胆な人材登用をおこない、それが家中の風通しをよくして、織田家拡大の原動力となっていることは信康さまもご存知でございますな」

「むろんだ。信長の草履取りだったという羽柴筑前守秀吉が、そのいい例であろう」

「また、新しき南蛮の技術をためらいなく取り入れ、長篠のいくさでは火縄銃を大量に用いて従来の合戦のありようを大きく変えました」

「わしも間近で、それは目にした。武田軍の敗北は無残であった」

「仰せのとおりにございます。しかしながら」

と、滅敬が声を低くした。

「信長のやり方には、負の面もございます。目先の利益を追いかけるあまり、人の心というものをないがしろにしている」

「信長に徳がないとは、そういうことか」

信康は囲炉裏の火を見つめて言った。

「外から見れば、織田家は一枚岩にまとまっているように思われまする。しかし、その内情は重臣どうしが手柄を争い、たがいに激しくいがみ合っているというのが実のところです」

滅敬は、いま織田軍団の中核をなしている、柴田勝家、羽柴秀吉、明智光秀《みつひで》の名を挙げ、彼らを内部で競わせることによって軍団の頂点に立つ信長が高笑いする織田家の仕組みを語った。

「実績重視の人材登用によって、門地《もんち》のない者でも頭角をあらわすことはできます。さりながら、信長は役に立たぬ者は容赦なく切り捨てる男です。織田家には、そうした専制的な主君に対する恐怖と不満が澱《おり》のごとく溜《た》まってきておるのです」

ほう、と信康はため息をついた。

（おれの直感は正しかった……）

減敬の口から織田軍団の現実を聞き、信康は自信を深めた。

信長の傲慢、過酷さは同盟者の徳川家にのみ向けられているものではない。みずからの手足となって働く重臣たちに対しても、信長は同じ態度をもってのぞんでいた。

それればかりではない。

「信長は民に対しても非情な人間にございます。比叡山焼き討ちではお山の僧侶を皆殺しにし、浅井長政《ながまさ》の小谷《おだに》城を攻めたときは、武器を持たぬ城下の町人まで撫《な》で斬りにいたしました」

減敬が端正な眉をひそめた。

「あってはならぬことだ」

信康の若い正義感が刺激された。

さらに、減敬はあおり立てるように言葉をつづける。

「以来、信長は敵の兵ばかりか、その領内の民をことごとく敵と見なし、赤子から腰の立たぬ年よりまで殺戮《さつりく》しているのです。伊勢長島の一向一揆のとき、降伏した老若男女二万人を小屋に押し込め、火を放って焼き殺しにしたこと、信康さまもお聞き及びでございましょう。人が焼ける臭いが四里四方まで漂ったと聞いております」

「なんと酷い……」

「越前一向一揆を討滅したさいには、山奥の谷々まで逃げた者を探し出し虐殺したとか。道も野も死骸で埋め尽くされ、死臭が何ヶ月も消えなかったそうにございます」

「人のすることではない」

信康は怒りの感情をほとばしらせた。

信康にはおのれがめざす理想がある。

大将たる者、いくさとなれば勇を振るい、立ちはだかる敵を薙《な》ぎ倒さねばならないが、それは罪なき無辜《むこ》の民とはかかわりがない。

武士《もののふ》とは武をもって弱き民を守るべき存在であり、そのためにおのれを厳しく律しておらねばならなかった。

「こうした信長のやりようを、信康さまはいかがご覧になられます」

減敬が言った。

「かような徳なき男を天下のぬしにしてもよいと思われまするか」

「ならぬ。それだけは、断じて……」

信康は唇を震わせた。

その日から、信康はしばしば唐人医師減敬を地炉ノ間に呼び出すようになった。

母の築山殿が言っていたとおり、減敬の知識はじつに幅広く、信康の知的好奇心を満たしてくれた。そして、その話に耳を傾ければ傾けるほど、信康は織田信長に対する敵意を募らせていった。それと比例するように、信康と妻徳姫の夫婦仲は冷たくなってゆく。

年が明け、天正七年（一五七九）になった。信康は築山殿のすすめで減敬が仲介した町娘のお糸なる者を、人目もはばからず濃《こま》やかに愛するようになった。

おさまらないのは徳姫である。

「何もかも、義母上《ははうえ》さまの差し金ですッ」

制止する侍女たちを振り切り、血相を変えて築山殿の住まいに乗り込んだ。

「何ごとです」

築山殿が上目づかいに徳姫を見た。

「あのお糸なる女を信康さまのもとに差し向けたのは、義母上さまでございますね」

「いかにも、そのとおりだが」

「妻のわたくしに断りもなく、かような真似をなさるとは……」

徳姫は築山殿を睨《にら》んだ。

「世継ぎをもうけるためです。不服があるなら、男子を生んでから申すがよい」

築山殿は平然と言い放った。

「本来なれば、正室のそなたが気を利かせねばならぬことです。礼こそ言われ、文句を言われる筋合いはない」

「このたびの一件は、義母上さまご重用の医師滅敬の口利きとうかがいましたが」

昂《たか》ぶる感情を精一杯の自制心で抑え、徳姫が下唇を咬《か》むようにして言った。

「そなたにはかかわりのないことじゃ」

「そうはまいりませぬ」

信長の娘だけあって、徳姫も気が強い。

「滅敬には、武田の間者ではないかという噂がございます。その者が世話したということは、お糸なる娘も……」

「黙るがよいッ！」

今度は築山殿が言葉を荒らげる番だった。

「申してよいことと悪いことがある。いかに信康どのの嫁とて赦しませぬぞ」

「もしまことに滅敬が武田ゆかりの者なれば、それをお近づけになるのはゆゆしきことです。信康さまにも、義母上さまにも……」

「もうよい」

築山殿は顔をそむけた。

徳姫が築山殿のもとへ乗り込んだことは、すぐに信康の耳にも伝わった。

（いつからこうなってしまったのか……）

庭に水仙の花が咲いていた。

婚礼を挙げて間もないころ、この縁側で徳姫とともに同じ花を眺めたことを、信康は思い出すともなしに思い出していた。

そのとき、ふっと目の前に暗い影が差した。

顔を上げると、いつあらわれたのか編笠《あみがさ》をかぶった唐人医師の減敬が幻のように立っていた。

「お話がございます、信康さま」

「話なら、のちほど地炉ノ間で聞こう」

「いえ、いまこちらで」

「急ぎの用か」

「わたくしはこれから、旅に出ます」

「なに」

信康は驚いた。

「旅とは、どういうことだ。いずれへまいるというのだ」

「越後春日山城、そしてその足で甲斐の躑躅《つつじ》ヶ崎《さき》館へ」

「減敬、そなた……」

編笠に隠され、減敬の表情は見えない。だが、そびやかした肩のあたりに、信康がいままで感じたことのない奇妙な違和感のある空気がただよっていた。

「この岡崎のご城内で、わたくしが武田の間者ではないかという噂が流れております」

「存じている。だが、わしも母上も、そのような根も葉もない噂、信じておらぬ。いや、最初は疑ったかもしれないが、いまでは……」

「わたくしをご信頼下されているのでございますな」

「そなたに教えられたことは多い。真の敵が誰であるのかも、はっきりと見えてきた。わしはそなたを疑ったことを恥じている」

「もし、噂が真実だったとすれば、信康さまはいかがなさいます」

「よもや……」

「世間が噂するとおり、わたくしは武田の諜者でございます」

減敬は恐ろしい言葉をぬるりと吐いた。

「信康さまを武田のお味方につけるため、密命を帯びて遣わされてきたのです」

「されば、武田家を逐《お》われて諸国を流浪していたというあの話は……」

「なかば嘘、なかばはまこと」

編笠の下で、減敬の赤い唇が笑った。

信康は混乱した。

(減敬が武田の諜者……)

とすれば、おのれは信ずべからざる者を信じ、近づけてはならぬ者を近づけてしまったことになる。

（斬るべきか）

諜者と知れた以上、処断を下すのが当然であろう。だが、信康はためらった。

「お斬りになりたければ、いまこの場でわたくしの首をお斬りになってもよろしゅうございます」

減敬が耳にまとわりつくような粘い声で言った。

「しかし、そうなれば信長という悪鬼羅刹《あっきらせつ》を葬り去る機会を永遠に失うことになりまするぞ」

「どういうことだ」

信康は血走った目を減敬に向けた。

「そなた、越後の春日山城へ行くと申していたな。武田と越後の上杉は、先代の信玄、謙信以来、不倶戴天《ふぐたいてん》の敵であるはず」

「それはすでに過去の話にございます」

減敬が言った。

「ここしばらく内紛がつづいていた上杉家では、先代謙信の甥《おい》にあたる喜平次景勝が武田家と同盟を結びました。これにより、もうひとりの後継者候補の三郎景虎は追い詰められております」

減敬の話は事実であった。昨年暮れ、上杉景勝と武田勝頼の妹菊姫《きくひめ》の婚約が成立した。武田家と同盟した景勝は、それまでの劣勢から一転して有利に戦いをすすめるようになっていた。

「わたくしは越後へ行き、上杉の家督争いの決着をこの目で見届けてまいるつもりでございます」

「上杉景勝が勝者となったあかつきには、武田勝頼はこれと手を組んで、ともに信長にあたるということか」

「はい」

編笠の下から、減敬の低い笑いが洩《も》れた。

「いまの武田家と上杉家は、いずれも急激な拡張をつづける信長こそ、最大の脅威であると認識しております。竜虎といわれた東国大名の雄が、かつての怨念を乗り越えてことにあたるのです。信長も安泰ではいられませぬ」

「そのとき、わが父は……」

いかに身を処すつもりかと、信康は思った。

「武田勝頼さまも越後の上杉景勝も、新しき世代の方々です。だが、お父上の家康さまは考え方が古い。おそらく、あくまで信長に義理立てし、その意のままに操られることでしょう。このうえは、お父上と袂《たもと》を分かたれませ、信康さま」

減敬が信康の心に斬り込むように言った。

（父と袂を分かつ……）

それは、口にするのも恐ろしい話であった。

かつてそのようなことを考えたこともない。この先も一生、父の背中を追いつづけて自分は生きると信康は心に決めてきた。

しかし、

「このままでよろしいのですか。天下万民のため、信長は滅びねばならぬ男です」

減敬に熱くささやかれると、それこそが正道ではないかと思われてくる。

「武田、上杉の若き世代の同盟に、あなたさまも加わるのです」

「若手の同盟か……」

「さようにございます。新しい息吹が、次の時代を造るのです。その一翼を、ご自身も担ってみようとは思われませぬか」

「わしは……」

「浜松城に詰めている遠州のご家来衆はともかく、この岡崎城で信康さまにお仕えする徳川家の家臣たちは、こぞってあなたさまのご命令に従いましょう。魔道に堕《お》ちた信長を倒す。それこそがあなたさまに課せられた天命」

「それでは父と戦わねばならぬ」

信康は苦悩の色を深くした。

「恐れてはなりませせぬ。血を分けた肉親といえど、めざす道のさまたげになるというなら、情を捨て、お父上を追放するのです。大名としての気概を失ったお父上に代わり、信康さまが新たな徳川家のあるじとなられませ」

「む……」

「すぐにご返答を頂戴したいとは申しませぬ。役目を終えたれば、わたくしはふたたび岡崎へもどってまいります。そのときまでに」

「答えを出せか」

「さようにございます」

水仙の花の香りが、いっそう濃くなった。

噎《む》せかえるような匂いにめまいをおぼえ、信康がふと顔を上げると、減敬の姿はいつしか庭から消え失せていた。

越後上杉家で、家督をめぐって争っていた春日山城の喜平次景勝が、御館《おたて》に拠っていた三郎景虎に勝利したのは、その年三月二十四日のことである。追いつめられた景虎は、実家の北条氏を頼って逃亡する途中、味方の裏切りにあい、鮫《さめ》ヶ尾《お》城で自刃して果てた。

これにより、喜平次景勝は上杉家の家督を相続。武田勝頼との同盟をより強固なものとした。

（下巻に続く）

単行本　二〇一五年四月　日本経済新聞出版社刊

文春文庫

天《てん》下《が》 家《いえ》康《やす》伝《でん》 上

定価はカバーに
表示してあります

2018年1月10日　第1刷
2022年7月25日　第3刷

著　者　火《ひ》坂《さか》雅《まさ》志《し》
発行者　花田朋子
発行所　株式会社 文藝春秋

東京都千代田区紀尾井町 3-23　〒102-8008
TEL 03・3265・1211(代)
文藝春秋ホームページ　http://www.bunshun.co.jp
落丁、乱丁本は、お手数ですが小社製作部宛お送り下さい。送料小社負担でお取替致します。

印刷・凸版印刷　製本・加藤製本
Printed in Japan
ISBN978-4-16-790994-9